EL JARDÍN SECRETO

ALMA CLÁSICOS ILUSTRADOS

EL JARDÍN
SECRETO

Traducción de Ana Belén Ramos

Ilustrado por Júlia Amador

Título original: *The Secret Garden*

© de esta edición:
Editorial Alma
Anders Producciones S.L., 2023
www.editorialalma.com

 @almaeditorial

© de la traducción: Ana Belén Ramos Guerrero
La presente edición se ha publicado con la autorización de Grupo Anaya, S.A.

© de las ilustraciones: Júlia Amador

Diseño de la colección: lookatcia.com
Diseño de cubierta: lookatcia.com
Maquetación y revisión: LocTeam, S.L.

ISBN: 978-84-18933-73-8
Depósito legal: B478-2023

Impreso en España
Printed in Spain

Este libro contiene papel de color natural de alta calidad que no amarillea (deterioro por oxidación) con el paso del tiempo y proviene de bosques gestionados de manera sostenible.

Índice

Nota de la traductora

El presente volumen traduce el texto de la primera edición de *El jardín secreto* publicada en Nueva York por Frederick A. Stokes Company en 1911. El estilo de Frances Hodgson Burnett es aquí claro y sencillo, siempre al servicio de la narración, y me gustaría destacar la belleza, el humor y la capacidad de evocación de la prosa. Creo que el traductor de *El jardín secreto* tiene el reto de no traicionar el tono emotivo y la personalidad del original, que ha cautivado a generaciones y generaciones de lectores gracias a su argumento y temática, pero también gracias a su elocuencia.

La autora era muy aficionada a introducir en sus novelas las peculiaridades lingüísticas de diferentes clases, comunidades o regiones. Así, en *El jardín secreto* se reproduce el dialecto de los habitantes del condado de Yorkshire. Lo hablan personajes vinculados en mayor o menor medida con el mundo rural: Martha, Dickon, Ben Weatherstaff y Susan Sowerby, principalmente. En este sentido, resulta significativo que conforme Mary se va integrando en el entorno natural que la rodea, practica más y más el dialecto, y el propio Colin hace sus pinitos ya cerca del final de la trama.

Debido a la idiosincrasia de cada idioma, estas particularidades se reflejan más fácilmente en inglés que en castellano. La traslación de dialectos

foráneos a nuestro idioma es un debate abierto y soy consciente de que no existe una solución ideal, pero, con todo, no he querido renunciar al juego propuesto por la escritora.

Por una parte, y como ya se ha hecho en otras versiones, he alterado la ortografía de determinadas palabras o expresiones para denotar la diferencia en el habla, y estos cambios quedan señalados en cursiva. Por otra parte, he introducido una veintena de términos desusados del castellano, indicados en notas al pie, que creo que aportan sabor y reflejan el uso de un léxico particular. En ningún caso he querido excederme, pues pienso que el texto debería expresar la extrañeza del original sin renunciar a la fluidez y claridad a la que he aludido al principio.

Por último, quiero agradecer a Josune García la confianza depositada, y a mi marido, Javier Fernández, su incansable ayuda.

Capítulo 1
NO QUEDA NADIE

Cuando Mary Lennox fue enviada a la mansión Misselthwaite para vivir con su tío, todo el mundo dijo que nunca había visto una niña con una pinta tan desagradable. Y, sí, era cierto. Tenía una carita escuchimizada, un cuerpecito escuchimizado, el cabello escuchimizado y la expresión agria. Su pelo era amarillento y su cara también estaba amarillenta porque había nacido en la India y casi siempre había estado enferma por una cosa o por otra.

Su padre había ostentado un cargo en el Gobierno inglés y había estado siempre muy ocupado, y también enfermo; y su madre había sido una gran belleza, interesada solo en ir a fiestas y divertirse con gente alegre. Nunca quiso ella tener una hija y, cuando Mary nació, la puso al cuidado de un aya[1] a la que dejó claro que, para complacer a la *Mem Sahib*,[2] debía mantener a la niña tan lejos de su vista como fuera posible. Así que mientras fue una criaturita de pecho, enfermiza, irritable y fea, la quitaron de en medio, y cuando, enfermiza e irritable, daba ya sus primeros pasos, igualmente la quitaron de en medio. Los únicos recuerdos familiares que guardó Mary

---

1 Léase en este caso «criada o niñera de la India».

2 La palabra «sahib» se usaba en la India para referirse a un hombre europeo, especialmente con estatus oficial o social. De ahí que *Mem Sahib*, deformación fonética de *Madame Sahib* sea la señora del Sahib.

fueron los rostros oscuros de sus ayas y otros criados nativos y, como siempre la obedecían y le permitían salirse con la suya (pues no se podía enfadar a la *Mem Sahib* con los llantos de la niña), a la edad de seis años se había convertido en una tirana grosera y egoísta, como no ha habido otra sobre la faz de la tierra. La joven institutriz inglesa que llegó para enseñarle a leer y a escribir le tenía tanta antipatía que renunció a su puesto en tres meses, y ninguna de las institutrices que trató de reemplazarla aguantó más tiempo que la primera, de modo que si no fuese porque Mary decidió que quería leer libros, no habría aprendido ni las letras.

Una mañana tremendamente calurosa, cuando Mary andaba alrededor de los nueve años, la niña se despertó muy soliviantada, y al ver que la sirvienta que la acompañaba no era su aya, se soliviantó aún más.

—¿Qué haces tú aquí? —le dijo a la desconocida—. Quiero que te vayas. Que venga mi aya.

La mujer parecía asustada, y apenas logró balbucear que la aya no podía ir, y cuando Mary se enrabietó y la golpeó y le dio patadas, repitió aún más asustada, que el aya no podía ir ver a la *Missie Sahib*.[3]

Algo misterioso flotaba en el ambiente aquella mañana. Las cosas no seguían el orden acostumbrado y se echaban en falta varios sirvientes nativos; los que pasaron junto a Mary se escabullían o corrían de aquí para allá, con el rostro ceniciento y acongojado. Pero nadie hablaba con ella, y su aya no apareció. De hecho, conforme avanzó la mañana se fue quedando más y más sola y finalmente salió al jardín y se puso a jugar bajo un árbol, cerca de la veranda. Jugaba a hacer un parterre de flores clavando grandes hibiscos escarlatas en pequeños montículos de tierra, y su enfado fue creciendo a la vez que murmuraba las cosas y los insultos que le diría a Saidie cuando esta volviera.

—¡Cerda! ¡Cerda! ¡Hija de cerdos! —decía, porque llamar cerdo a un nativo era el peor insulto de todos.[4]

---

3   Término hindú para referirse a la niña. Véase nota 2.

4   «En las leyendas británicas los cerdos se asociaban con el demonio, y Mary está haciendo una transposición de esta cultura a los sirvientes hindúes», *The Annotated Secret Garden*, Nueva York, Norton & Company, 2007, pág. 4.

Andaba diciendo esto y rechinando los dientes una y otra vez cuando Mary escuchó que su madre salía a la veranda con alguien más. Era un joven rubio, y los dos se detuvieron a hablar en voz baja en un tono extraño. Mary conocía a ese hombre rubio que tenía aspecto de niño. Había oído que era un oficial recién llegado de Inglaterra. La niña se quedó mirándolo, pero sobre todo miró fijamente a su madre. Siempre la miraba fijamente cuando tenía la oportunidad de verla, porque la *Mem Sahib* —que es como Mary la llamaba casi siempre— era muy alta, esbelta, bonita y llevaba siempre prendas exquisitas. Su pelo era como seda rizada y tenía una nariz delicada que parecía hecha para el desdén, y grandes ojos risueños. Todas sus ropas estaban llenas de encaje, eran ligeras y vaporosas, y Mary decía que eran pura «gracia encajada». Parecían más llenas de gracia que nunca aquella mañana, pero sus ojos no estaban nada risueños. Grandes y asustados, se alzaban implorantes hacia el rostro del joven oficial rubio.

—¿Tan grave es? Oh, ¿de verdad? —la escuchó decir Mary.

—Peor —respondió el joven con voz trémula—. Peor, señora Lennox. Debería haberse ido a las montañas hace dos semanas.

La *Mem Sahib* se retorcía las manos.

—¡Oh, lo sé, tenía que haberlo hecho! —gritó ella—. Solo me quedé para ir a aquella ridícula cena. ¡Qué tonta fui!

En ese preciso momento surgió de los aposentos de los sirvientes un gemido tan fuerte que ella se agarró al brazo del joven y Mary se puso a temblar de pies a cabeza. El lamento era cada vez más y más violento.

—¿Qué es eso? ¿Qué es eso? —jadeó la señora Lennox.

—Alguien ha muerto —respondió el joven oficial—. No me había dicho que se hubiera propagado entre sus sirvientes.

—¡No lo sabía! —gritó la *Mem Sahib*—. ¡Venga conmigo! ¡Venga conmigo! —y se dio la vuelta y se metió corriendo en la casa.

Después de aquello, sucedieron cosas horribles, y el misterio de la mañana le fue revelado a Mary. El cólera se había propagado en su variedad más mortal y la gente moría como moscas. Por la noche habían tenido que llevarse al aya enferma y los llantos de los criados que provenían de la cabaña se debían a que el aya acababa de morir. Murieron tres sirvientes más

y otros escaparon aterrorizados antes de que el día llegara a su fin. Había pánico en todos los rincones y moribundos en todos los *bungalows*.

Durante la confusión y el desconcierto del segundo día, Mary se ocultó en el cuarto de juegos, olvidada por todos. Nadie pensó en ella, nadie la buscó, y sucedieron cosas extrañas de las que ella nada supo. Mary pasaba las horas llorando y durmiendo alternativamente. Lo único que sabía era que la gente estaba enferma y que escuchaba sonidos misteriosos y aterradores. En una ocasión caminó muy despacio hasta el comedor y lo encontró vacío, sin embargo, la comida estaba en la mesa, sin terminar, y parecía que las sillas y los platos hubiesen sido apartados rápidamente al levantarse de repente los comensales por alguna razón. La niña comió algo de fruta y galletas y, como estaba sedienta, se bebió un vaso de vino casi lleno. Tenía un sabor dulce y ella ignoraba lo fuerte que era. Muy pronto, el vino le provocó un sopor intenso, así que se volvió a su cuarto de juegos y se encerró de nuevo allí dentro, asustada por los gritos que llegaban desde las cabañas y el sonido de pasos apresurados. El vino la dejó tan somnolienta que apenas podía mantener los ojos abiertos, se tumbó en su cama y durante mucho tiempo no supo nada más.

Muchas cosas tuvieron lugar durante esas horas en las que ella estuvo tan profundamente dormida, pero no le molestaron ni los llantos ni el ruido de los objetos que se acarreaban dentro y fuera del *bungalow*.

Cuando despertó, se incorporó y se quedó mirando a la pared. La casa estaba en completa quietud. Nunca la había escuchado tan silenciosa. No oía voces, ni pasos, y se preguntaba si todos se habrían repuesto ya del cólera y se habría acabado el problema. Se preguntaba también quién cuidaría de ella ahora que el aya estaba muerta. Vendría un aya nueva, y quizá esta supiera nuevos cuentos. Mary estaba bastante harta de los cuentos antiguos. No lloró por la muerte de su niñera. No era una niña afectuosa y nunca se había preocupado mucho por los demás. El ruido y las prisas y los llantos del cólera la habían asustado, y estaba enfadada porque nadie parecía haber caído en la cuenta de que ella seguía viva. Todo el mundo sentía demasiado pánico como para pensar en una niña pequeña que a nadie gustaba. Parecía que cuando la gente tenía cólera solo se preocupaba de sí misma. Pero si ya estaban todos recuperados, seguramente alguien se acordaría de ella y regresaría a buscarla.

Pero no volvió nadie y, mientras esperaba, el silencio de la casa pareció crecer más y más. Escuchó un ruido siseante en la estera, y al mirar hacia abajo vio pasar una pequeña serpiente que la miraba con sus ojos enjoyados. No se asustó, porque se trataba de una cosita inofensiva que no podía hacerle daño y que parecía muy apurada por salir de la habitación. Mientras la niña la miraba, la serpiente se escabulló por debajo de la puerta.

—Qué raro y tranquilo está todo —dijo ella—, parece que no hubiera nadie en el *bungalow* salvo la serpiente y yo.

Casi al minuto siguiente, escuchó pasos por el recinto,[5] y después en la veranda. Eran pasos de hombres y estos hombres entraron en el *bungalow* hablando en voz baja. Nadie salió a darles la bienvenida o a hablar con ellos, parecía que estaban abriendo puertas y mirando dentro de las habitaciones.

—¡Qué desolación! —escuchó que decía una voz—. ¡Esa mujer hermosa, tan hermosa! Supongo que la niña también. He oído que había una niña, aunque nadie la vio nunca.

Mary estaba de pie en mitad del cuarto de juegos cuando abrieron la puerta unos minutos después. Fea, enfadada, con el ceño fruncido porque empezaba a sentirse hambrienta y vergonzosamente desatendida. El primer hombre que entró fue un oficial alto que ella había visto una vez hablando con su padre. Parecía cansado y preocupado, pero cuando la vio se quedó tan sorprendido que retrocedió casi de un salto.

—¡Barney! —gritó—. ¡Hay una niña aquí! ¡Una niña sola! ¡En un lugar como este! Que Dios nos asista, ¿quién es?

—Soy Mary Lennox —dijo la pequeña poniéndose muy tiesa. Mary pensó en lo descortés que había sido aquel hombre al llamar al *bungalow* de su padre «¡un lugar como este!»—. Me quedé dormida cuando todo el mundo tenía el cólera y acabo de despertar. ¿Por qué no han vuelto?

---

5 Estos *bungalows* tenían habitaciones grandes y ventiladas y una amplia veranda, o porche, para combatir el asfixiante calor. La cantidad de espacio entre el muro que cercaba el *bungalow* era mayor o menor según el estatus del oficial inglés que ocupara la vivienda.

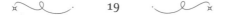

—¡Esta es la niña que nadie había visto nunca! —exclamó el hombre dirigiéndose a sus acompañantes—. ¡Así que se habían olvidado de ella!

—¿Por qué se olvidaron de mí? —dijo Mary dando un zapatazo—. ¿Por qué no han vuelto?

El joven hombre llamado Barney la miró con mucha tristeza. Mary incluso creyó ver que pestañeaba para librarse de las lágrimas.

—¡Pobre niñita! —dijo el joven—. No pueden volver porque no queda nadie.

Fue de esa manera extraña y repentina como Mary descubrió que ya no le quedaba padre ni madre, que habían muerto y se los habían llevado por la noche, y que los pocos criados nativos supervivientes habían abandonado la casa tan rápidamente como pudieron, sin que uno solo de ellos se acordara de que existía una *Missie Sahib*. Por eso estaba todo tan tranquilo. Era verdad que no había nadie en el *bungalow* salvo ella y la pequeña serpiente siseante.

Capítulo 2
DOÑA MARY FASTIDIOSA

A Mary le había gustado eso de mirar a su madre desde una cierta distancia, pensaba que era muy guapa, pero apenas sabía nada de ella, así que no cabía esperar que la quisiese mucho o que la echase mucho de menos si faltaba. Y la verdad es que no la echó de menos en absoluto; como era una niña egoísta, se dedicó a pensar solo en sí misma, como había hecho siempre. De haber sido mayor, seguramente se habría angustiado al quedarse sola en el mundo, pero como era muy pequeña y siempre habían cuidado de ella, supuso que seguirían cuidándola. Pensó que le gustaría saber si iría a dar con gente amable y educada, que le dejara salirse siempre con la suya como habían hecho su aya y los otros criados nativos.

Sabía que no iba a permanecer mucho tiempo en la casa del pastor inglés que la acogió al principio. Y ella no quería quedarse. El pastor inglés era pobre y tenía cinco niños casi todos de la misma edad, llevaban ropas gastadas y estaban siempre peleándose y quitándose los juguetes unos a otros. Mary odiaba aquel desastrado *bungalow* y era tan desagradable con los niños que después de un día o dos nadie quería jugar con ella. El segundo día ya le habían puesto un apodo que la enfurecía.

Se le ocurrió a Basil. Basil era un niño pequeño de impertinentes ojos azules y nariz respingona, y Mary lo odiaba. Ella estaba jugando sola bajo un árbol, igual que el día que estalló el cólera. Disponía montoncitos de tierra y caminos para hacer un jardín, y Basil se acercó y se quedó junto a ella mirándola. En seguida se mostró muy interesado y de pronto le hizo una sugerencia.

—¿Por qué no pones un montoncito de piedras allí y haces como si fuera una rocalla? —dijo él—. Allí en el medio —y se inclinó sobre ella para señalarlo.

—¡Vete! —gritó Mary—. No me gustan los niños. ¡Vete!

Durante un instante Basil pareció enfadado, y después empezó a burlarse. Siempre estaba burlándose de sus hermanas. Se puso a bailar alrededor de ella y a hacerle muecas y a cantar y a reírse.

> Doña Mary fastidiosa,
> ¿qué florece en tu jardín?
> Campanitas y conchitas,
> marimoñas y verdín.

Cantó la canción y los otros niños lo escucharon y se rieron con él, y cuanto más se enfadaba Mary, más cantaban ellos «doña Mary fastidiosa». Y después de aquello, todo el tiempo que estuvo allí, no dejaron de llamarla «doña Mary fastidiosa» cuando hablaban unos con otros y a veces también cuando se dirigían a ella.

—Te van a mandar a casa —le dijo Basil—, al final de la semana. Y nos alegramos mucho.

—Yo también me alegro mucho —dijo Mary—. ¿Dónde está mi casa?

—¡No sabe dónde está su casa! —dijo Basil, con la arrogancia de sus siete años—. Está en Inglaterra, por supuesto. Nuestra abuela vive allí, y el año pasado mandaron a nuestra hermana Mabel con ella. Pero tú no vas a ir con tu abuela. No tienes abuela. Vas a ir con tu tío. El señor Archibald Craven.

—No he oído hablar de él —soltó Mary.

—Ya lo sé —respondió Basil—. No sabes nada de nada. Las chicas nunca se enteran de nada. Yo sí he escuchado a padre y a madre hablar de él. Vive en una casa en el campo, grandísima, vieja y desolada, y nadie se le acerca. Tiene tan mal humor que no lo permite, y aunque lo permitiera tampoco se acercaría nadie. Es un jorobado, y es horrible.

—No te creo —dijo Mary; y le dio la espalda y se metió los dedos en los oídos, porque ya no quería seguir escuchando.

Pero después le dio muchas vueltas a aquel asunto; y cuando la señora Crawford le dijo por la noche que en unos días iba a navegar hasta Inglaterra para ir con su tío, el señor Archibald Craven, que vivía en la mansión Misselthwaite, se mostró tan indiferente, tan testarudamente impasible que no supieron qué pensar. Intentaron ser amables, pero lo único que hizo Mary fue quitarle la cara a la señora Crawford cuando intentó besarla y quedarse completamente tiesa cuando el señor Crawford le dio palmaditas en el hombro.

—Qué niña tan poco agraciada —dijo más tarde la señora Crawford con pena—. Y qué hermosa era su madre. Además tenía buenos modales, pero el comportamiento de Mary es el más ingrato que he visto nunca en una chiquilla. Los niños la llaman «doña Mary fastidiosa» y aunque está muy feo por su parte uno no puede evitar comprenderlo. Quizá si la madre hubiese asomado más a menudo su hermoso rostro y su distinguido comportamiento por el cuarto de juegos, Mary habría aprendido algo de modales. Ahora que esa pobre hermosura ya no está, es triste recordar que había muchas personas que ni siquiera sabían que tenía una hija. Creo que casi no la miraba —suspiró la señora Crawford—. Al morir su aya ya no quedó nadie que se ocupara de la criaturita. Imagínate, los sirvientes escapando y dejándola sola en aquel *bungalow* desierto. El coronel McGrew dijo que cuando abrió la puerta y se la encontró sola en mitad de la habitación casi le da un patatús.

Mary realizó el largo viaje a Inglaterra bajo la supervisión de la esposa de un oficial, que llevaba a sus hijos a un internado. Y esta ya tenía bastante con sus propios hijos, un niño y una niña, de modo que se alegró mucho cuando al fin dejó a Mary con la mujer que el señor Archibald Craven había mandado a Londres para recogerla. Se trataba del ama de llaves de la mansión Misselthwaite, y se llamaba señora Medlock. Era una mujer rotunda, con las mejillas muy rojas y ojos negros y audaces. Llevaba un vestido de color púrpura intenso, un manto de seda negro con flecos de azabache y una cofia[6] negra con flores de terciopelo púrpura que se mantenían erguidas y temblaban cuando ella movía la cabeza. A Mary no le gustó en absoluto, pero esto no era extraño, pues a ella no solía gustarle nadie. Por otra parte, como se hizo evidente, tampoco la niña le resultaba agradable a la señora Medlock.

—¡Caramba! ¡Qué poca gracia tiene! —dijo—. Y eso que habíamos oído que su madre era una belleza. Se ve que no le dejó nada en herencia. ¿Verdad, señora?

—Quizá mejore cuando crezca —respondió cordialmente la esposa del oficial—. Si no fuera por ese tono cetrino y tuviera una expresión más agradable…, sus rasgos son bastante buenos. Los niños cambian mucho.

—Pues sí que va a tener que cambiar esta —respondió la señora Medlock—. Y la verdad es que no hay nada en Misselthwaite que haga que los niños mejoren.

Pensaban que Mary no las escuchaba porque estaba un poco apartada, junto a la ventana del hotel al que habían ido. Miraba pasar los autobuses y los taxis, y también a la gente, pero las oyó perfectamente y sintió gran curiosidad por su tío y el lugar en que vivía. ¿Qué clase de lugar era y cómo sería él? ¿Qué era un jorobado? Nunca había visto uno. Quizá no los había en la India.

Desde que vivía en casa ajena y no tenía aya, había empezado a sentirse sola y a tener extraños pensamientos, nuevos para ella. Empezó a preguntarse por qué parecía no haber estado ligada nunca a nadie, ni siquiera cuando su padre y su madre vivían. Otros niños sí que parecían estar ligados a sus padres y a sus madres, pero ella no había sido nunca la niña pequeña de nadie. Claro que había tenido sirvientes y comida y ropas, pero nunca le habían prestado atención. No sabía que precisamente por eso era tan desagradable, y por supuesto tampoco tenía conciencia de serlo. Creía que los desagradables eran los demás, pero ignoraba que ella misma lo era.

---

6 *Bonnet* en el original. Sombrero de ala ancha atado a la barbilla con un lazo.

Pensó que la señora Medlock era la mujer más desagradable que había visto nunca, con su cara tan colorada y vulgar, y su cofia vulgar y pomposa. Cuando al día siguiente partieron de viaje a Yorkshire, Mary atravesó la estación con la cabeza muy alta, y se dirigió al vagón del tren intentando mantenerse tan alejada de la señora Medlock como le fue posible, pues no quería que las relacionasen. Le habría enfadado mucho que la gente imaginara que ella era su niña pequeña.

Pero a la señora Medlock no le preocupaban lo más mínimo la niña ni sus pensamientos. Era el tipo de mujer que no soportaba «las tonterías de los jovencitos». Al menos eso habría contestado si alguien le hubiera preguntado. Ir a Londres no había sido idea suya, justo ahora que la hija de su hermana María iba a casarse, pero tenía un empleo cómodo, bien pagado, de ama de llaves en la mansión Misselthwaite y la única manera de conservarlo era cumplir al instante las órdenes del señor Archibald. No se atrevía siquiera a hacer preguntas.

—El capitán Lennox y su esposa han muerto por el cólera —le había dicho el señor Craven con su tono lacónico y frío—. El capitán Lennox era el hermano de mi esposa y yo soy el tutor de su hija. Hay que traer aquí a la niña. Vaya a Londres y tráigala usted misma.

Así que preparó su pequeño baúl e hizo el viaje.

Irritada y feúcha, Mary iba sentada en un rincón del compartimento. No tenía nada que leer o que mirar, y cruzaba sus pequeñas manitas enguantadas sobre su regazo. Su vestido negro le hacía parecer más amarillenta que nunca, y su pelo mustio y claro le caía por debajo del sombrero negro de crepé.

«Una niña más destorpada[7] que esta... no la he visto en mi vida» pensó la señora Medlock—. (Destorpada es una palabra del yorkshire[8] y se usa para las niñas mimadas y petulantes). Nunca había visto a una niña que se quedara tan quieta sin hacer nada; al final se cansó de mirarla y se puso a hablar con voz fuerte y briosa.

---

7   *Destorpada:* estropeada (desus.).

8   Dialecto de la región.

—Supongo que lo mejor será que te cuente cosas del lugar al que vas —dijo—. ¿Sabes algo acerca de tu tío?

—No —dijo Mary.

—¿Nunca escuchaste a tu padre y a tu madre hablar de él?

—No —dijo Mary frunciendo el ceño. Fruncía el ceño porque se acordó de que ni su padre ni su madre le habían hablado jamás de ninguna cosa en concreto. La verdad era que sus padres nunca le habían hablado de nada.

—Hum —murmuró la señora Medlock mirando aquella carita rara e indolente. No dijo nada más durante unos momentos y después comenzó de nuevo—. Supongo que lo mejor será decirte algo... para que estés preparada. Vas a un lugar extraño.

Mary no dijo nada de nada, y la señora Medlock parecía bastante desconcertada por su visible indiferencia, pero tomó aliento y continuó.

—Se trata de un lugar enorme e imponente, un tanto tétrico y, de algún modo, el señor Craven está orgulloso de que así sea..., lo cual es también bastante tétrico. La casa tiene seiscientos años y está en un extremo del páramo, y posee cerca de un centenar de habitaciones, aunque la mayoría están cerradas y bajo llave. Y hay cuadros y buenos muebles antiguos y cosas que llevan allí siglos, y hay un gran parque alrededor y jardines y árboles, y algunos de ellos tienen ramas que cuelgan hasta el suelo. —Hizo una pausa y tomó aire otra vez—. Pero no hay nada más —concluyó tajantemente.

Muy a su pesar, Mary había empezado a escucharla. Todo parecía tan distinto a la India... y la novedad le atraía bastante. Pero no quería mostrarse interesada. Esa era una de sus tristes y desagradables costumbres. Así que permaneció callada.

—¿Y bien —dijo la señora Medlock—, qué piensas tú de todo esto?

—Nada —respondió—. No sé nada de lugares así.

Eso hizo que la señora Medlock soltara una breve carcajada.

—¡Vaya! —dijo—, pareces una vieja. ¿Es que no te importa?

—¿Y qué más da —dijo Mary— si me importa o no?

—Ahí tienes toda la razón —añadió la señora Medlock—. Lo mismo da. No sé para qué vas a quedarte en la mansión Misselthwaite, debe ser porque

es lo más fácil. *Él* no va a preocuparse de ti, eso está más claro que el agua. Nunca se preocupa por nadie.

La señora Medlock se detuvo como si hubiera caído en algo de repente.

—Tiene la espalda encorvada —dijo—. Eso lo echó a perder. Era un hombre amargado y no le sirvió de nada todo su dinero y su gran casa hasta que se casó.

A pesar de su intención de no mostrar interés, los ojos de Mary se dirigieron hacia la mujer. No se le había ocurrido que el jorobado estuviese casado, y se sintió un poco sorprendida. La señora Medlock lo notó, y como era muy habladora continuó con más interés. En definitiva, era una manera como cualquier otra de pasar el tiempo.

—Ella era una mujer adorable y bonita, y él habría atravesado el mundo para traerle una brizna de hierba si ella se lo hubiera pedido. Nadie pensó que se fuera a casar con él, pero lo hizo, y entonces la gente dijo que se había casado por su dinero. Pero no fue así, desde luego que no. Cuando ella murió...

Mary dio un brinco involuntario.

—¡Oh! ¡Murió! —exclamó, obviamente sin pretenderlo. De repente se acordó de un cuento de hadas francés que había leído, titulado «Riquet à la Houppe».[9] Trataba de un pobre jorobado y una hermosa princesa y le hizo sentir una pena repentina por el señor Craven.

—Sí, murió —respondió la señora Medlock—. Y eso hizo que se volviera aún más raro. No se preocupa por nadie. No ve a nadie. La mayor parte del tiempo está de viaje. Y cuando llega a la mansión de Misselthwaite se encierra en el ala este y no permite que nadie le vea, salvo Pitcher. Pitcher es un viejo, pero le cuidó cuando era niño y entiende sus costumbres.

Todo aquello parecía salido de un libro y no hizo que Mary se sintiera precisamente feliz. Una casa con cien habitaciones casi todas cerradas y las puertas bajo llave, una casa en el extremo de un páramo —fuese lo que fuese un páramo—. Sonaba espeluznante. ¡Un hombre con la espalda encorvada, y encerrado además! Miró por la ventanilla y apretó los labios con

---

9   En francés en el original. Cuento de Charles Perrault, en español se ha traducido como *Riquete el del copete*.

fuerza, le pareció muy apropiado que la lluvia empezara a caer en sesgadas líneas grises y recorriera y salpicara el cristal de la ventanilla. De haber estado viva, la bella esposa podría haberse dedicado a cosas alegres, un poco como su propia madre, podría haber entrado y salido y asistido a fiestas con vestidos de «gracia encajada». Pero no, ella ya no estaba allí.

—No creas que vas a verlo porque diez a uno a que no lo verás —dijo la señora Medlock—. Y no creas que va a haber nadie para hablar contigo. Tendrás que jugar sola y cuidarte tú misma. Se te dirá a qué habitaciones puedes ir y en cuáles no puedes entrar. Hay jardines de sobra. Pero cuando estés en la casa no andes merodeando y curioseando. El señor Craven no te lo permitirá.

—No tengo interés en andar curioseando —dijo agriamente la pequeña Mary; y, justo en ese momento, tan repentinamente como había empezado a sentir pena por el señor Craven, dejó de sentirla y empezó a pensar que era tan antipático como para merecer todo lo que le había pasado.

Y después giró su cabeza hacia los cristales empapados de la ventanilla del vagón y observó la tormenta gris, que parecía que no iba a acabar nunca. La miró tan larga y fijamente que la grisura se hizo más y más grande frente a sus ojos, y la niña se quedó dormida.

Capítulo 3
CRUZANDO EL PÁRAMO

Mary estuvo mucho tiempo dormida, y cuando despertó, la señora Medlock había comprado una cesta de comida en una de las estaciones, y tomaron algo de pollo y ternera fría, pan con mantequilla y té caliente. Parecía que la lluvia caía ahora con más fuerza que nunca y todos en la estación llevaban impermeables mojados y destellantes. El jefe de tren encendió las lámparas del vagón, y la señora Medlock disfrutó mucho del té y el pollo y la ternera. Comió en gran cantidad y después fue ella la que se quedó dormida. Mary la contempló desde su asiento y observó cómo su pomposa cofia se escurría hacia un lado hasta que volvió a quedarse dormida en el rincón del compartimento, arrullada por el sonido de la lluvia contra las ventanillas. Estaba bastante oscuro cuando se despertó de nuevo. El tren había parado en una estación y la señora Medlock la zarandeaba.

—¡Ya has dormido bastante! —dijo—. ¡Es hora de que abras los ojos! Estamos en la estación de Thwaite y nos queda un largo camino por delante.

Mary se incorporó e intentó mantener los ojos abiertos mientras la señora Medlock recogía los bultos. La pequeña no se ofreció a ayudarla porque en la India eran siempre los sirvientes nativos los que recogían o portaban las cosas, y que los demás le sirvieran a uno parecía lo correcto.

Era una estación pequeña y nadie salvo ellas mismas parecía estar saliendo del tren. El jefe de estación se dirigió a la señora Medlock en un tono seco y simpático a un tiempo. Pronunciaba las palabras con un acento raro, muy cerrado, y Mary supo después que se trataba del yorkshire.

—Veo *custé*[10] *ya* vuelto —dijo él—. Y *ca traío* la niña.

—Mesmamente[11] —respondió la señora Medlock, también con el acento de Yorkshire y señalando a Mary con la cabeza—. ¿Cómo está la señora?

—Bien, *mu* bien. El carruaje está esperando fuera.

Una berlina aguardaba en la carretera frente al pequeño andén exterior. Mary vio el elegante carruaje, y no menos elegante era el lacayo que la ayudó a subir. Su largo abrigo impermeable y la cobertura impermeable de su sombrero brillaban y goteaban con la lluvia como todo lo demás, incluido el fornido jefe de estación.

Cuando cerró la puerta, el lacayo se montó en el pescante con el cochero, y partieron. La niña se encontró sentada en un cómodo rincón acolchado, pero no estaba dispuesta a quedarse dormida de nuevo. Se sentó y miró por la ventanilla, con la curiosidad de poder ver algo en la carretera por la que la conducían hacia ese extraño lugar del que le había hablado la señora Medlock. No era una niña tímida y no es que estuviese precisamente asustada, pero debía admitir que no había forma de saber qué podía suceder en una casa con un centenar de habitaciones casi todas cerradas..., una casa que se asentaba en el extremo del páramo.

—¿Qué es un páramo? —le preguntó de repente a la señora Medlock.

—Mira por la ventanilla y podrás verlo en diez minutos más o menos —respondió la mujer—. Tenemos que recorrer ocho kilómetros a través del páramo Missel antes de llegar a la mansión. No podrás ver mucho porque es una noche oscura, pero algo verás.

En lugar de hacer más preguntas, Mary esperó en la oscuridad de su rincón, con los ojos fijos en la ventana. Las lámparas del carruaje lanzaban

---

10 Algunos personajes de la novela hablan el dialecto yorkshire. Para transmitir dicho dialecto se han realizado diversas variaciones lingüísticas tal como se explica en «Nota de la traductora».

11 *Mesmamente:* mismamente. El adjetivo «mesmo» es una forma en desuso de «mismo». Véase «Nota de la traductora».

sus rayos de luz a poca distancia por delante de ellos y, de este modo, pudo captar fugazmente las cosas junto a las que pasaban. Tras dejar la estación atravesaron un pueblo diminuto y Mary pudo ver casitas encaladas y las luces de una fonda. Más tarde pasaron junto a una iglesia, y una vicaría y un pequeño escaparate, o algo así, en una casa que tenía juguetes y dulces y otras cosas raras a la venta. Luego llegaron a la carretera principal y vio setos y árboles. Después de aquello, le pareció que durante mucho tiempo no había nada diferente, o al menos le pareció mucho tiempo a ella.

Finalmente, los caballos empezaron a ir más despacio, como si estuviesen subiendo una colina, y pronto dio la impresión de que ya no había ni más setos ni más árboles. De hecho, la niña no podía atisbar nada salvo una densa oscuridad a ambos lados. Se echó hacia delante y presionó la cara contra la ventanilla justo cuando el carruaje dio una gran sacudida.

—¡Ay! Sí, señor, ya estamos en el páramo —dijo la señora Medlock.

El carruaje arrojaba su luz amarilla sobre una carretera de aspecto rústico que parecía abrirse camino entre arbustos y otras plantas de monte bajo cuyo fin era una extensión de oscuridad, aparentemente desplegada por delante y alrededor de ellos. El viento empezó a levantarse con un sonido singular, salvaje, sutil y apresurado.

—No es... no es el mar, ¿verdad? —dijo Mary mirando de reojo a su acompañante.

—No, no lo es —respondió la señora Medlock—. Ni campos ni montañas, solo kilómetros y kilómetros y kilómetros de tierra salvaje en la que nada crece sino brezo, retama y tojo, y en la que nada vive salvo ponis salvajes y ovejas.

—Tengo la sensación de que podría ser el mar si tuviera agua encima —dijo Mary—. Justo ahora suena como el mar.

—Es el viento soplando entre los arbustos —dijo la señora Medlock—. A mí me parece un lugar salvaje e inhóspito, aunque a mucha gente le gusta, especialmente cuando el brezo está en flor.

Siguieron adelante, conduciéndose a través de la oscuridad y, aunque la lluvia cesó, el viento pasaba a toda velocidad y silbaba y producía extraños sonidos. La carretera subía y bajaba, y varias veces el carruaje pasó por

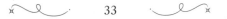

pequeños puentes debajo de los que el agua corría rápidamente, con un ruido estruendoso. Mary pensó que el viaje no llegaría nunca a su fin y que el ancho, desolado páramo era una enorme extensión de negro océano que ella atravesaba por una franja de tierra seca.

«No me gusta —se dijo—. No me gusta», y apretó aún más sus finos labios.

Los caballos estaban subiendo un trozo empinado de carretera cuando vio por primera vez algo de luz. La señora Medlock la vio al mismo tiempo que ella y lanzó un largo suspiro de alivio.

—Ay, estoy contenta de ver brillar esa luz —exclamó—. Es la luz de la ventana del guarda. Ahora sí que en un ratito estaremos tomando una buena taza de té.

Y sí, tal como ella dijo, fue un «ratito» después, ya que cuando el carruaje atravesó las puertas del parque todavía quedaban tres kilómetros de avenida que recorrer, y los árboles (que casi se tocaban sobre sus cabezas) hacían que pareciera que estaban viajando bajo una larga y oscura bóveda.

Salieron de la oscura bóveda a un espacio abierto y se detuvieron frente una casa[12] inmensamente larga, pero no de mucha altura, que serpenteaba alrededor de un patio de piedra. Al principio Mary pensó que no había una sola luz en las ventanas, pero en cuanto salió del carruaje vio aquella habitación situada en una esquina de la planta superior que mostraba un ligero resplandor.

La puerta de entrada era enorme, hecha de grandes paneles de roble, con formas curiosas, remachada con grandes clavos de hierro y sujeta con pesadas barras. Se abría a un enorme vestíbulo, tan débilmente iluminado que las caras de los retratos de las paredes y los personajes con trajes de armaduras hacían que Mary no sintiera deseos de mirarlos. De pie sobre aquel suelo de piedra, Mary parecía una extraña figurita vestida de negro, y se sentía ella tan pequeña y perdida y extraña como parecía.

Había un hombre anciano, alto y de cuidado aspecto junto al criado que les abrió la puerta.

---

12 Frances Hodgson Burnett se inspiró en la mansión Maythan, situada en Kent, sus jardines y los páramos ingleses para el escenario de la novela.

—Llévela a su cuarto —dijo con voz áspera—. No quiere verla. Se va a Londres por la mañana.

—Muy bien, señor Pitcher —respondió la señora Medlock—. Me encargaré de todo en cuanto sepa qué se espera de mí.

—Lo que se espera de usted —dijo el señor Pitcher— es que se asegure de que nadie lo moleste y de que no vea lo que no quiere ver.

Y entonces hicieron que Mary Lennox subiera una amplia escalinata, bajara un largo corredor, subiera algunos escalones y atravesara otro corredor y otro más hasta que una puerta se abrió en un muro y se encontró en una habitación con una chimenea y la cena dispuesta sobre la mesa.

La señora Medlock dijo sin ceremonias:

—Bien, ¡ya estás aquí! En esta habitación y la contigua será donde vivas, y debes limitarte a ellas. ¡No lo olvides!

Así fue como doña Mary llegó a la mansión Misselthwaite, y posiblemente nunca se había sentido tan fastidiosa en toda su vida.

Capítulo 4
MARTHA

Cuando Mary abrió los ojos por la mañana, vio a una joven doncella que había entrado en su habitación a encender el fuego y estaba arrodillada en la alfombra de la chimenea, rastrillando ruidosamente las cenizas. Tumbada en la cama Mary la contempló durante unos instantes y después comenzó a observar la habitación. Nunca había visto una habitación como aquella, la encontró pintoresca y tétrica, los muros estaban cubiertos de tapices que tenían bordada una escena forestal. Había gente vestida de fantasía bajo los árboles y a lo lejos se entreveían las torres de un castillo. Había cazadores y caballos y perros y damas. A Mary le parecía estar en el bosque con ellos. Y, a través de una amplia ventana, pudo ver una gran superficie de tierra empinada que parecía no tener árboles y se asemejaba bastante a un mar púrpura, interminable y monótono.

—¿Qué es eso? —dijo ella señalando lo que había fuera de la ventana.

Martha, la joven doncella, que se acababa de ponerse de pie, miró y señaló también:

—¿Eso?

—Sí.

—Eso es el páramo —dijo con una simpática sonrisa de oreja a oreja—. ¿Te gusta?

—No —respondió Mary—. Lo odio.

—Eso es porque *nostás acostumbrá* —dijo Martha, volviendo a la alfombra—. Ahora se *tace demasiao* grande y vacío. Pero *tacabará* gustando.

—¿A ti te gusta? —inquirió Mary.

—Sí, me gusta —respondió Martha alegremente mientras sacaba brillo a la rejilla—. *Mencanta. Nostá* vacío, no. Está lleno de plantas que huelen *mu* bien. Es tan encantador en primavera y verano, cuando el tojo y la retama y el brezo están en flor... Huele a miel y hay tanto aire fresco... Y el cielo se ve *mu* alto y las abejas y las alondras hacen un ruido *mu* agradable zumbando y cantando. ¡Ay, por *na* del mundo *miría* lejos del páramo!

Mary la escuchaba con expresión grave y perpleja. Los sirvientes nativos de la India a los que ella estaba acostumbrada no se parecían en nada a esta otra. Eran sumisos y serviles, y no se aventuraban a hablar con sus dueños como si fueran sus iguales, sino que les hacían zalemas y los llamaban «protectores de los pobres» y cosas por el estilo. A los sirvientes indios no se les pedía que hicieran las cosas, se les ordenaba. No era costumbre decirles «por favor» o «gracias» y, siempre que Mary se enfadaba, le daba una guantada a su aya. Se le ocurrió pensar qué haría esta chica si alguien le diera una guantada. Se trataba de una criatura regordeta, sonrosada y simpática, pero a la vez su aspecto fornido le hizo pensar a la señorita Mary si no sería capaz de devolverla... si la que le daba la guantada era tan solo una niña pequeña.

—Eres una sirvienta extraña —dijo desde sus almohadas con bastante altivez.

Martha se sentó sobre sus talones, con el cepillo para pulir en la mano, y después se rio, no parecía haberse enfadado lo más mínimo.

—¡Ay! ¡Ya lo sé! —dijo—. Si Misselthwaite tuviera una gran señora, yo nunca habría *llegao* a ser una de las doncellas. Escobadera[13] tal vez, pero

---

13 *Escobadera:* mujer que limpia y barre con la escoba (desus.).

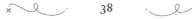

no *mubiesen permitío* subir las escaleras. Soy *demasiao* vulgar y hablo *demasiao* yorkshire. *Pa to* lo importante que es, la casa es *mu* rara. Parece que no hay más señor ni más señora *quel* señor Pitcher y la señora Medlock. Cuando está aquí el señor Craven no *quié* que se le moleste con *na*, y casi siempre está fuera. La señora Medlock me dio este puesto por pura bondad. Me dijo que no me lo podría haber *dao* si Misselthwaite fuera como las otras grandes casas.

—¿Vas a ser mi sirvienta? —preguntó Mary, todavía con sus modales imperiosos de pequeña hindú.

Martha se puso a pulir de nuevo la rejilla.

—Soy la sirvienta de la señora Medlock —dijo resueltamente—. Y ella lo es del señor Craven. Pero *man ordenao* que limpie aquí arriba y *questé* pendiente de ti. Aunque no hará falta estar *mu* pendiente.

—¿Quién va a vestirme? —inquirió Mary.

Martha se sentó de nuevo sobre sus talones y la miró fijamente. Del asombro, habló con un yorkshire cerrado.

—¿No te *pués* deliñar[14] tú sola? —exclamó.

—¿Qué quieres decir? No entiendo tu idioma —dijo Mary.

—¡Ay, me olvidé! —contestó Marta—. La señora Medlock me advirtió que tuviera *cuidao* o no *mentenderías*. Lo que quiero decir es: ¿no sabes arreglarte sola?

—No —respondió Mary bastante indignada—. No lo he hecho en mi vida. Me vestía mi aya, por supuesto.

—Bueno —dijo Martha, evidentemente sin darse cuenta de que estaba siendo un poco descarada—, si *nas podío* empezar antes, ya es hora de *caprendas*. *Tará* bien cuidar de ti misma. Mi madre siempre dice que *nontiende* que los niños de la gente importante no acaben tontos *redomaos*. ¡Con tanta niñera que los lava y los viste y los saca de paseo como si fueran perritos!

—En la India es diferente —replicó la niña con desdén. Para la señorita Mary todo esto empezaba a resultar insoportable.

---

14 *Deliñar:* aderezar (desus.).

Pero, por supuesto, Martha no se vino abajo.

—*Pos* sí, es diferente —respondió con un tono casi compasivo—. Digo yo que por haber tanto negro en lugar de gente blanca y respetable. Cuando *menteré* que venías de la India, pensé que tú también eras negra.

Furiosa, Mary se puso de pie en la cama.

—¡Qué! —dijo—. ¡Qué! Pensaste que yo era una nativa. Tú... Tú, ¡hija de un cerdo!

Martha la miró fijamente, parecía sofocada.

—¿Quién eres tú *pa* insultar? —dijo—. No *tié* uno que disgustarse tanto. Esa forma de hablar *nos* propia *duna* señorita. No tengo *na* contra los negros. Cuando se lee sobre ellos en los folletos se *pué* ver que son *mu* religiosos. Uno siempre lee *cun* negro es un hombre y un hermano. Nunca he visto un negro y estaba más que *encantá* de pensar *quiba* ver uno de cerca. Cuando entré esta mañana a encender tu chimenea *macerqué* a la cama y tiré con mucho *cuidao* de la colcha *pa* mirarte. Y allí estabas tú —dijo desilusionada—, menos negra que yo, y amarilleja.[15]

Mary ni siquiera intentó controlar su rabia y humillación.

—¡Pensabas que era una nativa! ¡Te atreviste a eso! ¡No sabes nada de los nativos! No son personas, son sirvientes obligados a hacerte zalemas. No sabes nada de la India. ¡No sabes nada de nada!

Estaba encolerizada y se sentía impotente ante la simple mirada de la chica y por alguna razón empezó a sentirse tan terriblemente sola y alejada de todo lo que ella comprendía, y de todo lo que la comprendía a ella, que se arrojó de cara sobre las almohadas y rompió a sollozar desaforadamente. Lloraba con tanto desconsuelo que la simpática Martha de Yorkshire se asustó un poco y sintió pena por ella. Así que se acercó a la cama y se inclinó sobre la niña.

—¡Oye! ¡No hay que ponerse así! —le rogó—. No llores. No sabía *quibas* a disgustarte. Es justo *lo cas* dicho, yo no sé *na* de *na*. Perdóname, señorita. Deja de llorar.

---

15 *Amarilleja:* amarillenta.

Había algo reconfortante y verdaderamente amistoso en su extraño acento de Yorkshire, en aquella vigorosa forma de ser, e hizo efecto en Mary. Poco a poco dejó de llorar y se tranquilizó. Martha parecía aliviada.

—Ya es hora que te levantes —añadió—. La señora Medlock *ma ordenao* que te lleve el desayuno, el té y la cena a la habitación *dal lao*. La han *convertío* en un cuarto de juegos *pa* ti. Si sales de la cama, te ayudaré con la ropa. Cuando el vestimento[16] *tié* los botones en la espalda, una no *pué* abotonarse sola.

Mary decidió al fin levantarse, y la ropa que sacó Martha del armario no era la que llevaba puesta cuando llegó la noche anterior con la señora Medlock.

—Eso no es mío —dijo ella—. Mi ropa es negra.

Miró el vestido y el abrigo de gruesa lana blanca y añadió con fría aprobación:

—Esa es más bonita que la mía.

—Es la que *tiés* que ponerte —respondió Martha—. La señora Medlock *la traío* de Londres *pa* ti, el señor Craven se lo ordenó. Dijo: «No tendré a una niña *vestía* de negro paseando por ahí como alma en pena, eso fue lo que dijo. Haría *queste* sitio se viera más triste de lo *ques*. Ponle algo de color». Madre comentó que sabía *mu* bien a lo que se refería. Madre siempre entiende lo que la gente *quié* decir. Ella tampoco soporta el negro.

—Yo odio las cosas negras —dijo Mary.

El proceso de vestir a Mary enseñó algo a ambas. Martha había abotonado tanto a sus hermanitas como a sus hermanos, pero nunca había visto a una niña que se quedara quieta y esperara que otra persona hiciera las cosas por ella como si no tuviera manos ni pies.

—¿Por qué no te pones tú *mesma* los zapatos? —dijo cuando Mary levantó tranquilamente el pie.

—Eso lo hacía mi aya —respondió Mary mirándola fijamente—. Era la costumbre.

---

16 *Vestimento:* vestido (desus.).

Mary repetía eso con frecuencia: «Era la costumbre». Los sirvientes nativos lo estaban diciendo todo el rato. Si se les ordenaba que hiciesen algo que sus ancestros no llevaran haciendo mil años lo miraban a uno amablemente y respondían: «No es la costumbre», y ese era el fin del asunto.

No había sido la costumbre que la señorita Mary hiciera otra cosa que estar de pie y dejarse vestir como una muñeca, pero antes de estar lista para el desayuno empezó a sospechar que su vida en la mansión Misselthwaite terminaría enseñándole un buen número de cosas nuevas para ella... Cosas tales como ponerse sus propios zapatos y calcetines, y recoger todo lo que tiraba. Si Martha hubiese sido una buena doncella, cualificada para atender a una señorita, habría sido más servil y más respetuosa y habría sabido que tareas como cepillar el cabello, abrochar las botas y coger las cosas y colocarlas en su sitio eran asunto suyo. Sin embargo, Martha era tan solo una chica de Yorkshire, rústica e ignorante, criada en una casita del páramo con multitud de hermanos y hermanas pequeñas que no habían ni soñado otra cosa que no fuese hacérselo todo ellos mismos y hacérselo a los más pequeños, ya sea a los bebés que había que llevar en brazos o a los que ya aprendían a dar los primeros pasos y tropezaban con todo.

Si Mary Lennox hubiese sido una niña capaz de divertirse, posiblemente se habría reído de lo dispuesta que estaba Martha a hablar, pero lo único que Mary hacía era escucharla fríamente y admirarse ante su falta de modales. Al principio no estaba nada interesada, pero gradualmente, mientras la chica seguía con su cháchara simpática y hogareña, Mary empezó a prestarle atención.

—¡Ay! Deberías vernos a *tos* —dijo—. Somos doce, y padre apenas gana dieciséis chelines a la semana. Mi madre se las ve y se las desea *pa* yuntar[17] gachas de avena *pa* tos. Y los niños se revuelcan en el páramo y se pasan el día allí jugando y madre dice *quel* aire del páramo les engorda. Dice que cree que comen hierba como los ponis. Nuestro Dickon *tié* doce años y afirma *cay* un pequeño poni *ques* suyo.

---

17 *Yuntar:* juntar (desus.).

—¿Dónde lo consiguió? —preguntó Mary.

—Lo encontró *nel* páramo con su madre cuando era pequeñito y empezó a hacerse su amigo dándole pedacitos de pan y arrancando hierba *pa* él. Y consiguió caerle tan bien *cahora* le sigue y deja que se monte en su lomo. Dickon es un buen muchacho, gusta a *tos* los animales.

Mary nunca había tenido un animal de compañía, pero siempre había pensado que le gustaría tener uno. Así que empezó a sentir un ligero interés en Dickon, y puesto que jamás había estado interesada en otra cosa que no fuese ella misma, aquello era el albor de un sentimiento saludable. Cuando entró en la habitación que habían dispuesto como cuarto de juegos para ella, descubrió que se parecía bastante a la habitación en la que había dormido. No era un cuarto de niños, sino la habitación de un adulto, con tétricos y antiguos cuadros en los muros y pesadas sillas de roble viejo. Había preparada una mesa en el centro con un desayuno sustancioso. Pero ella había tenido siempre muy poco apetito, y miró con cierta indiferencia el primer plato cuando Martha lo colocó frente a ella.

—No lo quiero —dijo.

—¡No *quiés* tus gachas! —exclamó Martha incrédula.

—No.

—No sabes lo buenas *questán*. Ponle un poco de melaza o de azúcar.

—No lo quiero —repitió Mary.

—¡Ay! —dijo Martha—. No puedo ver cómo se desperdician las buenas vituallas. Si *tos* nuestros niños estuviesen *nesta* mesa, la dejarían vacía en cinco minutos.

—¿Por qué? —preguntó Mary fríamente.

—¡Por qué! —exclamó Martha como un eco—. Porque casi nunca en su vida *san sentío* el estómago lleno. Están tan hambrientos como los polluelos de los halcones y las crías de los zorros.

—No sé lo que es estar hambriento —añadió Mary con la indiferencia que da la ignorancia.

Martha la miró indignada.

—Bueno, *pos taría* bien probarlo. Eso lo tengo claro —dijo con franqueza—. No tengo paciencia con los que se sientan y *to* lo *cacen* es mirar el pan

y la carne. ¡Válgame! Cómo me gustaría que Dickon y Phil y el resto tuvieran bajo sus baberos lo *cay* aquí.

—¿Por qué no se lo llevas? —sugirió Mary.

—*Nos* mío —respondió Martha rotundamente—. Y *nos* mi día libre. Tengo un día libre una vez al mes, como el resto. Voy a casa entonces y limpio *pa* darle a mi madre un día de descanso.

Mary bebió un poco de té y se comió una pequeña tostada y algo de mermelada.

—Abrígate bien y sal a correr y a jugar —dijo Martha—. *Tará* bien y *tabrirá* un poco el apetito *pa* la comida.

Mary se acercó a la ventana. Había jardines y senderos y grandes árboles, pero todo tenía un aspecto gris e invernal.

—¿Afuera? ¿Por qué debería salir en un día como este?

—Bueno, *pos* si no sales, tendrás que quedarte y ¿qué vas a hacer aquí?

Mary echó un vistazo a su alrededor. No había nada que hacer. Cuando la señora Medlock dispuso el cuarto de juegos no estaba pensando precisamente en la diversión. Quizá sería mejor salir y ver cómo eran los jardines.

—¿Vendrás conmigo? —inquirió ella.

Martha se quedó mirándola fijamente.

—Tendrás que ir tú sola —respondió—. Tendrás *caprender* a jugar como hacen los otros niños que no *tién* hermanas ni hermanos. Nuestro Dickon se va solo al páramo y juega durante horas. Así fue como se hizo amigo del poni. Hay una oveja *nel* páramo que lo conoce y pájaros que llegan a comer de su mano. Por *mu* poco que tenga *pa* comer, siempre guarda un poquito de pan *pa* mimar a sus mascotas.

Fue la mención de Dickon lo que hizo que Mary se decidiera a salir, aunque ella no se dio cuenta. Afuera habría pájaros, aunque no habría ponis ni ovejas. Estos pájaros serían diferentes de los de la India y podría resultar entretenido contemplarlos.

Martha le alcanzó el abrigo y el sombrero y un par de recias botitas, y le mostró el camino escaleras abajo.

—Si vas por ese camino, llegarás a los jardines —dijo señalando una puerta en un muro de arbustos—. Hay montones de flores cuando es verano, pero ahora no florece *na* —dudó un segundo antes de añadir—: Uno de los jardines está *cerrao*. Nadie ha *entrao* allí en diez años.

—¿Por qué? —preguntó Mary casi sin querer.

He aquí otra puerta cerrada que añadir al centenar de la extraña casa.

—El señor Craven mandó clausurarlo cuando su esposa murió tan repentinamente. No deja *quentre* nadie. Era el jardín de su mujer. Él cerró la puerta, cavó un hoyo y enterró la llave. Está sonando la campana de la señora Medlock... Tengo *quirme* corriendo.

Ya que la muchacha se hubo marchado, Mary salió por el camino que llevaba al muro de arbustos. No pudo evitar pensar en el jardín que nadie había visitado en diez años. Se preguntó cómo sería y si todavía quedarían flores en él. Cuando traspasó la puerta de los arbustos se encontró en medio de unos enormes jardines, con amplias zonas de césped y senderos serpenteantes con bordes recortados. Había árboles y parterres y otros árboles de hoja perenne recortados con extrañas formas y un largo estanque con una vieja fuente gris en el medio. Pero los parterres estaban vacíos y congelados y la fuente no estaba funcionando. Este no era el jardín cerrado. ¿Cómo podía encerrarse un jardín? Por un jardín siempre se podía caminar.

Esto estaba pensando cuando advirtió que al final del camino por el que andaba parecía haber un largo muro cubierto de hiedra. No estaba aún lo suficientemente familiarizada con Inglaterra como para saber que había llegado a los huertos donde crecían la verdura y la fruta. Se acercó al muro y descubrió una puerta verde en la hiedra; estaba abierta. No era el jardín cerrado, evidentemente, y se podía entrar.

Atravesó la puerta y descubrió que era un jardín con muros alrededor y que se trataba solo de uno de los varios jardines amurallados que parecían conectados los unos a los otros. Vio otra puerta verde abierta por la que se veían arbustos y senderos entre parterres, con hortalizas de invierno. Unas guías sujetaban los árboles frutales contra el muro y algunos de los parterres estaban cubiertos con cajoneras de cristal. Era un lugar árido y bastante feo, pensó Mary, mientras se detenía y miraba a su alrededor. Sería mucho más bonito en verano cuando todo estuviese verde, pero ahora no tenía nada de bonito.

De repente, un hombre mayor que cargaba una pala sobre el hombro atravesó la puerta del segundo jardín. Al ver a Mary se sobresaltó y después la saludó tocándose la gorra. Su viejo rostro tenía una expresión hosca y no parecía contento de verla. Pero también ella estaba descontenta con el jardín y llevaba puesta su expresión de «fastidiosa» y no parecía en absoluto feliz de verlo.

—¿Qué lugar es este? —preguntó ella.

—Uno de los huertos —respondió él.

—¿Qué es eso? —dijo Mary, apuntando al interior de la otra puerta verde.

—Otro huerto —dijo escuetamente—. Hay uno más *nel* otro *lao* del muro y un huerto frutal más *pallá*.

—¿Puedo entrar? —preguntó Mary.

—Si *quiés*. Pero *nay na* que ver.

Mary no respondió. Bajó por el sendero y atravesó la segunda puerta verde. Allí encontró nuevos muros y hortalizas de invierno y cajoneras de cristal, pero en el segundo muro había otra puerta verde que no estaba abierta. Quizá conducía al jardín que nadie había visto durante diez años. Puesto que no era una niña tímida y siempre hacía lo que quería hacer, Mary se dirigió hacia la puerta verde y giró el picaporte. Esperaba que la puerta no se abriese porque quería estar segura de haber encontrado el misterioso jardín... Pero esta se abrió con mucha facilidad y la atravesó y se encontró en un huerto frutal. Había muros a todo alrededor y también árboles sujetos al muro con guías y había árboles frutales creciendo en la hierba quemada por el invierno... Pero no había ninguna puerta verde. Mary la buscó y para cuando hubo llegado al extremo superior del jardín ya había reparado en que el muro parecía no terminar con el huerto frutal sino que continuaba, como si encerrara un lugar al otro lado. Podía ver las ramas de los árboles por encima del muro, y cuando se quedó quieta vio un pájaro con el pecho de color rojo brillante posado en la rama más alta de uno de los árboles y, de repente, este se puso a cantar su canción de invierno, casi como si se hubiese dado cuenta de que ella estaba allí y la estuviese llamando.

Ella se detuvo y lo escuchó y, por alguna razón, su alegre, amistoso, pequeño silbido la puso contenta; incluso una niña tan desagradable como

ella podía sentirse sola, y la gran casa cerrada y el gran páramo desnudo, y los grandes jardines vacíos hacían que se sintiera como si no quedara nadie más en el mundo aparte de ella. Si hubiese sido una niña sentimental, acostumbrada a ser amada, se le habría roto el corazón, pero aunque seguía siendo «doña Mary fastidiosa» se hallaba desolada, y el pajarito con el pecho brillante logró poner en su amargo rostro un gesto parecido a una sonrisa. Estuvo escuchándolo hasta que salió volando. No era un pájaro como los de la India y le había gustado mucho. Se preguntó si volvería a verlo alguna vez. Quizá vivía en el misterioso jardín y lo sabía todo de él.

Tal vez pensaba tanto en el jardín abandonado porque no tenía nada que hacer. Sentía curiosidad y deseaba ver cómo era. ¿Por qué habría enterrado la llave el señor Craven? Si tanto había querido a su mujer, ¿por qué odiaba su jardín? Se preguntó si llegaría a ver al señor Craven, pero sabía que si lo hacía él no le caería bien y ella tampoco le caería bien a él, así que tendría que quedarse quieta y mirarle sin decir nada, aunque estaría deseando con todas sus ganas preguntarle por qué había hecho algo tan raro.

«Nunca le gusto a la gente y la gente nunca me gusta a mí —pensó—. No podría hablar como los niños Crawford, que están siempre charlando y riéndose y haciendo ruido».

Pensó en el petirrojo y en cómo parecía que había cantado la canción para ella, y al recordar la rama alta del árbol en la que se había posado, se detuvo de pronto en el sendero.

—Creo que aquel árbol estaba en el jardín secreto... Estoy segura de que sí —dijo—. Había un muro alrededor y no tenía puerta.

Caminó de vuelta al primer huerto por el que había entrado y encontró al viejo excavando allí. Se acercó y se detuvo junto a él y lo miró durante un instante con la frialdad que la caracterizaba. Él no le prestó atención, así que finalmente ella tomó la palabra.

—He estado en los otros jardines —dijo.

—*Nabía na* que *timpidiera* entrar —respondió él con brusquedad.

—Entré en el huerto frutal.

—*Nabía* perro *pa* morderte —contestó él.

—No hay ninguna puerta que conduzca al otro jardín —dijo Mary.

—¿Qué jardín? —preguntó él con tono hosco, dejando momentáneamente de excavar.

—El que hay al otro lado del muro —respondió la señorita Mary—. Allí hay árboles... Yo vi las copas. Un pájaro con el pecho rojo estaba posado en uno de ellos y se puso a cantar.

Para su sorpresa, el rostro curtido del malhumorado viejo mudó la expresión. Asomó una ligera sonrisa y el jardinero mostró un aspecto completamente diferente. Qué curioso, pensó, cuánto más agradable parecía una persona si sonreía. Nunca había reparado en ello.

El hombre se dirigió hacia el muro del jardín que daba al huerto frutal y empezó a silbar, con un silbido suave y ligero. La niña no podía entender cómo un hombre de carácter tan agrio era capaz de emitir un sonido tan tierno.

Casi al instante sucedió algo maravilloso. Escuchó un suave, ligero y apresurado batir de alas en el aire: era el pájaro con el pecho rojo que volaba hacia ellos, y llegó a posarse en el gran terrón que estaba situado muy cerca del pie del jardinero.

—*Aquistá* —dijo el hombre mayor con una risita y después se puso a hablarle al pájaro como si le hablara a un niño—. ¿Dónde has *estao*, sinvergüenza? —dijo—. No *te* visto hoy. ¿Tan pronto has *empezao* el cortejo? Eres *mu* precoz.

El pájaro echó su diminuta cabeza a un lado y lo miró con una mirada tierna y brillante que era como una negra gota de rocío. Parecía muy familiarizado con el hombre y no tenía ni pizca de miedo. Daba saltitos y picoteaba la tierra con brío, buscando semillas e insectos. Verlo puso un extraño sentimiento en el corazón de Mary porque era muy bonito y alegre y casi parecía una persona. Tenía un diminuto cuerpo rechoncho y un pico delicado, y unas patas finas y delicadas.

—¿Siempre viene cuando lo llamas? —preguntó ella casi en susurros.

—Sí, siempre. Lo conozco desde *questaba* aprendiendo a volar. Salió *dun* nido del otro jardín y cuando sobrevoló el muro por primera vez estaba *demasiao* débil *pa* regresar y nos hicimos amigos. Cuando volvió

a cruzar el muro el resto de la *nidá* ya se había ido, estaba solo y volvió conmigo.

—¿Qué tipo de pájaro es? —preguntó Mary.

—¿No lo sabes? Es un petirrojo, *nay* pájaros más simpáticos y curiosos *questos*. Son casi tan amigables como los perros... Si sabes cómo llevarte bien con ellos. Ójalo[18] cómo picotea y nos observa de vez en cuando. Sabe *questamos* hablando *dél*.

Era la cosa más rara del mundo ver al viejo hombre. Miraba al pájaro de chaleco escarlata como si le cayese bien y al mismo tiempo se sintiese orgulloso de él.

—Es un *mimao* —dijo riendo—, le gusta *cablen dél*, y un curioso, ¡vaya que sí! *Nay* nadie más curioso y *entrometío*. Siempre viene a ver lo *questoy* plantando. Sabe *to* lo *quel* señor Craven no se preocupa *daveriguar*. Él es el jardinero jefe; sí señor.

El petirrojo estaba muy ocupado dando saltitos y picoteando la tierra, y de vez en cuando se detenía y los observaba un instante. Mary pensó que esos ojos negros como gotas de rocío la miraban con gran curiosidad. Realmente parecía que quisiera saber cosas sobre ella. El extraño sentimiento en su corazón aumentó.

—¿Adónde fue el resto de la nidada? —preguntó la niña.

—*Nay* modo de saberlo. Los mayores los sacan del nido y los ponen a volar, y antes de que te des cuenta *san dispersao*. Este resultó *mu* tretero[19] y entendió que *sabía quedao* solo.

Doña Mary dio un paso hacia el petirrojo y lo miró con intensidad.

—Yo estoy sola —dijo ella.

Hasta ahora no había notado que esa era una de las cosas que le hacían sentir tan amargada y enfadada. Parecía haberlo comprendido en el momento en el que el petirrojo la miró y ella miró al petirrojo.

El viejo jardinero echó hacia atrás la gorra que cubría su calva y se quedó mirando a la niña.

---

18 *Ojar:* mirar (desus.).
19 *Tretero:* astuto (desus.).

—¿Eres tú la mocita de la India? —preguntó.

Mary asintió.

—Entonces *nos* raro que te sientas sola. Y más sola te sentirás antes de que te des cuenta.

Se puso a cavar de nuevo, clavando su pala en la tierra fértil y negra del jardín y, mientras, el petirrojo estaba muy ocupado saltando de aquí para allá.

—¿Cómo te llamas? —preguntó Mary.

El viejo se incorporó para responder.

—Ben Weatherstaff —respondió, y después añadió con una amarga sonrisa—, yo también estoy siempre solo, menos cuando él está comigo[20] —dijo señalando con su pulgar—. No tengo más amigo *queste*.

—Yo no tengo ningún amigo —dijo Mary—. Nunca los he tenido. Mi aya no me caía bien y no he jugado nunca con nadie.

Es un hábito de Yorkshire decir lo que uno piensa con absoluta franqueza, y el viejo Ben Weatherstaff era de Yorkshire, un hombre del páramo.

—Nos parecemos un poco tú y yo —dijo—. Somos *mu* similares. Ninguno es guapo, los dos parecemos agrios, y es que lo somos. Amos[21] tenemos *mu* mal carácter. *Nay* duda.

Eso era hablar claro, y Mary Lennox nunca había escuchado la verdad sobre sí misma. Los sirvientes nativos siempre hacían zalemas y se sometían a la voluntad de uno, hiciera lo que hiciera. Nunca había pensado ella en su aspecto, y se preguntaba si en realidad era tan poco atractiva como Ben Weatherstaff y si resultaba tan agria como le había parecido él antes de que llegara el petirrojo. Empezó a preguntarse también si era verdad que tenía «mal carácter». Se sintió incómoda.

De repente, un sonido claro y tremoso surgió junto a ella y la niña se dio la vuelta. Se hallaba a poca distancia de un manzano joven y el petirrojo había volado hasta una de sus ramas y se había puesto a cantar un pedacito de canción. Ben Weatherstaff se rio abiertamente.

---

20 *Comigo:* conmigo (desus.).
21 *Amos:* ambos (desus.).

—¿Por qué ha hecho eso? —preguntó Mary.

—Ha *decidío ques* tu amigo —respondió Ben—. *Sa prendao* de ti, ¡ya lo creo!

—¿De mí? —dijo Mary y caminó muy despacio hacia el pequeño árbol y miró hacia arriba—. ¿Querrías ser mi amigo? —le dijo al petirrojo justo como si le estuviese hablando a una persona—. ¿Querrías? —Y no lo dijo con su tono brusco ni con su tono imperioso de la India, sino con una voz tan dulce y anhelante y tierna que Ben Weatherstaff se quedó tan sorprendido como cuando ella lo escuchó silbar a él.

—¡Vaya! —exclamó—. Eso ha *sonao* tan agradable y tan humano *cas parecío* una niña de verdad en lugar *duna* vieja *amargá*. Has *hablao* casi como cuando Dickon habla con sus criaturas salvajes del páramo.

—¿Conoces a Dickon? —preguntó Mary girándose a toda prisa.

—*To* el mundo lo conoce. Dickon va por *tos* sitios. Las mismísimas zarzamoras y el brezo ceniciento saben *dél*. Te digo que los zorros le llevan adonde están sus cachorros y las alondras no le esconden los nidos.

A Mary le habría gustado hacerle algunas preguntas más. Sentía tanta curiosidad por Dickon como por el jardín abandonado. Pero justo en aquel momento, el petirrojo, que había terminado su canción, sacudió sus alas, las extendió y salió volando. Ya había hecho su visita y tenía otras cosas que hacer.

—Ha volado sobre el muro —gritó Mary mirándolo—. Ha entrado volando en el huerto frutal, ha pasado volando el otro muro, ¡y se ha metido en el jardín que no tiene puerta!

—Vive allí —dijo el viejo Ben—. Allí fue donde salió del huevo. Si ha *empezao* el cortejo, estará adulando a una petirrojilla *cay* allí entre los rosales.

—Rosales... —dijo Mary—. ¿Hay rosales?

Ben Weatherstaff volvió a coger su pala y se puso de nuevo a cavar.

—Los había hace diez años —murmuró.

—Me gustaría verlos —dijo Mary—. ¿Dónde está la puerta verde? Debe haber una puerta en algún lado.

Ben clavó hondo su pala y puso la misma cara de pocos amigos que llevaba cuando lo vio por primera vez.

—Había una puerta hace diez años, pero ya *nay* ninguna —dijo.

—¡No hay puerta! —exclamó Mary—. Debe haberla.

—*Nay* ninguna que se pueda encontrar, y ninguna que sea asunto de nadie. No seas una mocita *entrometía* y no metas tu nariz donde *nay* que meterla. Ea, debo seguir con mi trabajo. Vete a jugar por ahí.

E incluso dejó de cavar, se echó la pala al hombro y se fue caminando, sin mirarla ni decirle siquiera adiós.

Capítulo 5

EL LLANTO EN EL CORREDOR

Al principio, cada día era igual que el anterior para Mary Lennox. Cada mañana se despertaba en su habitación repleta de tapices y se encontraba a Martha arrodillada junto al hogar encendiendo el fuego; cada mañana se tomaba su desayuno en el cuarto de juegos donde no había nada con lo que divertirse, y después de cada desayuno miraba por la ventana al enorme páramo que parecía extenderse en todas direcciones y subir hasta el cielo, y después de haber mirado un rato por la ventana se daba cuenta de que si no salía tendría que quedarse dentro sin hacer nada… Así que salía. No se daba cuenta de que aquello era lo mejor que podía hacer, y que cuando se apresuraba o corría por los senderos y bajaba la avenida, su lenta sangre se agitaba, y ganaba fuerza al luchar con el viento que llegaba desde el páramo. Ella corría solo para entrar en calor, y odiaba el viento que le daba en la cara, que rugía y la echaba para atrás como si se tratara de un gigante al que no podía ver. Pero las grandes corrientes de aire fresco que soplaban sobre el brezo llenaban sus pulmones, beneficiaban su cuerpo delgadito, imprimían algo de color en sus mejillas y daban brillo a sus ojos apagados, aunque ella no se diera cuenta.

Pero después de algunos días que pasó casi por completo en el exterior, se despertó una mañana sabiendo lo que era estar hambrienta, y cuando se

sentó delante de su desayuno no miró la avena con desdén ni la apartó, sino que tomó su cuchara y empezó a comérsela y siguió comiendo hasta que vació el cuenco.

—Esta mañana *nas tenío* problemas, ¿a que no? —dijo Martha.

—Hoy está muy rico —dijo Mary, también un poco sorprendida.

—Es el aire del páramo que *testá* haciendo estómago *pa* tus vituallas —respondió Martha—. Y qué suerte que *tiés* vituallas además del apetito. En nuestra casa hay doce con estómago, pero sin *na quecharle*. Si sigues jugando fuera cada día, pondrás algo de carne en los huesos y dejarás de estar tan amarilleja.

—Yo no juego —dijo Mary—. No tengo nada con lo que jugar.

—¡*Na* con que jugar! —exclamó Martha—. Nuestros niños juegan con palos y con piedras. Les basta con correr por ahí y gritar y mirar las cosas.

Mary no gritaba, pero lo miraba todo. No tenía otra cosa que hacer. Caminaba y caminaba alrededor de los jardines y recorría los senderos del parque. En ocasiones buscaba a Ben Weatherstaff, y aunque varias veces lo había visto trabajando, estaba siempre tan ocupado que ni la miraba o demasiado malhumorado. Una vez, se puso a caminar hacia él, y este recogió su pala y se fue, como si lo hiciera a propósito.

Había un lugar que visitaba con más frecuencia, el paseo largo situado en el exterior de los jardines amurallados. Tenía parterres vacíos a cada lado y una hiedra tupida crecía sobre los muros. En una parte del muro, las hojas verde oscuro de la planta trepadora eran más numerosas que en el resto. Parecía que se hubiesen olvidado de aquel lugar durante mucho tiempo. Todo lo demás estaba recortado y se veía arreglado, pero no habían podado el extremo inferior del paseo.

Fue algunos días después de haber hablado con Ben Weatherstaff cuando ella reparó en aquello y empezó a preguntarse el motivo. Se había detenido para mirar una larga ramita de hiedra que colgaba al viento cuando advirtió un brillo escarlata y escuchó un trino claro y agudo. Allí, encima del muro, estaba posado el petirrojo de pecho escarlata de Ben Weatherstaff, se asomaba para mirarla con su pequeña cabeza inclinada hacia un lado.

—¡Oh! —gritó—. ¿Eres tú? ¿Eres tú?

Y no le pareció nada raro estar hablándole como si este pudiera comprenderla y responder.

Y respondió. Trinó, gorjeó y dio saltitos por el muro como contándole todo tipo de cosas. La señorita Mary creyó entenderlo, aunque no usara las palabras. Era como si dijese:

—¡Buenos días! ¿No es agradable el viento? ¿No es agradable el sol? ¿No es todo agradable? ¿A que sí? Vamos juntos a gorjear, a saltar y a trinar. ¡Vamos! ¡Vamos!

Mary empezó a reír y corrió tras él mientras saltaba y daba pequeños revoloteos sobre el muro. Pobre Mary, delgadita, amarillenta, fea... Aunque por un momento casi pareció bonita.

—¡Me gustas! ¡Me gustas! —gritó ella, correteando por el paseo; y gorjeó e intentó silbar, pero resultó que no tenía ni idea de cómo hacerlo. Pero el petirrojo se mostró bastante satisfecho y le devolvió el gorjeo y el silbido. Al fin abrió sus alas y realizó un vuelo vertiginoso hasta la copa de un árbol donde se posó y cantó con fuerza.

Aquello le recordó a Mary la primera vez que lo había visto. En esa ocasión estaba suspendido en la copa de un árbol y ella se hallaba en el huerto frutal. Ahora la niña estaba fuera del huerto, de pie en un sendero situado junto a un muro, mucho más abajo, y al otro lado estaba el mismo árbol.

«Este es el jardín al que no se puede entrar —se dijo—. El jardín sin puerta. Él vive aquí. ¡Cómo desearía poder ver qué aspecto tiene!».

Subió corriendo el paseo hasta la puerta verde por la que había entrado la primera mañana. Luego bajó corriendo el sendero que atravesaba la otra puerta y después entró en el huerto frutal, y cuando se detuvo y miró hacia arriba vio el árbol al otro lado del muro, y al petirrojo que justo entonces acababa su canción y se puso a arreglarse las plumas con el pico.

—Este es el jardín —dijo ella—. Estoy segura.

Empezó a caminar y observó con atención aquel lado del huerto frutal, pero solo descubrió lo que ya sabía: que no había ninguna puerta. Después volvió corriendo a los otros huertos y salió al paseo que había en el exterior del largo muro cubierto de hiedra, y lo recorrió hasta el final y miró y miró,

pero no había puerta allí; y luego caminó hacia el otro extremo, observándolo de nuevo, y no había puerta.

—Es muy raro —dijo—. Ben Weatherstaff afirmó que no había ninguna puerta, y no la hay. Pero hace diez años tuvo que haber una, porque el señor Craven enterró la llave.

Esto le dio mucho en qué pensar, tanto que comenzó a interesarse y se dio cuenta de que no se arrepentía de haber ido a la mansión Misselthwaite. En la India siempre se había sentido demasiado acalorada y lánguida para preocuparse mucho por nada. El caso es que el viento fresco del páramo había empezado a quitar las telarañas de su joven cerebro y a despertarla un poco.

Se quedó fuera casi todo el día y cuando por la noche se sentó frente a su cena tenía hambre y sueño y se sentía a gusto. No se enfadó cuando Martha se puso a charlar. Podría decirse que casi le gustó escucharla, y al final decidió que le haría una pregunta. Se la hizo cuando hubo terminado la cena y estaba sentada en la alfombra frente al fuego.

—¿Por qué odiaba el señor Craven el jardín? —dijo.

Le había pedido a Martha que se quedara con ella y Martha no había puesto objeciones. Era muy joven y estaba acostumbrada a una casa atestada de hermanos y hermanas y se aburría en el enorme salón de los criados situado bajo las escaleras, donde los lacayos y las criadas se reían de su yorkshire cerrado y la trataban como a una chica vulgar, y susurraban entre ellos. A Martha le encantaba hablar, y esta extraña niña que había vivido en la India y había sido servida por «negros» era una novedad suficientemente atractiva.

Martha se sentó en la alfombra sin esperar a que se lo pidieran.

—¿Todavía pensando *nel* jardín? —dijo—. Sabía que lo harías. A mí me pasó exactamente lo mesmo la primera vez que lo escuché.

—¿Por qué lo odiaba? —insistió Mary.

Martha acomodó los pies bajo su cuerpo y se relajó.

—Oye cómo se aborrasca[22] el viento alrededor de la casa —dijo—. Si estuvieras fuera esta noche, no podrías mantenerte en pie.

---

22 Con la elección de este término Burnett parece querer aludir explícitamente al título de *Cumbres borrascosas*, novela que influyó ampliamente en *El jardín secreto*.

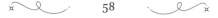

Mary no sabía qué era eso de «aborrascarse» hasta que escuchó el viento, y entonces lo entendió. Debía de ser ese estremecimiento profundo, parecido a un rugido, que se arremolinaba alrededor de la casa como si ese gigante que nadie podía ver la zarandeara y golpeara sus muros y ventanas intentando entrar. Pero se sabía que no podía entrar y, de alguna manera, eso le hacía sentir a uno muy a salvo y muy a gusto dentro de una habitación con un fuego de carbones al rojo vivo.

—¿Por qué llegó a odiarlo tanto? —preguntó después de haber estado escuchando. Quería descubrir si Martha sabía algo.

Entonces Martha soltó todo lo que sabía.

— Debes saber que la señora Medlock dice que *nostá permitío* hablar *deso*. Hay muchas cosas *neste* lugar de las que no se *pué* hablar. Órdenes del señor Craven. Los problemas del señor no son asunto de los criados, dice. Pero él no sería como es si no fuese por el jardín. El jardín lo hizo la señora Craven en cuanto se casaron y ella lo adoraba; ellos mesmos solían ocuparse de las flores. Y no dejaban que ninguno de los jardineros entrara allí. Él y ella solían encerrarse dentro y allí pasaban horas y horas leyendo y hablando. Y ella era una muchachita *na* más, y había un viejo árbol con una rama *doblá* que parecía un asiento. Y ella hizo que le crecieran rosas encima y allí solía sentarse. Pero un día estaba *sentá* y la rama se rompió y ella se cayó al suelo y se quedó tan malherida que murió al día siguiente. Los doctores pensaron que él se volvería loco y moriría también. Por eso lo odia. Nadie ha *entrao* desde entonces, y no permite que nadie le hable del asunto.

Mary no hizo más preguntas. Miró el fuego rojo y escuchó al viento «aborrascarse». Parecía más «aborrascado» que nunca.

Algo muy bueno le estaba sucediendo a la niña en aquel momento. De hecho, eran cuatro las cosas buenas que habían cambiado en ella desde que llegó a la mansión Misselthwaite. Le parecía que había entendido a un petirrojo y que él le entendía a ella; había corrido contra el viento hasta que su sangre se había templado; se había sentido saludablemente hambrienta por primera vez en su vida; había descubierto lo que era sentir pena por alguien. Estaba progresando.

Pero mientras escuchaba al viento empezó a oír algo más. No sabía lo que era porque al principio apenas se distinguía del propio viento. Era un sonido curioso, como si un niño estuviese llorando en alguna parte. Algunas veces, el viento sonaba muy parecido al llanto de un niño, pero en esta ocasión, la señorita Mary estaba bastante segura de que el sonido venía de dentro de la casa y no de fuera. Sonaba lejos, pero estaba dentro. Se giró y miró a Martha.

—¿No oyes llorar a alguien? —dijo.

De pronto Martha se desconcertó.

—No —respondió—. Es el viento. A veces suena como si alguien *subiera perdío nel* páramo y gimiese. El páramo *tié to* tipo de sonidos.

—Pero, escucha —dijo Mary—. Es en la casa, abajo, en alguno de esos corredores.

Y en ese preciso momento debió de abrirse una puerta en algún lugar escaleras abajo, pues una gran corriente atravesó el pasillo y la puerta de la habitación en la que estaban sentadas se abrió de repente con un crujido, y ambas se pusieron de pie de un salto y la luz se apagó y el llanto se arrastró hasta allí desde el lejano corredor, de manera que se escuchó aún más claramente.

—¡Eso! —dijo Mary—. ¡Te lo dije! Es alguien llorando. Y no es un adulto.

Martha corrió y cerró la puerta y echó la llave, pero antes de hacerlo las dos escucharon el sonido de una puerta cerrándose de golpe en algún pasillo lejano y después todo se quedó en silencio, e incluso el viento dejó de «aborrascarse» por unos instantes.

—Era el viento —sentenció Martha—. Y si no será la pequeña Betty Butterworth, la fregona. Lleva *to* el día con dolor de muelas.

Pero lo dijo con un tono de preocupación e incomodidad que hizo que doña Mary se quedara mirándola muy atentamente. No creía que estuviese diciendo la verdad.

Capítulo 6

¡HABÍA ALGUIEN LLORANDO! ¡LO HABÍA!

Al día siguiente, la lluvia volvió a caer a raudales, y cuando Mary miró por la ventana el páramo estaba casi oculto por la niebla gris y las nubes. Hoy no podría salir.

—¿Qué hacéis en tu casa cuando llueve así? —le preguntó a Martha.

—Sobre *to* intentamos no molestarnos mucho los unos a los otros —respondió Martha—. *Nesos* momentos sí que parecemos muchos, ¡vaya que sí! Madre es una mujer amable, pero llega a rehartarse.[23] Los mayores se van al establo y juegan allí. A Dickon no le molesta la lluvia. Sale de *tos* modos, como si brillase el sol. Dice *quen* los días lluviosos encuentra cosas que no se ven cuando hace buen tiempo. Una vez *sencontró* una pequeña cría de zorro medio *ahogá* en su madriguera y la trajo a casa en la pechera de su camisa *pa* mantenerla caliente. Habían *matao* a su madre por allí cerca y *to* la madriguera estaba *inundá* y el resto de la *camá* había muerto. Ahora la *tié* en casa. En otra ocasión, encontró un cuervo pequeño medio *ahogao* y se lo llevó a casa también, y lo domesticó. Se llama Hollín por lo negro *ques*, y va con Dickon a *tos* partes volando o dando saltitos.

---

23 *Rehartarse:* hartarse mucho (desus.).

Había llegado al fin el día en que a Mary ya no le molestaba la cháchara de Martha. Había empezado incluso a encontrarla interesante y sentía pena si dejaba de hablar o se marchaba. Las historias que le había contado su aya cuando vivía en la India no se parecían en nada a estas que contaba Martha, las historias de la casa del páramo con sus cuatro pequeñas habitaciones y sus catorce habitantes que nunca tenían bastante para comer. Los niños se revolcaban por ahí y se divertían solos como una camada de crías de pastor escocés, brutas y bondadosas. La que más le atraía era la madre, y Dickon. Cuando Martha contaba historias de lo que «madre» decía o hacía siempre resultaba reconfortante.

—Si yo tuviera un cuervo o una cría de zorro, podría jugar con ellos —dijo Mary—. Pero no tengo nada.

Martha parecía perpleja.

—¿No sabes tejer?

—No —respondió Mary.

—¿Sabes coser?

—No.

—¿Sabes leer?

—Sí.

—¿*Pos* por qué no lees algo o aprendes un poco de ortografía? Ya *tiés* edad *destudiar* libros.

—No tengo ningún libro —dijo Mary—. Los que tenía se quedaron en la India.

—Qué pena —dijo Martha—. Si la señora Medlock te dejara entrar en la biblioteca... Allí hay miles de libros.

Mary no preguntó dónde estaba la biblioteca porque de repente se sintió inspirada por una nueva idea: decidió salir y encontrarla por sí misma. No le preocupaba la señora Medlock. La señora Medlock parecía estar siempre en la planta de abajo, en la cómoda sala del ama de llaves. En este lugar extraño raramente se encontraba uno con nadie. De hecho, no había nadie salvo los criados, y cuando el señor estaba fuera vivían a todo lujo en la enorme cocina situada bajo las escaleras, con sus brillantes útiles de latón y peltre, y en el gran salón de los criados donde tomaban cuatro o cinco abundantes comidas al día y donde había gran jolgorio si no andaba por allí la señora Medlock.

Las comidas de Mary eran servidas regularmente, y Martha la atendía, aunque nadie se preocupaba de ella. La señora Medlock iba a verla cada día o cada dos días, pero no le preguntaban a la niña qué hacía o le decían qué debía hacer. Ella supuso que aquella era la forma inglesa de tratar a los niños. En la India siempre había estado atendida por su aya, que la seguía a todas partes y le hacía todo. A menudo se había cansado de su compañía. Ahora no había nadie que la siguiera y estaba aprendiendo a vestirse ella misma porque Martha la miraba como si fuera tonta o estúpida cuando quería que le diera las cosas y se las pusiera.

—¿Es que no *tiés* sentido común? —le soltó una vez que Mary estaba de pie esperando a que le pusiera los guantes—. Nuestra Susan es dos veces más lista que tú y solo *tié* cuatro años. A veces parece que no *tiés na* en la cabeza.

Después de aquello, Mary frunció su fastidioso ceño durante una hora, pero tuvo algunas cosas nuevas en las que pensar.

Aquella mañana se quedó junto a la ventana durante diez minutos, después de que Martha hubiera terminado de cepillar la alfombra y se hubiera ido escaleras abajo. Estaba pensando en la nueva idea que se le ocurrió al oír lo de la biblioteca. En realidad, no le interesaba demasiado la biblioteca en sí, porque había leído muy pocos libros, pero al oír hablar de ello le vino a la mente el centenar de habitaciones con las puertas cerradas. Se preguntaba si estaban realmente cerradas y qué hallaría si lograba meterse en algunas. ¿Eran de verdad un centenar? ¿Y si salía y veía cuántas podía contar? Así tendría algo que hacer en aquella mañana en la que no podía salir. Nunca le habían enseñado a pedir permiso, y no sabía nada de la autoridad, de modo que no se le pasó por la cabeza que fuese necesario pedirle permiso a la señora Medlock para dar un paseo por la casa, ni siquiera en el caso de que la viera.

Abrió la puerta de la habitación y salió al corredor, y empezó con sus andanzas. Era un corredor largo que se bifurcaba y daba a algunas escaleras que subían y que conducían a otras escaleras. Había puertas y más

puertas, y cuadros en las paredes. Algunas veces se trataba de cuadros de paisajes oscuros y peculiares, pero la mayoría eran retratos de hombres y mujeres con amplios y raros trajes hechos de satén y terciopelo. De repente se encontró en una larga galería cuyas paredes estaban cubiertas de estos retratos. Nunca había imaginado que pudiera haber tantos en una casa. Caminó despacio por el lugar y contempló las caras que parecían a su vez observarla a ella. Pensó que estarían preguntándose qué hacía una niña de la India en su casa. Algunos eran cuadros de niños y niñas pequeños con vestidos de satén que les llegaban hasta los pies y arrastraban por el suelo, y niños con mangas abombadas y cuellos de encaje y pelo largo, o con grandes golas alrededor del cuello. Se detenía siempre a mirar a los niños y se preguntaba cuáles fueron sus nombres, y adónde habían ido y por qué llevaban esa ropa tan extraña. Había una niña poco agraciada y tiesa que se parecía bastante a ella. Llevaba un vestido verde de brocado y sostenía un loro en el dedo. Tenía una mirada penetrante y peculiar.

—¿Dónde vives ahora? —le dijo Mary en voz alta—. Me gustaría que estuvieras aquí.

Seguramente ninguna niña había pasado nunca una mañana tan rara. Era como si no hubiese nadie en toda la enorme y laberíntica casa salvo la pequeña que deambulaba escaleras arriba y escaleras abajo, atravesando pasadizos estrechos y grandes pasillos que parecía que nadie había recorrido antes que ella. Puesto que se habían construido tantas habitaciones, la gente había tenido que vivir en ellas, pero todo parecía tan vacío que no acababa de creerlo.

Hasta que no subió al segundo piso no se le ocurrió girar el pomo de una puerta. Todas las puertas estaban cerradas, como había dicho la señora Medlock, pero al fin puso la mano en uno de los pomos y lo giró. Se asustó un poco cuando vio que giraba sin dificultad y que al empujar la puerta esta se abrió sola, lenta y pesadamente. Era una puerta enorme y daba a un gran dormitorio. En la habitación había colgaduras bordadas en la pared y muebles de taracea como los que había visto en la India. Una amplia ventana con cristales emplomados daba al páramo; y sobre la repisa de la chimenea

había otro retrato de la niña tiesa y poco agraciada que parecía observarla con más curiosidad que nunca.

—Quizá en el pasado dormía aquí —dijo Mary—. Me mira tan fijamente que me hace sentir rara.

Después de eso, abrió más y más puertas. Vio tantas habitaciones que comenzó a sentirse muy cansada y empezó a creer que habría un centenar de habitaciones, aunque no las hubiera contado. En todas ellas había viejos cuadros o tapices antiguos con extrañas escenas. Había muebles peculiares, y peculiares ornamentos en casi todas.

En una habitación, que parecía la sala de estar de una dama, las colgaduras estaban bordadas con terciopelo, y en una vitrina había un centenar de pequeños elefantes hechos de marfil. Eran de diferentes tamaños, y algunos tenían cornacas o palanquines sobre los lomos. Unos eran mucho más grandes que los otros y algunos eran tan diminutos que parecían bebés. Mary había visto marfil labrado en la India y lo sabía todo de los elefantes. Abrió la puerta de la vitrina, se montó en un escabel y jugó con ellos durante mucho rato. Cuando se cansó, colocó los elefantes en orden y cerró la puerta de la vitrina.

En todas sus andanzas por los largos corredores y las habitaciones vacías, no había visto nada vivo; pero en esta habitación vio algo. Justo después de cerrar la puerta de la vitrina escuchó un crujido leve que le hizo saltar y mirar alrededor del sofá junto a la chimenea, de donde parecía provenir el ruido. En la esquina del sofá había un cojín, y el terciopelo que lo cubría tenía un agujero, y por el agujero asomaba una diminuta cabeza con un par de ojos asustados.

Mary se deslizó sigilosamente a través de la habitación para observarlos. Aquellos ojos brillantes pertenecían a un pequeño ratón gris que había mordisqueado el cojín hasta hacer un agujero y se había fabricado un cómodo nido. Seis ratoncitos bebés se acurrucaban dormidos junto a la madre. Tal vez no hubiera ningún otro ser vivo en las cien habitaciones, pero había al menos siete ratones que no se sentían para nada solos.

—Si no estuvieran tan asustados, podría llevármelos conmigo —dijo Mary.

Ya había merodeado bastante y se sentía muy cansada para seguir paseando, así que se dio la vuelta. Se perdió dos o tres veces tomando el corredor que no era y tuvo que dar vueltas arriba y abajo hasta encontrar el correcto. Al final consiguió llegar de nuevo a su propia planta, pero se encontraba a bastante distancia de su habitación y no sabía exactamente dónde estaba.

—Creo que he vuelto a tomar la dirección equivocada —dijo deteniéndose en lo que parecía el final de un pasillo corto, con tapices en las paredes—. No sé qué camino seguir. ¡Qué silencioso está todo!

Y mientras estaba allí de pie, justo después de decir esto, un sonido rompió el silencio. Era otro llanto, pero no como el que había escuchado la noche anterior, era solo un lloriqueo corto, inquieto, infantil, apagado, que surgía a través de las paredes.

—Está más cerca que antes —dijo Mary; su corazón latía muy deprisa—. Y *está* llorando.

Por casualidad puso su mano sobre el tapiz que había junto a ella y, desconcertada, dio un salto hacia atrás. El tapiz era la cobertura de una puerta que se abrió, mostrándole el corredor que había tras ella. De allí salió la señora Medlock con su manojo de llaves en la mano y una expresión de enfado.

—¿Qué estás haciendo aquí? —dijo, y cogió a Mary por el brazo y la apartó de aquel lugar—. ¿Qué te dije?

—Di la vuelta por donde no era —explicó Mary—. No sabía qué camino tomar y escuché que alguien lloraba.

Ya odiaba bastante a la señora Medlock en aquel momento, pero un segundo después la odiaría aún más.

—No has oído nada por el estilo —dijo el ama de llaves—. Vuelve a tu cuarto de juegos o te tiraré de las orejas.

Y la cogió del brazo y medio empujándola, medio a rastras, la obligó a subir un pasillo y bajar otro hasta que llegaron a la puerta de su dormitorio y la metió dentro de un empujón.

—Ahora te quedarás aquí —dijo—, donde se te ha dicho o habrá que encerrarte. El señor debería haberte buscado una institutriz, como dijo que iba a hacer. Eres de las que hay que vigilar de cerca. Y yo ya tengo demasiado que hacer.

Salió de la habitación y cerró de golpe la puerta tras de sí, y Mary se sentó en la alfombra, pálida de la rabia. No lloró, rechinó los dientes.

—¡Había alguien llorando! ¡Había alguien! ¡Lo había! —se dijo.

Dos veces lo había escuchado ya y antes o después lo descubriría. Esta mañana había descubierto muchas cosas. Se sentía como si hubiese realizado un largo viaje y, en cualquier caso, había estado entretenida todo el tiempo, y había jugado con los elefantes de marfil y había visto al ratón gris y a sus crías en el nido del cojín de terciopelo.

Capítulo 7
LA LLAVE DEL JARDÍN

Dos días más tarde, cuando Mary abrió los ojos, se incorporó inmediatamente en la cama y llamó a Martha.

—¡Mira el páramo! ¡Mira el páramo!

La tormenta había terminado y por la noche el viento había barrido la niebla gris y las nubes. También el viento había cesado y un cielo de un azul brillante y profundo formaba una alta bóveda sobre la tierra del páramo. Nunca, nunca había soñado Mary con un cielo tan azul. En la India, los cielos eran abrasadores y fulgurantes; este era de un azul fresco y profundo que casi relucía como las aguas de algún adorable lago sin fondo, y aquí y allí, alto, muy en lo alto en la azul bóveda, flotaban pequeñas nubes de lana tan blanca como la nieve. El inalcanzable mundo del páramo se mostraba ligeramente azul en lugar de sombrío, con ese tono negro pardusco o gris triste que solía tener.

—Sí —dijo Martha con una gran sonrisa—. La tormenta *sacabao* por ahora. Siempre es así *nesta* época del año. Se va una noche como si nunca hubiese *pasao* por aquí y no tuviera intención de volver. Eso es que la primavera está llegando. Todavía anda *mu* lejos, pero viene de camino.

—Yo creía que en Inglaterra siempre llovía o estaba nublado.

—¡Ay, no! —dijo Martha sentándose sobre los talones en medio de sus negros cepillos emplomados—. *Deso na.*

—¿Qué significa eso? —preguntó Mary muy seria. En la India, los nativos hablaban diferentes dialectos que solo unos pocos entendían, por eso no le sorprendía que Martha usara palabras desconocidas para ella.

Martha se rio como aquella primera mañana.

—¡Ea! —dijo—. Ya he *hablao* en yorkshire *cerrao* otra vez, tal como me dijo la señora Medlock que no hiciese. *«Deso na»* significa «de eso nada» —dijo lenta y cuidadosamente—, pero así se tarda mucho en decirlo. Cuando hay sol, Yorkshire es el lugar más *soleao* de la tierra. Ya te dije que después *dun* tiempo te gustaría. Espera a ver las flores doradas del tojo, y las flores de la retama, y el brezo en flor y las campanitas púrpuras, y los centenares de mariposas flotando y las abejas zumbando y las alondras remontando el vuelo y cantando. Querrás salir al amanecer y pasar allí fuera *to* el día como hace Dickon.

—¿Podré ir alguna vez? —preguntó Mary pensativamente, mirando el remoto azul a través de la ventana. Era tan nuevo, grande, maravilloso y de color tan celestial...

—No sé —respondió Martha—. Me da la sensación de que no has *usao* las piernas desde que naciste. No serías capaz *dandar* ocho kilómetros. Y hay ocho kilómetros hasta nuestra casa.

—Me gustaría ver tu casa.

Martha la miró extrañada un momento, antes de coger su cepillo y seguir dándole brillo a la rejilla de la chimenea. Estaba pensando que aquella carita sin gracia no parecía ahora tan agria como la primera mañana que la vio. Recordaba un poco a la de Susan Ann cuando quería algo con muchas ganas.

—Le preguntaré a mi madre —dijo—. Ella es *desas* personas que encuentran casi siempre la manera *dacer* las cosas. Hoy es mi día libre y voy *pa* casa. ¡Sí! Estoy contenta. La señora Medlock piensa mucho en mi madre. Quizá podría hablar con ella.

—Me gusta tu madre —dijo Mary.

—Eso pensaba —convino Martha sin dejar de dar brillo.

—Nunca la he visto —añadió Mary.

—No, no *las* visto —contestó Martha.

Después se sentó sobre sus talones de nuevo y se frotó la punta de su nariz con el dorso de la mano como si estuviera algo desconcertada, pero al final añadió rotundamente:

—Bueno, ella es tan sensata y trabajadora y amable y limpia que le gustaría a *to* el mundo, *laya* visto o no. Cuando cruzo el páramo *pa* estar con ella en mi día libre voy saltando de alegría.

—Me gusta Dickon —añadió Mary— y no lo he visto nunca.

—Bueno —dijo Martha resueltamente—, *te* dicho que Dickon le gusta hasta a los pájaros y a los conejos y a las ovejas y a los ponis salvajes y a los mismísimos zorros. Me pregunto... —dijo mientras la miraba pensativa— qué pensaría Dickon de ti.

—Yo no le gustaría —dijo Mary con su tono estirado y frío—. No le gusto a nadie.

Martha se puso otra vez pensativa.

—¿Tú te gustas? —preguntó, y parecía que realmente tuviera interés en saber la respuesta.

Mary dudó un momento y reflexionó.

—Para nada —respondió—. Pero no había caído antes.

Martha sonrió ligeramente pensando en algún recuerdo familiar.

—Madre me dijo lo mismo a mí una vez —señaló—. Ella estaba haciendo la *colá nel* barreño y yo andaba de mal humor y hablando mal de la gente, y ella se giró hacia mí y me dijo: «¡Tú, raposilla! Estás ahí diciendo que no te gusta este o que no te gusta aquella. ¿Y tú te gustas?». Me dio la risa, y al minuto entré en razón.

Se marchó muy alegre en cuanto le dio a Mary su desayuno. Iba a caminar ocho kilómetros a través del páramo hasta su casa, e iba a ayudar a su madre con la colada y a hornear para toda la semana y a pasarlo tremendamente bien.

Mary se sintió más sola que nunca cuando supo que ella ya no estaba en la casa. Salió al jardín tan rápidamente como pudo y lo primero que hizo fue darle corriendo diez vueltas a la fuente del jardín. Contó con mucha

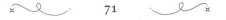

atención las vueltas y cuando terminó estaba de mejor humor. El brillante sol hacía que todo el lugar se viera diferente. La alta y profunda bóveda del cielo azul se alzaba sobre Misselthwaite del mismo modo que sobre el páramo, y la niña miró a lo alto, intentando imaginar cómo sería tumbarse sobre una de esas nubes blancas como la nieve y salir flotando. Entró en el primer huerto y encontró allí a Ben Weatherstaff trabajando con otros dos jardineros. El cambio del tiempo parecía haberle sentado bien. Se dirigió a ella por propia iniciativa.

—La primavera está llegando —dijo—. ¿*Pués* olerlo?

Mary inhaló y pensó que sí podía.

—Huelo algo agradable y fresco y húmedo —dijo.

—Esa es la tierra, buena y fértil —respondió el hombre sin dejar de cavar—. Está de buen humor, preparándose *pacer* crecer las plantas. *Malegra* que llegue el tiempo de plantar. Resulta *mu aburrío* el invierno cuando *nay na cacer*. En los jardines de fuera, las plantas deben estar moviéndose ahí abajo en la oscuridad. El sol las está calentando. Dentro de poco verás *casoman* puntitas verdes en la tierra negra.

—¿Y qué serán? —preguntó Mary.

—Crocos y campanillas de invierno y asfódelos. ¿No *las* visto nunca?

—No. En la India, todo está húmedo y verde y caluroso después de las lluvias —dijo Mary—. Yo creo que allí las plantas crecen en una noche.

—Estas no crecerán en una noche —dijo Weatherstaff—. Tendrás que darles tiempo. Cadaldía[24] asomarán un poquito por aquí, empujará un brote por allá, un día despliega esta hoja, otro día aquella. Obsérvalas.

—Lo haré —respondió Mary.

Muy pronto volvió a escuchar el suave susurro del vuelo de unas alas y supo al instante que el petirrojo había vuelto. Venía muy coqueto y animado y daba saltitos cerca de sus pies y ponía su cabecita de lado y la miraba tan pícaramente que no tuvo más remedio que hacerle una pregunta a Ben Weatherstaff.

—¿Crees que me recuerda? —dijo.

---

24 *Cadaldía:* cada día (desus.).

—¡Acordarse de ti! —respondió Weatherstaff indignado—. Conoce *tos* las cepas de repollo *cay nel* huerto, mucho más a las personas. Nunca ha visto una mocita por aquí enantes,[25] y *sa* propuesto descubrir *to* acerca de ti. No *tiés* por qué ocultarle *na*.

—¿También en el jardín donde vive estarán las plantas moviéndose en la oscuridad? —preguntó Mary.

—¿Qué jardín? —gruñó Weatherstaff, poniéndose de nuevo de mal humor.

—El jardín de los viejos rosales. —No pudo evitar la pregunta, deseaba muchísimo saberlo—: ¿Todas las flores están muertas o alguna volverá a salir en verano? ¿Quedará alguna rosa?

—Pregúntale a él —dijo Ben Weatherstaff, señalando al petirrojo con un movimiento de hombros—. Es el único que lo sabe. Nadie más ha *entrao* ahí en diez años.

Diez años era mucho tiempo, pensó Mary. Ella había nacido hacía diez años.

Se fue paseando, pensándolo tranquilamente. Había empezado a gustarle el jardín, como había empezado a gustarle el petirrojo y Dickon y la madre de Martha. Ahora también empezaba a gustarle Martha. Eso sumaba una buena cantidad de personas (para alguien que no está acostumbrado a que le guste la gente). Consideraba al petirrojo una persona más. Se dirigió al paseo que estaba junto al muro cubierto de hiedra sobre el que se veían las copas de los árboles; y la segunda vez que lo recorrió de arriba a abajo le ocurrió una cosa de lo más interesante y emocionante, y todo fue gracias al petirrojo de Ben Weatherstaff.

Mary escuchó un trino y un gorjeo, y cuando miró hacia el parterre vacío de la izquierda allí estaba él, dando saltitos y haciendo como que picoteaba la tierra para fingir que no la había seguido. Pero ella sabía que la había seguido y la sorpresa le dio tanta alegría que casi tembló.

—¡Te acuerdas de mí! —gritó ella—. ¡Te acuerdas de mí! ¡Eres lo más bonito que hay en el mundo!

---

25 *Enantes:* antes (desus.).

La niña gorjeó, y habló y lo mimó, y él saltó y agitó su cola y trinó. Parecía que le estuviera hablando. Su chaleco rojo era como el satén, inflaba su pecho diminuto y se veía tan bonito y grande y elegante que parecía querer mostrarle lo importante y similar a una persona que puede llegar a ser un petirrojo. Doña Mary olvidó todo lo fastidiosa que había estado en su vida cuando el pájaro permitió que se acercara más y más y se inclinara y le hablara imitando los sonidos de un petirrojo.

¡Ay! ¡Pensar que le había permitido acercarse tanto! El petirrojo sabía que ella no extendería su mano por nada del mundo ni le asustaría lo más mínimo. Lo sabía porque era una persona... Solo que más agradable que el resto. La niña se sentía tan feliz que apenas se atrevía a respirar.

El parterre no estaba del todo vacío. No tenía flores porque habían podado las plantas perennes para su descanso invernal, pero había arbustos altos y bajos que crecían unos junto a otros detrás del parterre, y mientras el petirrojo brincaba bajo ellos, la niña vio cómo se colocaba de un salto encima un montoncito de tierra fresca removida. Se detuvo en busca de un gusano. La tierra estaba removida porque un perro había intentado atrapar un topo y había escarbado hasta hacer un hoyo bastante profundo.

Mary lo observó, sin saber por qué había ahí un agujero, y mientras miraba vio algo medio enterrado en la tierra recién removida. Parecía un anillo de hierro herrumbroso o de latón y cuando el petirrojo voló hacia una rama cercana, alargó su mano y agarró el anillo. Pero era algo más que un anillo, era una llave antigua que parecía llevar mucho tiempo enterrada.

La señorita Mary se enderezó y miró algo asustada cómo colgaba de su dedo.

—Quizá lleve enterrada diez años —susurró—. ¡Quizá sea la llave del jardín!

Capítulo 8

EL PETIRROJO QUE MOSTRÓ EL CAMINO

Miró la llave durante mucho tiempo. Le daba vueltas y vueltas y, mientras, pensaba en ella. Como ya he dicho, no era una niña a la que hubieran enseñado a pedir permiso o a consultar las cosas con sus mayores. El único pensamiento que le inspiraba aquel objeto era que si se trataba de la llave del jardín cerrado, y lograba encontrar la puerta, tal vez podría abrirla y ver lo que había dentro de los muros y lo que les había pasado a los rosales. Que llevase tanto tiempo cerrado era lo que le daba tantas ganas de verlo. Quizá fuese diferente de otros lugares y dentro podrían haber pasado cosas extrañas en esos diez años. Además, podría entrar todos los días y cerrar la puerta tras ella si quisiera, y podría así jugar a algún juego que se inventara, y jugar sola, porque nadie sabría nunca dónde estaba, y pensarían que la puerta seguía aún cerrada y la llave bajo tierra. Aquel pensamiento le encantaba.

Podría decirse que viviendo sola en una casa con un centenar de habitaciones cerradas misteriosamente y sin nada que hacer salvo entretenerse, había puesto su inactivo cerebro a trabajar y su imaginación comenzaba a despertar. No había duda de que el aire fresco, puro, fuerte del páramo había tenido mucho que ver con esto. Del mismo modo que el aire le había dado apetito, y luchar contra el viento había removido su sangre, todo esto removía también su mente. En la India, siempre se había sentido acalorada y lánguida y demasiado débil para preocuparse mucho por nada, pero en este lugar estaba empezando a interesarse y a querer hacer cosas nuevas. La verdad es que se sentía menos «fastidiosa», aunque no sabía por qué.

Guardó la llave en el bolsillo y caminó arriba y abajo del paseo. Parecía que nadie salvo ella iba nunca por allí, así que podía caminar despacio y detenerse a observar el muro o, mejor dicho, la hiedra que crecía sobre él. La hiedra era lo desconcertante. Por muy meticulosamente que mirara, no podía ver nada que no fuesen las abundantes, brillantes y oscuras hojas verdes. Estaba muy desilusionada. Algo de su fastidio volvió a ella mientras caminaba por el paseo y miraba las copas de los árboles que había en el interior. Parecía tan estúpido, se dijo a sí misma, estar así de cerca y no poder entrar… Mientras volvía a la casa iba tocando la llave que tenía en el bolsillo y decidió que siempre la llevaría encima cuando saliese por si alguna vez encontraba la puerta escondida.

La señora Medlock había permitido a Martha que se quedara a dormir toda la noche en su casa, pero a la mañana siguiente estaba de vuelta en su trabajo más contenta y con las mejillas más encendidas que nunca.

—Me *levantao* a las cuatro en punto —dijo—. ¡Ay! ¡Qué bonito *questaba* el páramo con los pájaros despertándose y los conejos correteando y el sol saliendo! No tuve que caminar *to* el rato. Un hombre me recogió en su carro y vaya si disfruté del paseo.

Tenía muchas historias que contar de las maravillas de su día libre. Su madre se había puesto muy contenta de verla y habían horneado y lo habían lavado todo. Incluso había hecho pastelillos, uno para cada uno de los niños con algo de azúcar moreno encima.

—Los tenía bien calientes cuando llegaron de jugar *nel* páramo. Y *to* la casa olía al rico aroma del horno y había un buen fuego y *tos* gritaron *dalegría*. Nuestro Dickon dijo que nuestra casa era digna *dun* rey.

Por la noche, todos se habían sentado alrededor del fuego, y Martha y su madre se habían dedicado a coser parches en la ropa gastada y a remendar

calcetines, y Martha les había hablado de la pequeña niña llegada de la India a la que los «negros», como Martha los llamaba, la habían servido toda la vida hasta el punto de que no sabía ni ponerse los calcetines.

—¡Sí! Les gustó oír hablar de ti —dijo Martha—. Querían saberlo *to* acerca de los negros y del barco *nel* que viniste. No pude contarles mucho.

Mary pensó unos instantes.

—Te hablaré de muchas cosas antes de que vuelvas a tener tu día libre —dijo—. Para que así tengas más que contarles. Supongo que les gustaría oír hablar de montar en elefantes y camellos, y de los oficiales que van a cazar tigres.

—¡Caramba! —gritó entusiasmada Martha—. Se volverían locos. ¿Me lo vas a contar, señorita? Sería como el espectáculo de la bestia salvaje que escuchamos *cubo* una vez en York.

—La India es muy diferente de Yorkshire —dijo Mary despacio, mientras consideraba el asunto—. Nunca lo había pensado. ¿Les gustó a Dickon y a tu madre oír hablar de mí?

—¡Cómo! Nuestro Dickon abrió tanto los ojos que casi se le salen de las órbitas —respondió Martha—. Pero madre se preocupó mucho, le parecía *questabas* completamente sola. Dijo: «¿No *la* puesto el señor Craven una institutriz o una niñera?». Y yo le dije: «No, aunque la señora Medlock dice que se la pondrá en cuanto piense *nello*, pero que *pué* que no piense *nello* hasta dentro de dos o tres años».

—Yo no quiero ninguna institutriz —dijo Mary abruptamente.

—Pero madre dice que con tu edad ya deberías estar aprendiendo y que deberías tener a una mujer que cuidara de ti; y me dijo: «Martha, piensa en cómo te sentirías en un lugar tan grande como ese, *to* el día sola por ahí y sin madre. Haz *to* lo que puedas por animarla». Eso dijo, y yo dije que lo haría.

Mary la miró larga y fijamente.

—Tú ya me animas —dijo—. Me gusta escucharte hablar.

De repente, Martha salió de la habitación y volvió trayendo algo en sus manos bajo el delantal.

—¿Qué te parece? —dijo ella con una tremenda sonrisa—. *Te traío* un regalo.

—¡Un regalo! —exclamó la señorita Mary. ¡Cómo podía una casa con catorce personas hambrientas dar a nadie un regalo!

—Un hombre iba atravesando el páramo, un vendedor ambulante —explicó Martha—. Y detuvo su carro en nuestra puerta. Tenía ollas y sartenes y objetos varios, pero madre no tenía dinero *pa* comprar *na*. Justo cuando *sestaba* yendo, nuestra Lizabeth Ellen gritó: «Madre, *tié* cuerdas de saltar con los mangos azules y rojos». Y madre gritó de repente: «¡Señor!, ¡aquí, deténgase! ¿Cuánto cuestan?». Y él dijo: «Dos peniques», y madre empezó a hurgarse en los bolsillos y me dijo: «Martha, *mas traío* tu paga como una buena chica, tengo cuatro sitios distintos en los que gastar cada penique, pero voy a coger dos y le voy a comprar a esa niña una comba», y compró una y *aquistá*.

La sacó de debajo de su delantal y la mostró con orgullo. Era una cuerda fuerte y delgada con un mango de rayas rojas y azules en cada extremo, pero Mary Lennox no había visto nunca una comba antes. La miró con expresión de desconcierto.

—¿Para qué sirve? —preguntó con curiosidad.

—¡*Pa* qué! —gritó Martha—. ¿*Quiés* decir que no *tién* combas en la India? ¡Con *tos* los elefantes y tigres y camellos *cay*! No me extraña que la mayoría sean negros. Sirve *pa* esto; tú mírame.

Y corrió al centro de la habitación y tomando un mango en cada mano empezó a saltar y a saltar y a saltar, mientras Mary se giraba en su silla para mirarla y las caras raras de los viejos retratos parecían observarla también y preguntarse qué es lo que tenía el descaro de estar haciendo esa pequeña y vulgar aldeana delante de sus mismas narices. Pero Martha ni las miró. El interés y la curiosidad en la cara de la señorita Mary la deleitaban y siguió saltando y cantando hasta que llegó a cien.

—Enantes podía saltar más —dijo cuando se paró—. Cuando tenía doce años llegaba a quinientos, pero *nostaba* tan gorda como ahora y tenía práctica.

Mary se levantó de su silla, empezaba a sentirse emocionada.

—Es bonita —dijo—. Tu madre es una mujer muy buena. ¿Crees que algún día podré saltar así?

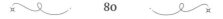

—Tú inténtalo —le apremió Martha, alargándole la comba—. Al principio no podrás saltar cien veces, pero si practicas, pasarás ese número. Eso es lo que madre dijo. Dijo: «*Na* le *pué* sentar meyor[26] *cuna* comba. Es el juguete más sensato que *pué* tener una niña. Que juegue fuera *nel* aire fresco saltando y así desentumecerá sus piernas y sus brazos y les dará fuerza».

Quedó claro que no había mucha fuerza en los brazos y las piernas de la señorita Mary cuando empezó a saltar. No era muy buena, pero le gustó tanto que no quería parar.

—Ponte tus cosas y sal a correr y a saltar fuera —dijo Martha—. Madre dice que trate de *questés* fuera tanto como sea posible, incluso si llueve un poquito, siempre que *tabrigues* bien.

Mary se puso su abrigo y el sombrero y se echó la comba por encima del brazo. Abrió la puerta para salir y después pensó algo repentinamente y se dio la vuelta muy despacio.

—Martha —dijo—. Era tu paga. En realidad, los dos peniques eran tuyos. Gracias —lo dijo estiradamente porque no estaba acostumbrada a agradecer las cosas o a darle importancia a lo que se hacía por ella—. Gracias —repitió y alargó la mano porque no sabía qué más hacer.

Martha le dio un apretón de manos un poquito torpe, como si no estuviese acostumbrada a este tipo de cosas tampoco. Después se rio.

—¡Eh! ¡Eres una rara viejecilla! —dijo—. Si hubieses sido nuestra Lizabeth Ellen, *mabrías dao* un beso.

Mary parecía más estirada que nunca.

—¿Quieres que te bese?

Martha se rio de nuevo.

—No, no se trata de mí —respondió—. Si fueras distinta quizá tú mesma habrías querido besarme. Pero no eres así. Sal corriendo y juega con tu comba.

La señorita Mary se sintió un poco extraña mientras salía de la habitación. Pensaba que la gente de Yorkshire era muy rara, y Martha le parecía

---

26 *Meyor:* mejor (desus.).

siempre un auténtico rompecabezas. Al principio le había desagradado mucho pero ya no.

La comba era algo maravilloso. Contó y saltó y contó y saltó hasta que sus mejillas se pusieron rojas, y estaba más fascinada de lo que había estado nunca desde que nació. El sol brillaba y soplaba un ligero viento (no un viento fuerte, sino uno que llegaba a deliciosas y pequeñas ráfagas y traía a su paso un fresco aroma de tierra nueva removida). Saltó alrededor de la fuente del jardín y subió uno de los paseos y bajó otro. Saltó al fin dentro de los huertos y vio a Ben Weatherstaff cavando y hablando con su petirrojo, que daba saltos a su alrededor. Bajó el camino dando saltos en dirección al hombre y él levantó su cabeza y la miró con una expresión de perplejidad. La niña se había preguntado si él le prestaría atención. Tenía muchas ganas de que la viera saltar.

—¡Caramba! —exclamó—. ¡Válgame! Quizá eres una niña después de *to* y hay sangre de niña en tus venas en lugar de mantequilla agria. Y el rojo ha *saltao* a tus mejillas, como que me llamo Ben Weatherstaff. Nunca habría creído que pudieras hacerlo.

—No había saltado antes —dijo Mary—. Solo estoy empezando. Solo puedo llegar hasta veinte.

—Tú sigue —dijo Ben—. *Nostá na* mal *pa* una niña *ca vivío* entre paganos. Mira cómo te *oja*, mira —dijo señalando con la cabeza al petirrojo—. Ayer se fue detrás de ti. Y hoy volverá a ello. Ahora no tendrá más remedio *caveriguar* lo *ques* una cuerda de saltar. Nunca ha visto una. ¡Ay —dijo agitando la cabeza—, algún día tu curiosidad *tacabará* matando si no espabilas!

Mary saltó alrededor de los huertos de verduras y alrededor del huerto frutal, descansando cada pocos minutos. Al final se fue a su paseo preferido y se propuso ver si podía recorrerlo entero saltando. Era un buen trecho y empezó despacio, pero antes de llegar a la mitad del paseo estaba tan acalorada y sin aliento que se vio obligada a parar. No le preocupó mucho, porque ya había llegado hasta treinta. Se detuvo con una pequeña risita de placer y allí, mira por dónde, estaba el petirrojo meciéndose en una larga rama de hiedra. La había seguido y la saludó con un trino. Mientras Mary saltaba

hacia él, iba sintiendo un objeto pesado en su bolsillo que chocaba contra ella a cada salto, y cuando vio al petirrojo volvió a reírse.

—Ayer me enseñaste dónde estaba la llave —dijo—. Hoy deberías mostrarme la puerta, ¡pero no creo que tú lo sepas!

El petirrojo voló desde su rama de hiedra colgante hasta lo alto del muro y abrió su pico para cantar alto y con un adorable trino, solo para presumir. Nada en el mundo es tan adorable y encantador como un petirrojo cuando se pone a presumir (y eso es lo que hacen casi siempre).

Mary Lennox había escuchado mucho acerca de la Magia en las historias que le contaba su aya, y siempre dijo que lo que sucedió a continuación era Magia.

Una de esas agradables ráfagas de viento bajó por el paseo, y esta tenía más fuerza que el resto. Era lo suficientemente fuerte para mecer las ramas de los árboles, y era más que fuerte para balancear las ramas sin podar de la hiedra que colgaba del muro. Mary se había acercado al petirrojo y, repentinamente, la ráfaga de viento apartó algunas ramas sueltas de hiedra y, todavía más repentinamente, saltó ella hacia delante y atrapó algo con su mano. Lo hizo porque había visto algo bajo la hiedra, un pomo redondo que se ocultaba con las hojas que caían sobre él. Era el pomo de una puerta.

La niña puso las manos bajo las hojas y empezó a tirar y a moverlas a un lado. Pese a lo tupida que estaba la hiedra, casi toda ella colgaba suelta como una cortina, aunque algo de hiedra se había extendido sobre la madera y el hierro. El corazón de Mary empezó a palpitar con fuerza y sus manos temblaron un poquito con alegría y emoción. El petirrojo siguió cantando y trinando y moviendo su cabeza para el lado como si estuviese tan emocionado como ella. ¿Qué era aquello que tocaban sus manos, cuadrado, hecho de hierro y en donde sus dedos encontraron un agujero?

Era la cerradura de la puerta que había estado cerrada durante diez años, y la niña llevó la mano a su bolsillo, sacó la llave y descubrió que encajaba en la ranura. Metió la llave y la giró. Tuvo que usar las dos manos, pero la giró.

Y entonces tomó aire y miró detrás de ella en el paseo largo para ver si venía alguien. No venía nadie. Nadie iba nunca por allí según parecía, y volvió

a tomar aire, sin poder evitarlo, y sostuvo la cortina colgante de hiedra y empujó la puerta que se abrió despacio..., despacio.

Después se coló dentro, y cerró tras de sí, y se quedó de pie con la espalda sobre la puerta, mirando a su alrededor y con la respiración agitada de la emoción, la maravilla y la alegría.

Estaba *dentro* del jardín secreto.

Capítulo 9

LA CASA MÁS EXTRAÑA EN LA QUE NADIE HAYA VIVIDO

Aquel era el lugar más bonito y misterioso que nadie pudiera imaginar. Los altos muros que lo encerraban estaban cubiertos con tallos de rosales trepadores sin hojas, tan tupidos que formaban una maraña. Mary Lennox sabía que eran rosas porque había visto muchas en la India. Todo el suelo estaba cubierto con hierba de un pardo invernal y de ella salían macizos de matas que, de estar vivos, seguramente serían rosales. Había numerosos rosales comunes cuyas ramas habían crecido ya tanto que parecían pequeños árboles. Había otros árboles en el jardín y una de las cosas que convertía aquel lugar en el más extraño y adorable de todos era que los rosales trepadores se atropellaban sobre los árboles y dejaban caer largos zarcillos que creaban finas cortinas colgantes, y aquí y allá se daban la mano o alcanzaban una rama lejana y se habían desplazado de un árbol a otro fabricando hermosos puentes. Ahora no tenían ni hojas ni rosas y Mary no sabía si estaban muertos o vivos, pero el pálido gris o marrón de sus ramas y ramitas parecía una especie de manto neblinoso que lo cubría todo alrededor: muros y árboles, e incluso la hierba quemada, donde se habían caído de sus amarres para correr por el suelo. Era esta maraña brumosa entre los árboles lo que hacía que el lugar pareciera tan misterioso. Mary había imaginado que sería diferente de los otros jardines que no se habían dejado abandonados a su suerte tanto tiempo; y verdaderamente era diferente de cualquier otro lugar que ella hubiera visto en su vida.

—¡Qué silencioso está todo! —murmuró—. ¡Qué quietud!

Después se detuvo un momento y escuchó dicha quietud. El petirrojo, que había volado hasta la copa de su árbol, estaba tan callado como todo lo demás. Ni siquiera batía las alas, se posaba sin moverse y miraba a Mary.

—No me extraña que esté tan silencioso —susurró de nuevo—. Soy la primera persona que ha hablado aquí dentro en los últimos diez años.

Se apartó de la puerta, dando pasitos suaves como si estuviese preocupada de despertar a alguien. Le alegraba que bajo sus pies hubiese césped que amortiguase el sonido de sus pasos. Caminó bajo uno de aquellos arcos grises, como de hadas, que había entre los árboles y observó los zarcillos y las ramitas que lo formaban.

—Me pregunto si están todos muertos —dijo—. ¿Estará todo el jardín muerto? Ojalá que no sea así.

Si hubiese sido Ben Weatherstaff podría haber dicho solo con mirarlo si estaba vivo o no, pero lo único que ella podía advertir era que había ramitas y ramas grises o marrones y ni una sola muestra de un diminuto brote en ningún sitio.

Pero ella estaba *dentro* del maravilloso jardín y podía entrar en cualquier momento a través de la puerta oculta por la hiedra, sentía que había descubierto un mundo solo para ella.

El sol brillaba dentro de los cuatro muros y la alta bóveda de cielo azul que había sobre este particular trozo de Misselthwaite parecía incluso más brillante y clara que la del páramo. El petirrojo bajó de su árbol y se puso a saltar y a revolotear tras ella de mata en mata. Estuvo cantando mucho y se veía muy ocupado, como si estuviera mostrándole todas las cosas. Todo era extraño y silencioso, y tenía la sensación de estar a cientos de kilómetros de cualquier persona, pero de algún modo no se sentía sola. Toda su preocupación era que deseaba saber si todas las rosas estaban muertas o si quizá algunas habían sobrevivido y podían echar hojas y capullos cuando el tiempo fuese más cálido. No quería que fuese un jardín muerto. Si el jardín

estuviera lo suficientemente vivo, ¡sería tan maravilloso, y cuántas rosas crecerían por todos lados!

La comba se había quedado colgada de su brazo cuando entró, y después de caminar un rato pensó que podría darle la vuelta al jardín saltando, deteniéndose cuando quisiera mirar algo. Parecía haber senderos en el césped aquí y allá, y en uno o dos rincones había emparrados de siempreviva con sillones de piedra y altas urnas de flores cubiertas de musgo.

Dejó de saltar cuando se acercó al segundo emparrado. Alguna vez hubo allí un parterre y a Mary le pareció ver algo saliendo de la negra tierra, unas puntitas finas de un verde pálido. Recordó lo que Ben Weatherstaff le había dicho y se arrodilló para mirarlas.

—Sí, son plantitas diminutas y serán crocos o campanillas de invierno o asfódelos —murmuró.

Se acercó más a ellas y aspiró el fresco aroma de la tierra húmeda. Le gustó mucho.

—Quizá haya más saliendo en otros sitios —dijo—. Miraré por todo el jardín.

Fue caminando en lugar de dar saltos, despacito, con los ojos fijos en el suelo. Buscó entre la hierba los viejos bordes de los parterres y al acabar de dar la vuelta, intentando no perder detalle, había encontrado muchas otras puntitas finas, de verde pálido, y se había emocionado de nuevo.

«No es un jardín muerto, ni mucho menos —exclamó para sí—. Aunque las rosas estuviesen muertas, hay otras cosas vivas».

Nada sabía ella de jardinería, pero la hierba parecía tan espesa allí donde las puntas verdes estaban abriéndose camino que pensó que tal vez no tenían espacio suficiente para crecer. Buscó alrededor hasta que encontró un trozo de madera lo bastante afilado y se arrodilló y se puso a cavar y a quitar hierbas y césped hasta que dejó bonitos y pequeños claros en torno a ellas.

—Parece que ahora sí pueden respirar —dijo, después de haber acabado con algunas—. Todavía voy a hacer mucho más. Haré todo lo que vea. Si no tengo tiempo hoy, puedo venir mañana.

Fue de sitio en sitio, y cavó y quitó hierbas, y se lo pasó tan inmensamente bien que continuó de parterre en parterre y después en el césped bajo los

árboles. El ejercicio le había dado calor, primero se quitó el abrigo, después el sombrero, y sin saberlo pasó todo el tiempo sonriéndoles al césped y a las puntitas de verde pálido.

El petirrojo andaba completamente atareado. Estaba encantado de ver que la jardinería hubiese llegado a sus dominios. A menudo se maravillaba con Ben Weatherstaff. Donde hay jardineros siempre surgen todo tipo de cosas deliciosas para comer en la tierra removida. Ahora había una nueva criatura que no tenía ni la mitad de tamaño que Ben y aun así tenía el sentido común de entrar en su jardín y ponerse manos a la obra.

La señorita Mary trabajó hasta que llegó la hora de almorzar. De hecho, se le hizo tarde, y cuando se puso su abrigo y su sombrero, y cogió la comba, no podía creer que hubiese estado trabajando durante dos o tres horas. La verdad era que había sido feliz todo el tiempo, y docenas y docenas de puntas diminutas eran ahora visibles en los claros, y parecían el doble de contentas que cuando el césped y las ramitas las sofocaban.

—Volveré esta tarde —dijo, contemplando su nuevo reino, y hablándoles a los árboles y a los rosales como si pudieran escucharla.

Después corrió suavemente sobre la hierba, empujó despacio la vieja puerta para abrirla y pasó bajo la hiedra. Tenía unas mejillas tan coloradas y unos ojos tan brillantes y comió tanto que Martha estaba encantada.

—Dos trozos de carne y dos porciones de pudin *darroz* —dijo—. ¡Vaya! Madre va a estar *encantá* cuando le diga lo que la cuerda de saltar está haciendo contigo.

Mientras cavaba con su palo puntiagudo, la señorita Mary había desenterrado una especie de raíz blanca similar a una cebolla. La había vuelto a poner en su sitio, y después la tapó echándole tierra despacito y ahora se preguntaba si Martha podría decirle lo que era.

—Marta, ¿qué son esas raíces blancas que parecen cebollas?

—Son bulbos —respondió Martha—. Muchas flores de primavera nacen *dellos*. Los más pequeños son campanillas de invierno y crocos, y los grandes son narcisos y junquillos y asfódelos. Los más grandes de *tos* son las azucenas y los tulipanes. ¡Sí, son *mu* bonitos! Dickon *tié* un montón *plantaos* en nuestro pequeño jardín.

—¿Dickon lo sabe todo sobre ellos? —preguntó Mary, pues una nueva idea empezaba a apoderarse de ella.

—Nuestro Dickon *pué* hacer *cuna* flor crezca en un muro de ladrillo. Madre dice que lo único *cace* es susurrarle a las plantas que salgan de la tierra.

—¿Viven mucho tiempo los bulbos? ¿Pueden vivir durante años y años sin que nadie los cuide? —preguntó Mary nerviosa.

—Son plantas que se cuidan solas —dijo Martha—. Por eso los pobres se las *puén* permitir. Si no las molestas, la mayoría *dellas* sigue trabajando bajo tierra *to* la vida y se extienden y *tién* hijitos. Hay un lugar aquí en los bosques del parque donde las campanillas de invierno crecen por miles. Cuando llega la primavera *nay* visión más bonita en Yorkshire. Nadie sabe cuándo las plantaron por primera vez.

—Desearía que ya fuera primavera —dijo Mary—. Quiero ver todas las cosas que crecen en Inglaterra.

Había terminado de comer y estaba ya en su sitio favorito en la alfombra.

—Desearía... desearía tener una pequeña pala —dijo.

—¿Y *pa* qué *quiés* tú una pala? —preguntó Martha riéndose—. ¿Te vas a aficionar a cavar? Tengo que contárselo a madre también.

Mary miró al fuego y reflexionó un momento. Debía tener cuidado si pretendía mantener su reino secreto. No estaba haciendo nada malo, pero si el señor Craven llegaba a enterarse de lo de la puerta abierta se enfadaría tremendamente, conseguiría una llave nueva y lo cerraría para siempre jamás. Mary no podría soportarlo.

—Este lugar es tan grande y tan solitario... —dijo muy despacio, como si su mente examinase varios asuntos a la vez—. No hay nadie en la casa, no hay nadie en el parque, no hay nadie en los jardines. Demasiados lugares parecen estar cerrados. No es que hiciera muchas cosas en la India, pero había gente a la que observar, nativos y soldados marchando y, a veces, bandas tocando y tenía a mi aya que me contaba historias. Aquí no hay nadie con quien hablar excepto tú y Ben Weatherstaff. Y tú tienes que hacer tu trabajo y Ben Weatherstaff a menudo no quiere hablar conmigo. Había pensado que si tuviera una pequeña pala podría cavar en algún

lugar como hace él, y podría hacer un pequeño jardín si él me diera algunas semillas.

La cara de Martha se iluminó visiblemente.

—¡Mira por dónde! —exclamó—. ¡Esa es una de las cosas que dijo madre! Dijo: «Hay un montón de sitio *nese* lugar tan grande, ¿por qué no le dan un poquito a ella, aunque lo único que plante sea perejil y rábanos? Se pondrá a cavar y rastrillar y será feliz». Esas fueron sus mesmas palabras.

—¿De verdad? —dijo Mary—. ¡Cuántas cosas sabe!, ¿no?

—¡Sí! —dijo Martha—. Como dice ella: «Una mujer que cría doce hijos aprende algo más *quel* abecé. Los niños son tan buenos como la aritmética *pa* aprender cosas nuevas».

—¿Cuánto podría costar una pala..., una pequeña? —preguntó Mary.

—Bueno —fue la respuesta pensativa de Martha—, *nel* pueblo de Thwaite hay alguna tienda y he visto pequeños juegos de jardinería con una pala y un rastrillo y una horca *to* junto por dos chelines. Y eran lo bastante fuertes como *pa* trabajar con ellos.

—Tengo de sobra en mi monedero —dijo Mary—. La señora Morrison me dio cinco chelines y la señora Medlock me entregó algo de dinero de parte del señor Craven.

—¿Tanto *taprecia*? —exclamó Martha.

—La señora Medlock dijo que tendría un chelín a la semana para gastar. Me lo da cada sábado. No sabía en qué gastarlo.

—¡Vaya! Es una fortuna —dijo Martha—. *Pués* comprar cualquier cosa que quieras *nel* mundo. El alquiler de nuestra casa es solo uno con tres peniques y nos cuesta la mesma vida conseguirlo. Se *macaba* de ocurrir algo —dijo poniéndose las manos en las caderas.

—¿Qué? —preguntó Mary impaciente.

—En la tienda de Thwaite *tién* paquetes de semillas de flores a un penique, y nuestro Dickon sabe cuáles son las más bonitas y cómo hacerlas crecer. Él va a Thwaite caminando muchos días solo porque le divierte. ¿Sabes escribir con letra de imprenta? —dijo de repente.

—Sé escribir —respondió Martha.

Martha agitó la cabeza.

—Nuestro Dickon solo sabe leer la letra de imprenta. Si *pués* hacerlo, le escribiremos una carta *pa* pedirle que vaya y compre las herramientas y las semillas al mesmo tiempo.

—¡Qué buena eres! —gritó Mary—. ¡Sí que lo eres! No sabía que fueras tan amable. Si lo intento, podré escribir en letra de imprenta. Pidámosle a la señora Medlock una pluma y tinta y algo de papel.

—Yo tengo un poco —dijo Martha—. Lo compré *pa* poder escribir una pequeña carta a madre los domingos. Voy por él.

Salió corriendo de la habitación y Mary se quedó junto al fuego y se frotó sus pequeñas manitas con absoluto placer.

—Con una pala —susurró— puedo hacer que la tierra se vuelva más suave y fértil y puedo arrancar las malas hierbas. Si tengo semillas y logro que el jardín florezca, ya no estará completamente muerto..., volverá a la vida.

Aquella tarde no volvió a salir, porque cuando Martha regresó con pluma y tinta y papel tuvo que recoger la mesa y llevar los platos y las fuentes abajo, y cuando llegó a la cocina la señora Medlock le mandó que hiciera algo, así que Mary esperó lo que le pareció un buen rato antes de que volviera. Despues resultó una tarea bastante ardua escribirle a Dickon. Mary había aprendido muy poco porque a sus institutrices les había disgustado mucho estar con ella. Su escritura no era demasiado buena, pero cuando lo intentó descubrió que podía escribir con letra de imprenta. Esta fue la carta que Martha le dictó:

> Mi querido Dickon:
> Espero que al recibo de la presente te encuentres tan bien como yo al escribirte. La señorita Mary tiene dinero suficiente y desearía que fueses a Thwaite a comprarle algunas semillas de flores y un juego de herramientas de jardín para hacer parterres. Elige las más bonitas y las que crezcan con más facilidad porque nunca lo ha hecho antes y vivía en la India, que es diferente. Dile a madre y a todos que os quiero. La señorita Mary va a contarme muchas cosas más para que el próximo día que vaya podáis oír hablar de elefantes y camellos y caballeros que salen a cazar leones y tigres.
> Tu querida hermana,
> Martha Phoebe Sowerby

—Pondremos el dinero *nel* sobre y haré *quel* chico de la carnicería se lo lleve *nel* carro. Es *mu* buen amigo de Dickon —dijo Martha.

—¿Cómo conseguiré las cosas cuando las compre Dickon? —preguntó Mary.

—Él te las traerá. Le agradará caminar hasta aquí.

—¡Oh! —exclamó Mary—. ¡Entonces lo veré! Nunca pensé que vería a Dickon.

—¿Te gustaría conocerlo? —preguntó Martha repentinamente, mostrándose muy contenta.

—Sí. Nunca he visto a un chico que guste a los zorros y a los cuervos. Tengo muchas ganas de verlo.

Martha dio un respingo, como si hubiese recordado algo de pronto.

—Y pensar que... —empezó a decir—, y pensar que se *ma olvidao*; y eso que pensaba decírtelo lo primero esta mañana. Le pregunté a madre, y ella dijo que se lo preguntaría ella *mesma* a la señora Medlock.

—Quieres decir... —empezó a decir Mary.

—Lo que te dije el martes. Le preguntará si te *puén* llevar algún día a nuestra casa a tomar un poquito de pastel caliente *davena* y mantequilla y un vaso de leche.

Parecía que todas las cosas interesantes estaban pasando en un solo día. ¡Ir al páramo con la luz del día y cuando el cielo estaba azul! ¡Ir a la casa en la que vivían doce niños!

—¿Cree ella que la señora Medlock me dejaría ir? —preguntó muy nerviosa.

—Sí, ella piensa que sí. Sabe lo *ordená* que es madre y lo limpia que *tié* la casa.

—Si fuera hasta allí, podría ver a tu madre además de a Dickon —dijo Mary pensando en ello y disfrutando mucho con la idea—. Creo que ella no se parece a las madres de la India.

El trabajo en el jardín y la emoción de la tarde hicieron que Mary acabara sintiéndose tranquila y pensativa. Martha permaneció con ella hasta la hora del té; y se quedaron sentadas, cómodas y tranquilas, y hablaron muy

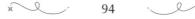

poco. Pero justo antes de que Martha saliera a por el carrito del té, Mary le hizo una pregunta.

—Martha —dijo—, ¿y la fregona, vuelve a tener hoy dolor de muelas?

Martha dio un pequeño brinco.

—¿Por qué preguntas eso? —dijo.

—Porque mientras te esperaba, como tardabas mucho, he abierto la puerta y he caminado por el corredor para ver si venías. Y he escuchado el llanto a lo lejos otra vez, como la otra noche. Pero hoy no hay viento, así que el viento no ha podido ser.

—¡Ay! —dijo Martha inquieta—. No *pués* ir merodeando y escuchando por los corredores. El señor Craven se enfadaría con eso, y a saber lo *caría*.

—No estaba escuchando —exclamó Mary—. Solo estaba esperándote, y lo oí. Ya van tres veces.

—¡Anda! La campana de la señora Medlock —añadió Martha, y salió de la habitación casi corriendo.

—Esta es la casa más extraña en la que haya vivido nadie —dijo Mary adormilada, mientras dejaba caer su cabeza en el asiento mullido del sillón que había junto a ella. El aire fresco, cavar, la comba le habían hecho sentirse tan agradablemente cansada que se quedó dormida.

Capítulo 10
DICKON

El sol brilló durante casi una semana dentro del jardín secreto. Así era como lo llamaba Mary, «el jardín secreto», cuando pensaba en él. Le gustaba el nombre, y le gustaba aún más la sensación de que cuando sus hermosos y viejos muros la rodeaban nadie sabía dónde estaba. Parecía como si estuviese apartada del mundo en algún lugar de cuento. Los pocos libros que había leído y que le habían gustado habían sido cuentos de hadas, y en algunas de aquellas historias había leído sobre jardines secretos. Algunas veces las personas se quedaban durmiendo en ellos durante cien años, lo cual, desde su punto de vista, era bastante estúpido. La niña no tenía intención alguna de quedarse dormida y, de hecho, estaba más y más despierta cada día que pasaba en Misselthwaite. Empezaba a gustarle estar fuera de la casa; ya no odiaba el viento, es más, lo disfrutaba. Ya podía correr más deprisa y durante más tiempo y podía saltar hasta cien. Los bulbos del jardín secreto debían estar atónitos. Había aclarado tanto el terreno que los rodeaba que ahora tenían todo el aire y el espacio que querían, y la verdad es que (¡si lo hubiera sabido la señorita Mary!) se habían empezado a animar allí, bajo la tierra oscura, y estaban trabajando muchísimo. El sol llegaba hasta ellos y los calentaba, y cuando

la lluvia cayera, los alcanzaría en seguida, y comenzarían a sentirse muy vivos.

Mary era una personita extraña y decidida, y ahora tenía algo interesante en lo que emplear su determinación, y estaba muy concentrada. Trabajaba y cavaba y quitaba hierbas sin descanso, y cada hora que pasaba estaba más feliz con su trabajo en lugar de más cansada. Le parecía una especie de juego fascinante. Descubrió muchas más puntas de verde pálido de las que ella había esperado encontrar. Parecían estar surgiendo en todos lados y estaba segura de que hallaba otras nuevas cada día, algunas tan diminutas que casi no sobresalían de la tierra. Había tantas que recordó eso que dijo Martha de las «campanillas de invierno por miles» y de que los bulbos se extendían y originaban nuevos bulbos. Estos se habían dejado a su suerte durante diez años y quizá se habían extendido, como las campanillas de invierno, y los había por miles. Se preguntó cuánto tiempo tendría que pasar antes de que mostraran su flor. A veces dejaba de cavar para mirar el jardín e intentaba imaginarse cómo sería cuando estuviese cubierto de miles de maravillosas plantas en flor.

Durante aquella semana de sol, se hizo más amiga de Ben Weatherstaff. Varias veces sorprendió al hombre porque aparecía junto a él como si hubiese brotado de la tierra. La verdad era que tenía miedo de que tomara sus herramientas y se fuera si la veía acercarse, así que siempre caminaba hacia él lo más silenciosamente posible. Pero la verdad es que el hombre no se mostraba tan reacio como al principio. Quizá estaba secretamente halagado por el evidente interés que ponía la niña en su viejo acompañante. Además ella también se comportaba con más educación que antes. Lo que él no sabía era que la primera vez que lo vio Mary le habló como a los nativos, sin saber que un viejo de Yorkshire, robusto y enojado no tenía la costumbre de hacer zalemas a sus señores, ni de aceptar órdenes sin más.

—Eres como el petirrojo —le dijo una mañana cuando levantó la cabeza y vio a la niña de pie junto a él—. *Nay* forma de saber cuándo voy a verte o de dónde vas a salir.

—Ahora es mi amigo —dijo Mary.

 98

—Así es él —soltó Ben Weatherstaff—. Adulando a las mujeres solo por vanidad y capricho. *Pos* no le gusta *na* presumir y agitar las plumas de la cola... *Tié* tanto orgullo como carne un huevo.[27]

El viejo no solía hablar mucho y algunas veces ni siquiera respondía a las preguntas de Mary si no era con un gruñido, pero esta mañana hablaba más de lo acostumbrado. Se incorporó y apoyó una de sus botas con clavos en la punta de su pala mientras observaba a la pequeña.

—¿Cuánto tiempo hace *questás* aquí? —dijo bruscamente.

—Creo que un mes más o menos —respondió Mary.

—Estás empezando a darle buen nombre a Misselthwaite —añadió él—. Has *engordao* un poquito y *nostás* tan amarilleja. Parecías un cuervo *desplumao* la primera vez que viniste al jardín. Me dije a mí mesmo que nunca había puesto los ojos en una jovencita tan fea y *agriá*.

Mary no era vanidosa y nunca había pensado demasiado en su aspecto, así que no se enfadó mucho.

—Ya sé que estoy más gorda —dijo—. Mis medias me aprietan cada vez más. Y antes tenían arrugas. Ben Weatherstaff, allí está el petirrojo.

Y, sí, allí estaba el petirrojo, más bonito que nunca, pensó ella. Su chaleco rojo brillaba como el satén y meneaba sus alas y su cola y movía la cabeza y daba brincos jugueteando con gracia. Parecía decidido a que Ben Weatherstaff lo admirara. Pero Ben respondió sarcásticamente:

—¡Sí, ahí estás! —dijo—. Ah, si no *tiés* a nadie, mejor cargas conmigo, ¿no? Llevas dos semanas dando color a tu chaleco rojo, sacando brillo a tus plumas... Y yo sé en qué andas. Andas cortejando a una muchacha *descará nalguna* parte, contándole tus mentiras, eso de *queres* el mejor petirrojo del páramo de Missel y *questás preparao pa* pelear con el resto.

—¡Oh, míralo! —exclamó Mary.

Era evidente que el petirrojo estaba de un humor irresistible y atrevido. Se puso a dar saltitos más y más cerca de Ben Weatherstaff y lo miraba de un modo más y más cautivador. Voló hasta el grosellero más cercano y se puso a mover su cabeza y a cantar una cancioncilla solo para él.

---

27   Se refiere al pollo dentro del huevo antes de nacer.

—¿Piensas *casí* me vas a recuperar? —dijo Ben, arrugando la cara de tal manera que Mary hubiera asegurado que intentaba no mostrar que estaba encantado—. Crees que nadie se te *pué* resistir, ¿eh?, eso es lo que piensas.

El petirrojo extendió sus alas. Mary apenas podía dar crédito a sus ojos. Voló hasta el mango de la pala de Ben Weatherstaff y se posó sobre ella. Entonces la cara arrugada del viejo hombre mudó lentamente la expresión. Se quedó quieto como si temiese respirar, no se habría movido por nada del mundo, por miedo a que saliera volando. Le habló casi en susurros:

—¡Maldición! —dijo tan suavemente como si en realidad estuviese diciendo algo diferente—. Sí que sabes cómo convencer a un amigo, ¿eh? Eres algo fuera de lo común, ¡qué listo *queres*!

Y permaneció quieto, casi sin respirar, hasta que el petirrojo agitó de nuevo sus alas y salió volando. Entonces el hombre se quedó mirando el mango de la pala como si hubiera algo mágico en ella y después estuvo cavando varios minutos sin decir nada.

Pero como de vez en cuando le asomaba una sonrisa al rostro, Mary se atrevió a hablar con él.

—¿Tú tienes algún jardín de tu propiedad? —preguntó ella.

—No, soy soltero y *malojo* con Martin en la entrada.

—Si tuvieras uno, ¿qué plantarías?

—Repollo, patatas y cebollas.

—Pero si lo que quisieras fuese un jardín de flores —insistió Mary—, ¿qué plantarías?

—Bulbos, y cosas *daroma* agradable, pero sobre *to* rosas.

La cara de Mary se iluminó.

—¿Te gustan las rosas? —preguntó.

Ben Weatherstaff arrancó de raíz una hierba y la arrojó a un lado antes de responder.

—Bueno, sí, me gustan. Fui jardinero *duna* joven dama que *menseñó* a apreciarlas. Ella tenía muchas en un lugar que le encantaba, y las quería como si fuesen niños o petirrojos. Llegué a ver cómo se inclinaba sobre ellas *pa* besarlas —arrancó otra hierba y la miró con enojo—. Y hace ya diez años *deso*.

—¿Y dónde está ella ahora? —preguntó Mary muy interesada.

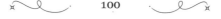

—*Nel* cielo —respondió y clavó su pala muy honda en la tierra—, eso dice el pastor.

—¿Qué les pasó a las rosas? —preguntó Mary de nuevo, más interesada que nunca.

—Las dejaron *abandonás* a su suerte.

Mary estaba cada vez más emocionada.

—¿Murieron? ¿Mueren las rosas si se las abandona a su suerte? —aventuró Mary.

—Bueno..., las rosas habían *empezao* a gustarme... Y también me gustaba ella... Y a ella le gustaban las rosas... —admitió Ben Weatherstaff con cierto reparo—. Una o dos veces al año voy y trabajo un poco *nellas*... Las podo y cavo alrededor de las raíces. Han *crecío* salvajes, pero estaban en buena tierra, así *calgunas* han *sobrevivío*.

—Si no tienen hojas y están grises y marrones y secas, ¿cómo puedes saber si están vivas o muertas? —preguntó Mary.

—*Tiés* que esperar a que llegue la primavera... Espera a que brille el sol tras la lluvia y la lluvia caiga tras el sol y entonces lo descubrirás.

—¿Cómo? ¿Cómo? —gritó Mary olvidándose de ser cuidadosa.

—Mira entre las ramitas y las ramas, y si un pequeño bultito marrón crece aquí y allá, ójalo después de la lluvia cálida y a ver qué pasa.

De repente se detuvo y observó con extrañeza el rostro ávido de la niña.

—¿Por qué te preocupan tanto las rosas y *to* esto de repente? —preguntó.

La señorita Mary sintió que se ponía roja. Casi tenía miedo de responder.

—A mí... a mí me gustaría jugar a que tengo un jardín —balbuceó—. Aquí no hay nada que hacer. No tengo nada ni a nadie.

—Bueno —dijo Ben Weatherstaff despacio mientras la contemplaba—. Eso es verdad. No *tiés na*.

Lo dijo de una forma tan rara que Mary se preguntó si no estaría sintiendo un poco de pena. Nunca se había compadecido de sí misma: solo se había sentido cansada y enfadada, porque le disgustaban mucho las personas y todo lo demás. Pero ahora el mundo parecía estar cambiando y volviéndose más agradable. Si nadie descubría lo del jardín secreto, podría pasarlo siempre bien.

Se quedó allí con él diez o quince minutos más y le hizo todas las preguntas que se atrevió a hacerle. Él gruñó cada respuesta, como era su costumbre, pero no pareció demasiado enfadado ni tampoco cogió su pala y se fue. Cuando ella estaba a punto de marcharse, el hombre dijo algo sobre rosas y Mary se acordó de aquellas otras que él había dicho que le gustaban tanto.

—Y esas otras rosas, ¿sigues yendo a verlas? —preguntó.

—Este año no he ido. El reúma me *tié* las articulaciones *agarrotás*.

Lo dijo con su tono gruñón, de repente parecía enfadado con ella, aunque la niña no podía entender por qué.

—¡Bueno, *yastá* bien! —dijo bruscamente—. No me preguntes tanto. Nunca *mabía cruzao* con una moza *cace* tantas preguntas. Vete por ahí a jugar. Ya *me cansao* de hablar por hoy.

Y lo dijo tan enfadado que ella sabía que no serviría de nada quedarse ni un minuto más. Se fue dando saltos por el paseo exterior y mientras pensaba en él se decía a sí misma que, por muy raro que fuese y a pesar de su mal humor, era otro que le caía bien. Le gustaba el viejo Ben Weatherstaff. Sí, le gustaba. Siempre quería que el hombre le contara cosas. Y empezaba a pensar que él sabía todo lo que hay que saber sobre flores.

El jardín secreto estaba rodeado por un paseo flanqueado por setos de laurel, iba a dar a una verja que se abría a un bosque del parque. A Mary se le ocurrió dar la vuelta a este paseo saltando a la comba, y echar un vistazo al bosque por si veía conejos brincando. Se lo pasó muy bien saltando y cuando llegó a la pequeña verja, la abrió y la atravesó; había escuchado un silbido peculiar, suave, y quería descubrir de qué se trataba.

Y sí que era algo extraño. Casi se quedó sin aliento cuando se detuvo para observarlo. Un chico, sentado y con la espalda apoyada en un árbol, estaba tocando una flauta rústica de madera. Era un niño curioso de unos doce años. Se veía muy limpio y tenía la nariz respingona, y sus mejillas eran rojas como amapolas, y nunca había visto la señorita Mary unos ojos tan redondos y azules en la cara de otro niño. Y del tronco del árbol donde se hallaba colgaba una ardilla marrón que lo observaba, y, por detrás de un arbusto cercano, se asomaba un faisán que alargaba delicadamente el cuello para curiosear, y muy cerca del niño había dos conejos que estaban

sentados olisqueando con sus inquietas narices. Y la verdad es que parecía que todos iban acercándose para mirarlo y para escuchar la extraña y suave llamada que salía de su flauta.

Cuando el chico vio a Mary levantó la mano y le habló con una voz tan dulce que parecía salida de la flauta.

—No te muevas —dijo él—. Los espantarás.

Mary se quedó inmóvil. Él dejó de tocar la flauta y empezó a levantarse. Se movía tan despacio que casi se diría que no se estaba moviendo, pero terminó por ponerse de pie y entonces la ardilla regresó correteando a las ramas de su árbol, el faisán recogió su cabeza, y los conejos dejaron caer sus patitas y empezaron a alejarse brincando, pero no porque estuvieran asustados.

—Soy Dickon —dijo el chico—. Sé que tú eres la señorita Mary.

Entonces Mary comprendió que de algún modo había sabido desde el principio que se trataba de Dickon. ¿Quién más podría ser, encantando conejos y faisanes como los nativos de la India encantan serpientes? Tenía una boca grande, roja, curvada, y su sonrisa le ocupaba todo el rostro.

—*Me levantao* despacio —explicó— porque si haces un movimiento rápido, los asustas. Las personas *tién* que moverse suavemente y hablar bajito cuando están *rodeás* por animales salvajes.

Dickon no se dirigía a ella como si no se hubieran visto nunca, sino como si la conociera bien. Mary no sabía nada acerca de los chicos, la respuesta sonó un poco estirada porque se sentía cohibida.

—¿Recibiste la carta de Martha? —preguntó.

Él asintió con su cabeza de cabellos rizados y cobrizos.

—Por eso he *venío*.

Dickon se agachó para coger algo que había dejado junto a él en el suelo cuando estaba tocando la flauta.

—He *conseguío* las herramientas de jardín. Ahí *tiés* una pequeña pala y un rastrillo y una horca y una *azá*. Son buenas. Ah, y *tiés* también un desplantador. La mujer de la tienda me regaló un paquete de amapolas blancas y otro de espuelas de caballero azules cuando compré las otras semillas.

—¿Me las enseñas? —dijo Mary.

A Mary le hubiera encantado saber hablar como él. Hablaba de un modo rápido y sencillo. Y parecía que ella le caía bien y que no tenía la más mínima duda de que él le caería bien a ella, aunque fuese solo un vulgar niño del páramo, con ropas remendadas, rostro cómico y pelo cobrizo y desordenado. Cuando se acercó a él descubrió que estaba envuelto en una fragancia fresca y limpia de brezo, hierba y hojas, casi como si estuviera hecho de ellas. Esto le gustó mucho a la niña y cuando estuvo frente a su gracioso rostro de rojas mejillas y ojos azules y redondos, dejó a un lado la timidez.

—Vamos a sentarnos a mirarlas en este leño —dijo ella.

Se sentaron, él sacó un pequeño paquete del bolsillo de su abrigo, torpemente envuelto en papel marrón. Desató la cuerda y dentro había muchísimos paquetes más pequeños y mejor envueltos, cada uno llevaba la foto de una flor.

—Hay muchas resedas y amapolas —dijo—. La reseda es la planta que *tié* el olor más dulce, y crecerá donde la eches, como las amapolas. Las que salen y florecen solo con silbarles son las más bonitas. —El chico se detuvo y giró la cabeza rápidamente, su rostro de rojas mejillas se iluminó—: ¿Dónde andará ese petirrojo que *nostá* llamando?

El trino surgía de un tupido y brillante acebo con bayas escarlatas; Mary creyó saber de quién se trataba.

—¿De verdad está llamándonos? —preguntó ella.

—Sí —dijo Dickon como si fuese la cosa más natural del mundo—. Está llamando a algún amigo. Es como si dijese: «Aquí, aquí. Mírame. Quiero un poquito de charla». Ahí está, *nel* arbusto. ¿Quién es?

—Es el pájaro de Ben Weatherstaff, pero creo que a mí también me conoce un poquito —respondió Mary.

—Sí, te conoce —dijo él otra vez en voz baja— y le gustas. Lo *tiés fascinao*. Me lo contará *to* de ti *nun* minuto.

El niño se acercó al arbusto con el movimiento más lento que había visto Mary nunca, y después hizo un sonido casi idéntico al propio gorjeo del petirrojo. El pájaro escuchó durante unos segundos, atentamente, y después replicó casi como respondiendo a una pregunta.

—Sí, es tu amigo —dijo riéndose entre dientes.

—¿Tú crees? —gritó Mary anhelante, pues tenía muchas ganas de saberlo—. ¿De verdad crees que le gusto?

—No *sacercaría* tanto a ti si no le gustaras —respondió Dickon—. Los pájaros son *mu* particulares a la hora *delegir* a las personas, y *puén* ser más desdeñosos *cun* hombre. Mira, ahora *testá* lisonjeando. *Testá* diciendo: «¿No reconoces a los amigos?».

Y parecía verdad. El petirrojo se movía a izquierda y derecha, silbando y moviendo la cabeza y dando brincos en el arbusto.

—¿Entiendes todo lo que dicen los pájaros? —preguntó Mary.

La sonrisa de Dickon se extendió hasta que todo él parecía una boca curvada y roja, y el muchacho se frotó la cabeza despeinada.

—Creo que sí, y creo que los pájaros también *mentienden* a mí —dijo—. He *vivío* mucho tiempo con ellos *nel* páramo. He visto tantas veces cómo rompían el huevo y salían y se convertían en volantones y aprendían a volar y empezaban a cantar que creo que ya soy uno de ellos. Algunas veces se me ocurre *ca* lo mejor es que soy un pájaro, o un conejo, o una ardilla, o incluso un escarabajo, y no *me dao* cuenta.

Se rio y volvió al tronco y empezó a hablar otra vez de las semillas. Le explicó a la niña cómo serían cuando se convirtieran en flores, le dijo cómo plantarlas y observarlas y alimentarlas y regarlas.

—¿Sabes qué? —añadió repentinamente, volviéndose hacia ella—. Te las plantaré yo *mesmo*. ¿Dónde está tu jardín?

Mary apretó sus pequeñas manos sobre el regazo. No sabía qué decir, así que durante un minuto no dijo nada. Nunca había pensado en esto. Se sentía desdichada. Tenía la sensación de estar poniéndose alternativamente roja y pálida.

—*Tiés* un pequeño jardín, ¿verdad? —dijo Dickon.

Sí, se había puesto roja y después pálida. Dickon se dio cuenta y, como seguía sin decir palabra, empezó a extrañarse.

—¿No han *querío* darte ni un trocito? —preguntó—. ¿No *las conseguío* todavía?

Ella apretó de nuevo las manos, con más fuerza incluso, y volvió los ojos hacia él.

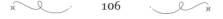

—No sé nada de chicos —dijo despacio—. ¿Podrías guardar un secreto si te lo contara? Es un gran secreto. No sé qué haría si alguien lo descubriese. ¡Creo que moriría! —Esta última frase la dijo con gran ímpetu.

Dickon la miró más extrañado todavía e incluso volvió a frotarse su despeinada melena, pero después respondió con buen humor:

—Siempre estoy guardando secretos. Si revelara a los otros muchachos los secretos de las crías de los zorros, de los nidos de los pájaros, de las madrigueras de los animales salvajes, no habría *na* a salvo *nel* páramo. Sí, sé guardar secretos.

No es que Mary tuviese la intención de alargar la mano y agarrarlo de la camiseta, pero eso fue lo que hizo.

—He robado un jardín —dijo muy rápido—. No es mío. No es de nadie. Nadie lo quiere, nadie se preocupa por él, nadie entra nunca en él. Quizá dentro está todo muerto; no lo sé. —Empezó a sentirse acalorada, y más fastidiosa que nunca—. ¡No me importa, no me importa! Nadie tiene derecho a quitármelo, yo me preocupo por él y ellos no. Lo están dejando morir, encerrado y solo —terminó de decir ella apasionadamente, y se tapó la cara con los brazos y rompió a llorar, pobre doña Mary.

Los ojos curiosos de Dickon se redondearon más y más.

—¡Ehhh! —dijo, lanzando la exclamación muy despacio, y lo hizo de manera que transmitía a la vez sorpresa y simpatía.

—No tengo nada que hacer —dijo Mary—. Nada me pertenece. Yo lo encontré y entré por mí misma. Como el petirrojo, y a nadie se le ocurriría quitárselo al petirrojo.

—¿Dónde está? —preguntó Dickon bajando la voz.

Doña Mary se levantó del tronco al instante. Volvía a sentirse fastidiosa, y porfiada, pero no le importaba en absoluto. Ella, tan imperiosa, tan india, y a la vez tan acalorada y desconsolada.

—Ven conmigo y te lo enseñaré —dijo.

Le guio a través del camino de laurel hacia el paseo donde la hiedra crecía tan tupidamente. Dickon la siguió con una extraña mirada en su rostro, podría decirse que casi compasiva. Sentía que lo estaban conduciendo al nido de algún pájaro extraño y hubiera que moverse muy despacio. Cuando

ella dio un paso hacia el muro y alzó la hiedra colgante, él se sobresaltó. Allí había una puerta y Mary la empujó lentamente hasta que se abrió y ambos la atravesaron juntos, y entonces Mary se detuvo, señaló el lugar, desafiante, y dijo:

—Este es. Es un jardín secreto, y yo soy la única persona en el mundo que quiere verlo vivo.

Dickon miró a todos lados, lo contempló una y otra vez.

—¡Vaya! —dijo casi en susurros—. ¡Qué lugar tan extraño y bonito! Es mesmamente como estar en un sueño.

Capítulo 11

EL NIDO DEL ZORZAL
DE MISSEL

El niño se quedó mirando a su alrededor durante dos o tres minutos. Entre tanto Mary lo observaba a él, y después empezó a caminar con delicadeza incluso más ligeramente de lo que lo había hecho ella cuando se vio por primera vez entre los cuatro muros. Sus ojos parecían estar tomando nota de todo: los árboles grises con sus grises trepaderas encima de ellos y colgando de sus ramas, la maraña sobre el muro y entre la hierba, los emparrados de siemprevivas con sus sillones de piedra y las altas urnas de flores.

—Nunca pensé que llegaría a ver este lugar —dijo él finalmente con un susurro.

—¿Lo conocías? —preguntó Mary.

Ella le había hablado en voz alta y él le hizo una señal.

—Deberíamos hablar bajo —dijo—, o alguien nos oirá y se preguntará *cacemos* aquí.

—¡Oh! ¡Se me olvidó! —dijo Mary asustada y llevándose rápidamente la mano a la boca—. ¿Conocías el jardín? —preguntó de nuevo cuando se hubo recuperado del susto.

Dickon asintió.

—Martha me contó *cabía* un jardín *nel* que nunca entraba nadie —respondió—. Solíamos preguntarnos qué aspecto tendría.

Se detuvo y miró la hermosa maraña gris que le rodeaba; en sus redondos ojos había una mirada de extraña felicidad.

—¡Vaya! La de nidos *cabrá* aquí cuando llegue la primavera —dijo—. Este *tié* que ser el lugar más seguro de Inglaterra *pa* hacer el nido. Nadie entra nunca y con esta maraña de árboles y rosas *pa* hacer los nidos... Me pregunto por qué no construyen aquí su nido *tos* los pájaros del páramo.

La señorita Mary puso de nuevo su mano en el brazo de Dickon sin darse cuenta.

—¿Habrá rosas? —susurró—. ¿Tú lo sabes? Pensé que tal vez estaban todas muertas.

—¡Oh, no! No *pué* ser, algunas estarán vivas —respondió—. ¡Mira aquí!

Dio unos pasos hasta el árbol más cercano, uno muy muy viejo con toda la corteza cubierta de liquen gris pero con fuerza para sostener una cortina enmarañada de tallos y ramas. Cogió una ancha navaja de su bolsillo y sacó una de sus hojas.

—Hay un montón de madera muerta *cabría* que quitar —dijo—, pero también hay algo de madera nueva del año *pasao*. Mira, aquí hay un trocito nuevo. —Y tocó un brote que tenía un tono entre verde y marrón en lugar del duro y seco gris.

Mary lo tocó con entusiasmo y reverencia a un mismo tiempo.

—¿Este? —dijo—. ¿Este está vivo, suficientemente vivo?

La boca de Dickon dibujó una gran sonrisa.

—Tan dispierto[28] como tú o como yo —comentó, y Mary recordó que Martha le había dicho que «dispierto» es lo mismo que «despierto».

—¡Me alegro de que esté dispierto! —exclamó en susurros—. ¡Quiero que todos estén dispiertos! Vamos a darle la vuelta al jardín y contemos cuántos hay dispiertos.

Casi jadeaba de impaciencia y Dickon estaba tan impaciente como ella. Fueron de árbol en árbol y de arbusto en arbusto. Dickon llevaba su navaja en la mano y le mostraba cosas que a ella le resultaban fabulosas.

---

28 Tal como indica la propia Mary, «dispierto» equivale a «despierto». Es forma desusada del español.

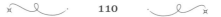

—Han *crecío* salvajes —dijo—, las más fuertes han *prosperao*. Las más *delicás* han muerto, pero las otras han *crecío* y *crecío* extendiéndose más y más hasta convertirse en algo maravilloso. ¡Mira aquí! —y tiró de una rama gruesa y gris con aspecto de estar seca—. Cualquiera pensaría *questo* es madera muerta, pero no creo que la raíz esté muerta. La cortaré más abajo y verás.

Se arrodilló y cortó con su navaja la rama que parecía estar muerta, un poco por encima de la tierra.

—¡Ahí! —dijo exultante—. Te lo dije. Todavía *tié* madera fresca. Mírala.

Mary ya estaba agachada antes de que se lo dijera, mirando con toda su atención.

—Cuando se ve un poquito verdoso y jugoso como este, es *questá* vivo —explicó—. Cuando el interior está seco y se rompe fácilmente, como el trozo *que cortao, nay na cacer*. Hay una raíz grande, si no *nabría dao to* esta cantidad de madera viva, y si se corta la madera vieja y se cava alrededor y nos ocupamos de ello... —en este punto se detuvo y alzó la cabeza para mirar las ramitas que subían y colgaban alrededor—, aquí habrá una fuente de rosas este verano.

Fueron de mata en mata y de árbol en árbol. Él era fuerte y hábil con su navaja y sabía cómo cortar la madera seca y muerta, y podía decir si una larga rama o una ramita poco prometedora tenían vida todavía. En el transcurso de media hora, Mary sentía que ya sabía hacerlo también y cuando él cortaba una rama que parecía muerta y atisbaba el menor signo de verdor, gritaba para sí de alegría. La pala, la horca y el rastrillo fueron de mucha utilidad. Dickon le enseñó cómo usar el rastrillo mientras él cavaba alrededor de las raíces con la pala y removía la tierra y dejaba que entrara el aire.

Estuvieron trabajando aplicadamente alrededor de uno de los rosales comunes más grandes cuando él vio algo que le hizo lanzar una exclamación de asombro.

—¡Vaya! —gritó, apuntando al césped, unos metros más allá—. ¿Quién ha hecho eso *dahí*?

Era uno de los claros que había fabricado Mary alrededor de las puntas de color verde pálido.

—He sido yo —dijo Mary.

—Pero bueno, pensé que no sabías *na* de jardinería —exclamó él.

—Y no sé —respondió ella—, pero estaban tan pequeñitas y la hierba tan tupida y fuerte, y parecía que no tuvieran sitio para respirar. Así que les hice sitio. Ni siquiera sé lo que son.

Dickon fue hasta allí y se agachó, exhibiendo su ancha sonrisa.

—Lo hiciste *mu* bien —dijo—. Un jardinero no podría habértelo *explicao* mejor. Crecerán ahora como la mata de Jack y las habichuelas mágicas. Son crocos y campanillas de invierno y aquí hay asfódelos. ¡Sí, va a ser *to* una visión!

Iba corriendo de un claro a otro.

—Has *trabajao* mucho, *pa* ser una mocita —dijo mirándola de arriba a abajo.

—Estoy engordando —dijo Mary—. Y cada vez soy más fuerte. Antes siempre estaba cansada. Pero cuando cavo no me canso. Me gusta oler la tierra cuando se remueve.

—Eso sí *ques* bueno *pa* ti —dijo asintiendo con su cabeza sabiamente—. No hay *na* tan agradable como el olor de la tierra buena y limpia, excepto el olor de *to* lo que crece *nella* cuando la lluvia cae. Muchos días cuando llueve me tumbo debajo *dun* arbusto y escucho el suave susurro de las gotas *nel* brezo y aspiro y aspiro. Madre dice que la punta de mi nariz se mueve como la *dun* conejo.

—¿Nunca coges un resfriado? —preguntó Mary mirándolo maravillada. Jamás había visto un niño tan divertido ni tan agradable.

—Yo no me resfrío —dijo sonriendo—. *No pillao* un *resfriao* desde que nací. No *man criao pa* ser *delicao*, he *corrío* por el páramo hiciera el tiempo *quiciera*, como los conejos. Madre siempre dice *ca* mis doce años *ya respirao* suficiente aire fresco, y ya no me caben los *resfriaos*. Soy más duro *cun* garrote de espino.

Mientras hablaba no dejaba de trabajar y Mary lo seguía, ayudándole con el rastrillo o la azada.

—¡Hay mucho trabajo *cacer* aquí! —dijo en otro momento, mirando exultante alrededor.

—¿Vendrás otra vez a ayudarme? —le rogó Mary—. Yo también puedo servir de algo, estoy segura de eso. Puedo excavar y quitar hierbas, y hacer todo lo que me digas. ¡Oh, Dickon, ven!

—Si *quiés* vendré *tos* los días, llueva o haga sol —respondió rotundamente—. Me lo estoy pasando mejor que nunca aquí dentro, dispertando un jardín.

—Si vienes... —dijo Mary—, si me ayudas a revivirlo, yo... yo... ¡No sé qué haré! —respondió impotente. ¿Qué podría hacer nadie por un chico como este?

—Te diré qué —dijo Dickon con su animada sonrisa—: cogerás peso y tendrás tanto apetito como las crías *dun* zorro y aprenderás a hablarle al petirrojo como yo lo hago. ¡Ah! Y nos lo pasaremos en grande.

Entonces el niño se puso a caminar de aquí para allá, mirando los árboles, muros y arbustos con expresión pensativa.

—No me gustaría que pareciera el jardín *dun* jardinero, *to podao*, impoluto y reluciente. ¿Y a ti? —dijo él—. Es más hermoso con plantas que crecen salvajes y cuelgan y se entrelazan las unas con las otras.

—Sí, que no esté todo en su sitio —dijo Mary con inquietud—. Si estuviera ordenado no parecería un jardín secreto.

Dickon se frotaba la cabeza despeinada con desconcierto.

—Desde luego que es un jardín secreto —dijo—, aunque parece como si alguien más *quel* petirrojo hubiese *entrao* aquí desde que lo cerraron hace diez años.

—Pero la puerta tenía la llave echada y la llave estaba enterrada —dijo Mary—. Nadie ha podido entrar.

—Eso es verdad —respondió—. Es un lugar extraño. Me da la impresión de que lo han *podao* un poquito aquí y allá, y no hace diez años *deso*.

—Pero ¿cómo puede haber sido? —dijo Mary.

Dickon estaba examinando una rama de rosal común y sacudió su cabeza.

—¡Sí! ¿Cómo? —murmuró—. Con la puerta *cerrá* y la llave *enterrá*...

La señorita Mary pensó que por muchos años que viviera nunca olvidaría esa primera mañana en la que su jardín empezó a crecer. Claro que a

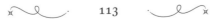

Mary le parecía que el jardín comenzó a crecer para ella aquella mañana. Cuando Dickon se puso a abrir claros para plantar las semillas, la niña recordó lo que Basil le cantaba cuando quería hacerla enfadar.

—¿Hay alguna flor que se parezca a las campanas? —preguntó ella.

—Los lirios de los valles se parecen —respondió él cavando con la azada—, y están las campanillas de Canterbury y las campánulas.

—Vamos a plantar algunas de esas —dijo Mary.

—Aquí ya hay algunas campanillas de Canterbury. Las he visto. Crecerán *demasiao* juntas y tendremos que separarlas, pero hay muchas. A las otras les lleva dos años florecer de la semilla, pero puedo traerte algunas plantitas del jardín de nuestra casa. ¿Por qué *quiés* esas?

Mary le contó entonces lo de Basil y sus hermanos y hermanas en la India, de cuánto los había odiado y que la llamaban: «doña Mary fastidiosa».

—Se ponían a bailar alrededor de mí y cantaban. La canción decía:

> Doña Mary fastidiosa,
> ¿qué florece en tu jardín?
> Campanitas y conchitas,
> marimoñas y verdín.

»Me ha venido a la mente y me preguntaba si de verdad hay flores con forma de campana.

La niña frunció un poco el ceño y le dio a la tierra una paletada bastante rencorosa con su azada.

—Yo no era tan fastidiosa como ellos.

Pero Dickon se rio.

—¡Ah! —dijo él, Mary se dio cuenta de que el niño aspiraba el aroma del rico suelo negro mientras lo desmenuzaba—. *Pa* qué *tié* nadie que ser fastidioso cuando existen las flores y *to* lo demás, y hay tantos animales salvajes y cariñosos correteando por ahí y haciendo sus madrigueras o sus nidos y cantando y silbando. ¿No crees?

Mary, arrodillada junto a él sosteniendo las semillas, lo miró y dejó de fruncir el ceño.

—Dickon —dijo ella—. Eres tan bueno como me había dicho Martha. Me caes bien, y contigo ya van cinco personas. Nunca pensé que llegarían a gustarme cinco personas.

Dickon se sentó sobre los talones como hacía Martha cuando le daba brillo a la rejilla. Sí que se veía divertido y encantador, pensó Mary, con sus redondos ojos azules y las rojas mejillas y la nariz respingona de aspecto feliz.

—¿Solo hay cinco personas que te gustan? —preguntó él—. ¿Quiénes son las otras cuatro?

—Tu madre y Martha —Mary las fue contando con sus dedos—, y el petirrojo y Ben Weatherstaff.

Dickon se rio tanto que tuvo que llevarse el brazo a la boca para sofocar el sonido.

—Sé que piensas que soy un muchacho *mu* raro —dijo él—, pero yo creo que tú eres la muchacha más rara *que* visto nunca.

Entonces Mary hizo algo inaudito. Se inclinó hacia delante y le hizo una pregunta que nunca había soñado hacer. Intentó hacerla en yorkshire porque era el idioma que él usaba, y cn la India los nativos siempre se sentían halagados si conocías su lengua.

—¿*Te caío* bien? —dijo ella.

—¡Claro! —respondió él sinceramente—. *Mas caío mu* bien. Me caes fenomenal, y también le caes bien al petirrojo, ¡ya lo creo!

—Pues ya sois dos entonces —dijo Mary—. Dos a mi favor.

Y después empezaron a trabajar con más energía y más contentos que nunca. Mary se sobresaltó y se apenó cuando el gran reloj del patio dio la hora del almuerzo.

—Voy a tener que irme —dijo con tristeza—. Y supongo que tú tendrás que irte también, ¿no?

Dickon sonrió.

—Mi comida es fácil de llevar —respondió—. Madre siempre me pone algo *nel* bolsillo.

Cogió su abrigo de entre la hierba y sacó del bolsillo un paquetito pequeño y abultado, atado con un pañuelo de color azul y blanco, limpio y un poco basto. Contenía dos pedazos de pan con una loncha entre ellos.

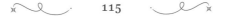

—A menudo solo es pan —dijo él—. Pero hoy *ma tocao* una buena rodaja de panceta.

Mary pensó que aquella comida era un poco rara, pero a él parecía gustarle.

—Corre a por tus vituallas —dijo—. Yo terminaré antes. Trabajaré un poco más antes *dirme* a casa.

Y se sentó apoyando la espalda contra un árbol.

—Llamaré al petirrojo —dijo— y le daré la corteza del tocino *pa* que la picotee. A los pájaros les encanta picotear la panceta.

Mary apenas podía soportar tener que apartarse de él. Tuvo la repentina sensación de que era alguna especie de duende del bosque que desaparecería cuando ella volviera a entrar en el jardín. Parecía demasiado bueno para ser verdad. La niña se encaminó despacio hacia la puerta y cuando hubo recorrido la mitad del camino se detuvo y se volvió.

—¿No lo contarás nunca? ¿Pase lo que pase? —dijo ella.

Los carrillos de Dickon, del color de las amapolas, se habían hinchado con el primer mordisco de pan y tocino, pero se las apañó para lanzar una sonrisa alentadora.

—Si tú fueses un zorzal y *menseñases* dónde *tiés* tu nido, ¿crees que se lo iba a decir a alguien? Ese no sería yo —dijo—. Estás tan a salvo como un zorzal.

Y así mismo se sentía ella.

Capítulo 12

¿PODRÍA TENER UN PEDACITO DE TIERRA?

Mary corrió tan rápido que llegó casi sin aliento a su habitación. Se le había rizado el cabello sobre la frente y sus mejillas estaban de un rosa brillante. La comida la esperaba en la mesa y junto a ella esperaba también Martha.

—Llegas un poco tarde —dijo—. ¿Dónde has *estao*?

—¡He visto a Dickon! —dijo Mary—. ¡He visto a Dickon!

—Sabía que vendría —dijo Martha exultante—. ¿*Ta caío* bien?

—Creo... ¡Creo que es guapísimo! —dijo Mary con resolución.

Martha la miro bastante desconcertada, pero también contenta.

—Bueno —dijo—. Es el mejor muchacho *cay* sobre la tierra, pero nunca pensamos que fuera bien *parecío*. *Tié* la nariz *demasiao* respingona.

—Me gusta respingona —dijo Mary.

—Y sus ojos son *demasiao* redondos —añadió Martha, un poco dubitativa—. Aunque *tién* un color bonito.

—Me gustan redondos —dijo Mary—. Y son exactamente del color del cielo sobre el páramo.

Martha irradiaba satisfacción.

—Madre dice que se le quedaron *dese* color de mirar siempre a las nubes y a los pájaros. Pero *tié* una boca *mu* grande, ¿no?

—Me encanta su boca grande —dijo Mary con obstinación—. Me encantaría que la mía fuera exactamente igual.

Martha soltó una risita de puro contento.

—Se vería *mu* rara en tu carita —dijo—. Pero sabía *quiba* a pasar esto en cuanto lo vieras. ¿Te gustaron las semillas y las herramientas del jardín?

—¿Cómo sabías que las ha traído? —preguntó Mary.

—¡Ya ves! Nunca pensé que no fuera a traerlas. Si estaban en Yorkshire, ya se aseguraría él de traerlas. Es un muchacho *nel* que se *pué* confiar.

Mary estaba preocupada de que empezara a hacerle preguntas incómodas, pero no lo hizo. Estaba muy interesada en las semillas y las herramientas del jardín, y solo hubo un momento en el que Mary se asustó. Fue cuando empezó a preguntar dónde iba a plantar las flores.

—¿A quién *las preguntao*? —dijo Martha.

—Todavía a nadie —respondió Mary vacilante.

—Bueno, yo no se lo preguntaría al jefe de jardineros. Es *demasiao* importante, sí, así es el señor Roach.

—Nunca lo he visto —dijo Mary—. Solo he visto a los ayudantes y a Ben Weatherstaff.

—Yo en tu lugar, le preguntaría a Ben Weatherstaff —aconsejó Martha—. No es ni la mitad de malo de lo que parece, aunque sea tan hosco. El señor Craven le deja hacer lo que quiera, le cae bien porque estaba aquí cuando la señora Craven vivía, y solía hacerla reír. A ella le caía *mu* bien. Quizá él pueda encontrarte un rincón en algún sitio *apartao*.

—Si estuviera apartado y nadie lo quisiera, a nadie le importaría que yo lo tuviera, ¿no? —preguntó Mary preocupada.

—No habría razón *pa* ello —respondió Martha—. *Nostarías* haciendo ningún daño.

Mary se comió su almuerzo tan rápido como pudo y cuando se levantó de la mesa iba a salir corriendo a su dormitorio para ponerse el sombrero de nuevo, pero Martha la detuvo.

—Tengo algo que decirte —añadió—. Pero pensé *quera* mejor que comieras primero. El señor Craven volvió esta mañana y creo que *quié* verte.

Mary se puso muy pálida.

—¡Oh! —dijo—. ¡Vaya! ¡Vaya! No quiso verme cuando llegué. Se lo escuché decir a Pitcher.

—Bueno —explicó Martha—, la señora Medlock piensa que *tié* que ver con madre. Iba ella caminando hacia el pueblo de Thwaite y se lo encontró. Nunca antes había *hablao* con él, pero la señora Craven sí había *estao* dos o tres veces en nuestra casa. Él lo había *olvidao*, pero madre no y *satrevió* a pararlo. No sé qué le dijo de ti, pero algo le dijo que le ha hecho pensar en verte antes de marcharse mañana.

—¡Ay! —gritó Mary—. ¿Se va mañana? ¡Qué contenta estoy!

—Se va por mucho tiempo. *Pué* que no vuelva hasta el otoño o el invierno. Se va de viaje al extranjero. Siempre lo hace.

—¡Estoy muy contenta, muy contenta! —dijo Mary agradecida.

Si tardaba en volver y no regresaba antes del invierno, o al menos antes del otoño, habría tiempo de ver cómo el jardín secreto volvía a la vida. Y aunque lo descubriera entonces y se lo quitara, al menos lo habría tenido todo ese tiempo.

—¿Cuándo crees que querrá...?

No terminó la frase porque se abrió la puerta y entró la señora Medlock. Llevaba puesto su mejor traje negro y la capa, y su cuello estaba ajustado con un largo broche que portaba el retrato de un hombre. Se trataba de la fotografía coloreada del señor Medlock, que había muerto años atrás, y siempre lo llevaba cuando se arreglaba. Estaba nerviosa y alterada.

—Estás despeinada —dijo rápidamente—. Ve y cepíllate. Martha, ayúdale a colocarse su mejor vestido. El señor Craven me ha encargado que la lleve al estudio.

El color abandonó las mejillas de Mary. Su corazón empezó a palpitar y ella sintió que volvía a convertirse en una niña estirada, feúcha y de pocas palabras. Ni siquiera respondió a la señora Medlock, se volvió y caminó hacia su dormitorio seguida de Martha. No dijo nada mientras le cambiaron el vestido y le cepillaron el pelo, y cuando estuvo lo suficientemente arreglada siguió a la señora Medlock por los corredores, en silencio. ¿Qué tenía que decir? Estaba obligada a ir y ver al señor Craven y ella no le caería bien a él, y él no le caería bien a ella. Sabía lo que pensaría de ella.

La llevaron a una parte de la casa en la que no había estado antes. Al fin, la señora Medlock llamó a una puerta y cuando alguien dijo: «Adelante», entraron juntas en la habitación. Había un hombre sentado en un sofá junto al fuego, y la señora Medlock se dirigió a él.

—Le presento a la señorita Mary, señor —dijo.

—Puede irse y dejarla aquí. Llamaré cuando quiera que se la lleve —contestó el señor Craven.

Cuando la mujer salió y cerró la puerta, Mary se quedó allí de pie esperando, una criaturita feúcha que se retorcía las manos. Observó que el hombre del sillón no era tanto un jorobado como un señor de hombros elevados y algo encorvados, y tenía el pelo negro con mechones blancos. Giró la cabeza sobre sus elevados hombros y le habló:

—¡Ven aquí! —dijo.

Mary fue hacia él.

No era feo. Habría parecido guapo de no ser porque en su rostro solo se mostraba la desdicha. Parecía que la visión de la niña le preocupaba e inquietaba, y parecía que no tenía ni idea de qué hacer con ella.

—¿Estás bien? —preguntó.

—Sí —contestó Mary.

—¿Te cuidan bien?

—Sí.

Se frotó la frente intranquilo mientras la miraba de pies a cabeza.

—Estás muy delgada.

—Estoy engordando —respondió Mary con el que sabía que era su tono más arrogante.

¡Qué rostro más infeliz el de aquel hombre! Parecía que sus negros ojos ni la veían, como si estuvieran mirando otra cosa y apenas pudiera mantener sus pensamientos en ella.

—Me olvidé de ti —dijo—. ¿Cómo iba a recordarte? Quería mandarte una institutriz o una niñera, o alguien así, pero se me olvidó.

—Por favor —empezó a decir Mary—. Por favor... —Pero se le hizo un nudo en la garganta.

—¿Qué quieres decirme? —preguntó.

—Soy... soy demasiado grande para tener niñera —dijo Mary—. Y, por favor, por favor, no me obligue a tener una institutriz todavía.

Él se frotó la frente de nuevo y la miró fijamente.

—Eso fue lo que dijo aquella mujer, Sowerby —murmuró él ausente.

Entonces Mary reunió algo de valor:

—¿La... la madre de Martha? —balbuceó.

—Sí, eso creo —respondió él.

—Ella sabe de niños —dijo Mary—. Ha tenido doce. Ella sabe.

Él también se animó un poco.

—¿Qué es lo que quieres hacer tú?

—Quiero jugar fuera —respondió Mary, esperando que su voz no temblara—. En la India no me gustaba. Pero aquí salir me da apetito y estoy engordando.

Él la observaba.

—La señora Sowerby dijo que te haría mucho bien. Quizá sea así —añadió—. Ella pensaba que era mejor que te fortalecieras antes de tener una institutriz.

—Me siento más fuerte cuando juego y llega el viento del páramo —argumentó Mary.

—¿Dónde juegas? —preguntó él.

—Por todos lados —dijo Mary sin aliento—. La madre de Martha me mandó una comba. Voy saltando y corriendo... Y observo si las plantas empiezan a salir de la tierra. No hago ningún daño.

—No tienes por qué estar asustada —dijo con tono de preocupación—. No podrías hacer mal alguno, ¡una niña como tú! Puedes hacer lo que quieras.

Mary se llevó la mano a la garganta por miedo a que él viera el nudo de emoción que se le había hecho. Se acercó un paso más.

—¿Puedo? —dijo ella temblorosa.

Al ver la carita inquieta de Mary, el rostro del hombre mostró más preocupación.

—No estés tan asustada —exclamó—. Por supuesto que puedes, soy tu tutor, aunque no soy el mejor tutor para una niña. No puedo dedicarte tiempo ni atención. Estoy demasiado enfermo, y dolorido y distraído; pero

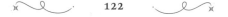

desearía que fueras feliz y estuvieras cómoda. No sé nada de niños, pero la señora Medlock va a cuidar de que tengas todo lo necesario. Te mandé llamar hoy porque la señora Sowerby dijo que debería verte. Su hija le había hablado de ti. Ella piensa que lo que tú necesitas es aire libre y correr mucho.

—Ella sabe todo lo que hay que saber de niños —repitió Mary sin querer.

—Supongo que sí —dijo el señor Craven—. Me pareció demasiado atrevido que me parase en el páramo, pero dijo que... la señora Craven había sido muy buena con ella. —Parecía duro para él decir el nombre de su difunta esposa—. Es una mujer respetable. Ahora que te veo me doy cuenta de que lo que decía era sensato. Juega fuera tanto como quieras. Este es un lugar grande y puedes ir donde gustes y divertirte como te apetezca. ¿Hay algo que quieras? —dijo como si un pensamiento repentino le hubiera asaltado—. ¿Quieres juguetes, libros, muñecas?

—¿Podría... —dudó Mary— podría tener un pedacito de tierra?

Con el entusiasmo no se dio cuenta de lo raras que sonaban sus palabras y de que esas no eran las palabras que había pensado decir. El señor Craven la miró desconcertado.

—¿Tierra? —repitió—. ¿Qué quieres decir?

—Para plantar semillas, hacer que las plantas crezcan, ver cómo despiertan... —dijo Mary con voz entrecortada.

Él la miro un instante y después se frotó los ojos rápidamente.

—¿Tanto... tanto interés tienes en los jardines? —dijo él despacio.

—En la India no sabía nada de ellos —respondió Mary—. Siempre estaba enferma y cansada y hacía demasiado calor. Algunas veces formaba parterres en la arena y clavaba las flores. Pero aquí es diferente.

El señor Craven se levantó y se puso a caminar lentamente por la habitación.

—Un pedacito de tierra —dijo para sí, y Mary pensó que de algún modo le había hecho recordar algo. Cuando se detuvo y se dirigió a ella, la mirada de sus oscuros ojos casi parecía dulce y amable.

—Puedes tener tanta tierra como quieras —dijo él—. Me recuerdas a alguien que amaba la tierra y las plantas. Cuando veas un pedacito de tierra

que quieras —dijo con algo parecido a una sonrisa—, cógelo, niña, y haz que brote en él la vida.

—¿Puedo cogerlo en cualquier parte... si nadie la quiere?

—En cualquier parte —respondió—. ¡Bueno! Ahora tienes que irte, estoy cansado. —Y entonces tocó la campana para llamar a la señora Medlock—. Adiós. Estaré fuera todo el verano.

La señora Medlock llegó tan rápido que Mary pensó que habría estado esperando en el corredor.

—Señora Medlock —dijo el señor Craven—, ahora que he visto a la niña entiendo a lo que se refería la señora Sowerby. Ella debe estar menos delicada antes de comenzar las lecciones. Dele comida sencilla y saludable. Déjela correr a sus anchas en el jardín. No hace falta que estén muy pendientes de ella. La señora Sowerby vendrá a verla de vez en cuando y ella puede ir también algunas veces a su casa.

La señora Medlock parecía complacida. Se sentía aliviada al escuchar que no necesitaba «estar muy pendiente» de Mary. Para ella había sido una carga pesada y eso que había intentado verla lo menos posible. Además, le tenía mucho cariño a la madre de Martha.

—Gracias, señor —contestó—. Susan Sowerby y yo fuimos juntas al colegio y es la mujer más sensata y de mejor corazón de la región. Yo nunca he tenido niños y ella tiene doce, y nunca se han visto mejores niños o más saludables. La señorita Mary no puede sacar nada malo de ellos. Yo misma he pedido consejo a Susan Sowerby sobre niños. Ella es lo que podríamos llamar una mujer «sana», no sé si me entiende.

—Lo entiendo —respondió el señor Craven—. Llévese a la señorita Mary y mándeme a Pitcher.

Cuando la señora Medlock la dejó en su corredor, Mary volvió volando a su habitación. Encontró a Martha esperándola. De hecho, Martha se había apresurado a volver después de quitar la mesa.

—¡Puedo tener mi jardín! —gritó Mary—. ¡Y puedo tenerlo donde yo quiera! ¡No voy a tener institutriz en mucho tiempo! ¡Tu madre va a venir a verme y yo puedo ir a tu casa! Dice que una niña pequeña como yo no puede hacer ningún mal y que puedo hacer lo que guste... ¡donde quiera!

—¡Vaya! —exclamó Martha encantada—. ¡Eso ha sido *mu* agradable por su parte!, ¿no?

—Martha —dijo Mary solemnemente—, en realidad es un hombre bueno, solo que su rostro es desdichado y tiene siempre la frente arrugada.

Se fue al jardín corriendo tan rápido como pudo. Había estado fuera más de lo que pensaba y sabía que Dickon habría tenido que irse pronto, pues le quedaba por delante un paseo de ocho kilómetros. Cuando se deslizó por la puerta bajo la hiedra, comprobó que no estaba trabajando donde lo había dejado. Las herramientas del jardín estaban recogidas bajo un árbol. Corrió hacia ellas, miró por todas partes, pero Dickon no estaba. Se había ido y el jardín secreto estaba vacío, salvo por el petirrojo que acababa de sobrevolar el muro y se había sentado en un rosal común para mirarla.

—Se ha ido —dijo ella afligida—. ¡Oh! ¿Se trataría… se trataría solo de un duende[29] del bosque?

Había algo enganchado en el rosal que le llamó la atención. Era un trozo de papel, de hecho, era un trozo de la carta que ella misma le había escrito a Dickon con letra de molde. Estaba sujeto a la mata con una larga espina, y al instante supo que había sido Dickon el que lo había dejado allí. Tenía algunas letras torpemente escritas y una especie de dibujo. Al principio no supo qué era. Después se dio cuenta de que trataba de representar un nido con un pájaro sentado en él. Debajo había unas letras de molde que decían: *Bolberé*.

---

29 El término original es *fairy*, en inglés el término «hada» no está asociado exclusivamente con el sexo femenino.

Capítulo 13

ME LLAMO COLIN

Mary se llevó el dibujo a casa cuando regresó a cenar y se lo enseñó a Martha.

—¡Anda! —dijo Martha con gran orgullo—. No sabía que nuestro Dickon era tan listo. He aquí un dibujo *dun* zorzal en su nido, tan real que parece que *va* salir volando.

Fue entonces cuando Mary se dio cuenta de que Dickon le había dejado un mensaje. Lo que quería decir era que podía estar segura de que guardaría el secreto. Su jardín era su nido y ella era como un zorzal. ¡Oh, cómo le gustaba aquel niño tan corriente y tan raro!

Deseaba que volviera al día siguiente, y se quedó dormida esperando que llegara la mañana.

Pero uno nunca sabe qué tiempo hará en Yorkshire, particularmente en primavera. Mary se despertó en mitad de la noche con el ruido que hacían las grandes gotas de lluvia al golpear el vidrio de la ventana. La lluvia caía torrencialmente y el viento «se aborrascaba» por las esquinas y en las chimeneas de la vieja y enorme casa. Se sentó en la cama, triste y enfadada.

—La lluvia está más fastidiosa de lo que yo he estado nunca —dijo—. Se ha presentado solo porque sabía que yo no quería que viniese.

Se arrojó de nuevo sobre la almohada y enterró en ella su cabeza. No lloró, pero se quedó echada odiando el sonido de la lluvia que no dejaba de golpear con fuerza, odiando el viento y sus «borrascas». No podía conciliar el sueño. El sonido lúgubre la mantenía despierta porque también ella se sentía triste. Si se hubiera sentido feliz, quizá aquel sonido la habría arrullado hasta quedarse dormida. Pero ¡cómo «se aborrascaba» y cómo caían las grandes gotas de lluvia golpeando los cristales!

—Suena como si alguien se hubiera perdido en el páramo y estuviera vagando y gimiese —dijo.

Se había quedado tumbada, completamente despierta, dando vueltas de un lado a otro durante una hora, cuando de repente algo le hizo incorporarse en la cama y girar la cabeza hacia la puerta para escuchar. Escuchó y escuchó.

—Eso no es el viento —susurró—. No es el viento. Suena diferente. Es ese llanto que ya he escuchado antes.

La puerta de la habitación estaba entreabierta y el sonido bajaba por el corredor, el lejano y débil sonido de un llanto nervioso. Se quedó escuchando unos minutos y cada vez estaba más y más convencida. Sentía que tenía que descubrir de qué se trataba. Le parecía incluso más extraño que el jardín secreto y la llave enterrada. Quizá su misma rebeldía le hacía también sentirse valiente. Sacó los pies de la cama y se incorporó.

—Voy a descubrir qué es —dijo ella—. Todo el mundo está acostado y además no me importa la señora Medlock, ¡no me importa!

Había una vela junto a su cama, la cogió y salió lentamente de la habitación. El corredor le pareció largo y oscuro, pero estaba demasiado excitada como para preocuparse por él. Creía recordar las esquinas en las que debía girar para encontrar el pequeño corredor que había detrás de la puerta tapada por el tapiz, aquella por la que la señora Medlock había salido el día que la niña se perdió. El sonido había brotado de aquel pasillo. Así que siguió adelante acompañada por la tenue luz, casi a tientas, su corazón latía tan fuerte que creía escucharlo. El llanto lejano siguió sonando y la guio. A veces se detenía y después volvía a caminar. ¿Era esta la esquina por la que debía girar? Se detuvo y pensó. Sí, sí era. Bajar el pasillo, girar luego a

la izquierda y subir después un par de anchos escalones, y después de nuevo a la derecha... Sí, allí estaba la puerta del tapiz.

La empujó con mucha suavidad y la cerró al pasar, y se quedó de pie en el corredor, podía escuchar claramente el llanto, aunque no era muy fuerte. Procedía del otro lado del muro situado a su izquierda y unos metros más adelante había una puerta. Pudo ver un rayito de luz que salía por debajo. Alguien estaba llorando en aquella habitación, y era un «alguien» muy joven.

Así que caminó hacia la puerta y la abrió de golpe, y ¡ya estaba dentro de la habitación!

Era una habitación enorme con muebles hermosos y antiquísimos. Un pequeño fuego brillaba débilmente en el hogar y una lucecita ardía junto a una cama labrada de cuatro postes adornados con brocados, y en la cama había un niño tumbado que lloraba muy nervioso.

Mary se preguntó si aquel lugar era real o si se habría quedado dormida de nuevo y estaba soñando.

El chico tenía un rostro afilado y delicado de color marfil y sus ojos parecían demasiado grandes para él. Tenía también el pelo espeso y le caía sobre la frente en grandes mechones, lo que contribuía a que su cara se viera aún más pequeña. Daba la impresión de que hubiese estado enfermo, pero su llanto no era tanto de dolor como de cansancio y enfado.

Mary se quedó junto a la puerta con la vela en la mano, aguantando la respiración. Después atravesó sigilosamente la habitación y, al acercarse, la luz atrajo la atención del niño que giró la cabeza sobre la almohada y se quedó mirándola, con sus ojos grises tan abiertos que resultaban inmensos.

—¿Quién eres? —dijo finalmente con un susurro medio asustado—. ¿Eres un fantasma?

—No, no lo soy —respondió Mary, y su propio susurro sonó también un poco asustado—. ¿Lo eres tú?

Él la observó, la observó y siguió observándola. Mary no podía evitar fijarse en lo raros que eran sus ojos. Eran de color gris ágata y parecían demasiado grandes para su cara porque estaban bordeados de negras pestañas.

—No —respondió el niño tras un momento—. Me llamo Colin.

—¿Y quién eres? —preguntó ella con voz entrecortada.

—Soy Colin Craven. ¿Quién eres tú?

—Soy Mary Lennox. El señor Craven es mi tío.

—Mi padre —dijo el chico.

—¡Tu padre! —gritó Mary de asombro—. ¡Nadie me había dicho que tuviera un hijo! ¿Por qué?

—Ven aquí —dijo él, con sus ojos todavía fijos en ella y con expresión nerviosa.

La niña se acercó a la cama y él alargó su mano y la tocó.

—Eres real, ¿lo eres? —dijo él—. A veces tengo unos sueños tan vívidos... Debes de ser uno de ellos.

Mary se había colocado una bata de lana al salir de la habitación y puso su tela entre los dedos del niño.

—Pálpala y verás qué tupida y calentita es —dijo—. Te pellizcaré si quieres para demostrarte lo real que soy. Por un momento yo también pensé que eras un sueño.

—¿De dónde has venido? —preguntó.

—De mi habitación. El viento estaba tan «aborrascado» que no me podía dormir y escuché a alguien llorar, quería saber quién era. ¿Por qué llorabas?

—Porque tampoco podía dormir y me dolía la cabeza. Dime de nuevo tu nombre.

—Mary Lennox. ¿Nadie te dijo que había venido a vivir aquí?

Él todavía palpaba el doblez de la bata, aunque poco a poco iba creyendo que ella existía realmente.

—No —respondió—. No se atreven.

—¿Por qué? —preguntó Mary.

—Porque quizá me habría asustado al pensar que podías verme. No quiero que la gente me vea y hable conmigo.

—¿Por qué? —preguntó otra vez Mary, más desconcertada a cada momento.

—Porque siempre estoy así, enfermo, recostado. Mi padre tampoco deja que la gente me hable. Si vivo, seré un jorobado, pero no viviré mucho. Mi padre odia la idea de que yo pueda llegar a ser como él.

—¡Vaya una casa rara esta! —dijo Mary—. ¡Vaya una casa rara! Todo es una especie de secreto. Las habitaciones están cerradas y los jardines cerrados... ¡Y ahora tú! ¿Te han encerrado a ti también?

—No. Permanezco en esta habitación porque no quiero que me saquen de aquí. Me canso demasiado.

—¿Viene tu padre a verte? —se atrevió a preguntar Mary.

—Algunas veces. Generalmente cuando estoy dormido. No quiere verme.

—¿Por qué? —Mary no pudo evitar la pregunta. Una sombra de enfado oscureció momentáneamente el rostro del niño.

—Mi madre murió cuando yo nací y por eso le duele mirarme. Piensa que yo no lo sé, pero he escuchado hablar a la gente. Casi me odia.

—Odia el jardín porque ella murió —dijo murmurando para sí.

—¿Qué jardín? —preguntó el niño.

—¡Oh! Solo... solo es un jardín que le gustaba a ella —tartamudeó Mary—. ¿Así que has estado siempre aquí?

—Casi siempre. Me han llevado a veces a lugares que están junto al mar, pero no me gusta estar allí porque la gente me mira. Antes llevaba una cosa de hierro para que mi espalda se quedara recta, pero vino de Londres a verme un doctor muy importante y dijo que eso era una estupidez. Ordenó que me lo quitaran y me sacaran al aire libre. Pero yo odio el aire libre y no quiero salir.

—A mí tampoco me gustaba al principio, cuando llegué —dijo Mary—. ¿Por qué me miras así?

—Es por esos sueños que tengo, son tan reales... —respondió muy nervioso—. Algunas veces, cuando abro los ojos, no me creo que esté despierto.

—Los dos estamos despiertos —dijo Mary—. Ella miró de reojo la habitación con sus techos altos y los rincones sombríos y el débil fuego—. Esto parece un sueño, es de madrugada y todo el mundo está dormido... Todo el mundo menos nosotros. Nosotros estamos completamente despiertos.

—No quiero que sea un sueño —dijo el niño, inquieto.

A Mary se le ocurrió algo de repente.

—Ya que no te gusta la gente..., ¿quieres que me vaya?

Él todavía tenía en su mano el doblez de la bata y le dio un pequeño tirón.

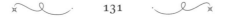

—No —dijo—. Si te fueras, entonces no tendría duda de que has sido un sueño. Si eres real, siéntate en aquel escabel grande y háblame. Quiero saber de ti.

Mary dejó su vela en la mesa que había junto a la cama y se sentó en el mullido escabel. No tenía ganas de irse. Quería quedarse en la misteriosa habitación escondida y charlar con el misterioso muchacho.

—¿Qué quieres que te cuente? —dijo ella.

Él quería saber cuánto tiempo llevaba en Misselthwaite; quería saber en qué corredor estaba su habitación; quería saber lo que había estado haciendo; si le disgustaba tanto el páramo como a él; dónde había vivido antes de llegar a Yorkshire. Ella respondió todas estas preguntas y muchas otras y él, tumbado sobre su almohada, la escuchaba. Hizo que ella le contara muchas cosas sobre la India y acerca de su viaje a través del océano. Ella descubrió que como había sido un inválido, no había aprendido las cosas que aprenden los otros niños. Una de sus niñeras le había enseñado a leer cuando era muy pequeño, y estaba siempre leyendo y mirando los dibujos de unos libros espléndidos.

Aunque su padre rara vez lo veía cuando estaba despierto, le había dado todo tipo de cosas maravillosas para que se divirtiera con ellas. Sin embargo, parecía que no se había divertido nunca. Podía tener cualquier cosa que pidiera y nadie le exigía nunca que hiciera nada que no quisiera.

—Todo el mundo está obligado a hacer lo que me place —dijo él con indiferencia—. Me enfermo si me enfado. Nadie cree que viva lo suficiente para hacerme adulto.

Lo dijo como si estuviera tan acostumbrado a la idea que había dejado de preocuparle en absoluto. Parecía que le gustaba la voz de Mary. Mientras ella hablaba, él la escuchaba somnoliento e interesado. Una o dos veces ella se preguntó si no se estaría quedando dormido. Pero siempre acababa haciéndole otra pregunta que introducía un tema nuevo.

—¿Cuántos años tienes? —preguntó él.

—Diez, igual que tú —respondió Mary dejando la prudencia a un lado momentáneamente.

—¿Cómo lo sabes? —preguntó él sorprendido.

—Porque naciste cuando cerraron la puerta del jardín y enterraron la llave. Y lleva cerrado diez años.

Colin se incorporó girándose hacia ella y apoyándose en los codos.

—¿Qué puerta de qué jardín cerraron? ¿Quién lo hizo? ¿Dónde enterraron la llave? —exclamó de repente con sumo interés.

—Era... era el jardín que odia el señor Craven —dijo Mary nerviosa—. Él cerró la puerta. Nadie sabe... nadie sabe dónde enterró la llave.

—¿Qué clase de jardín es? —insistió Colin interesado.

—Nadie ha tenido permiso para entrar en diez años —fue la cuidadosa respuesta de Mary.

Pero ya era tarde para ser cuidadoso. Él se parecía demasiado a ella. Tampoco tenía otra cosa en la que pensar y la idea de un jardín escondido le resultó tan atractiva como le había resultado a ella. Hizo una pregunta detrás de otra. ¿Dónde estaba? ¿No había buscado la puerta? ¿No había preguntado a los jardineros?

—Ellos no quieren hablar de eso —dijo Mary—. Creo que tienen órdenes de no responder a las preguntas.

—Yo haré que respondan.

—¿Puedes hacerlo? —dijo Mary con la voz entrecortada, empezando a asustarse. Si él podía hacer que la gente respondiese... ¡Quién sabe lo que podría pasar!

—Ya te he dicho que todo el mundo está obligado a hacer lo que me place —dijo él—. Si viviera, este sitio me pertenecería algún día. Todos lo saben. Sí, lograría que me lo contaran.

Mary no creía haber sido una niña mimada, pero tenía bien claro que a este niño misterioso lo habían mimado. Pensaba que el mundo entero le pertenecía. ¡Qué peculiar era y con qué frialdad hablaba de no seguir viviendo!

—¿Entonces crees que no vas a vivir mucho? —preguntó ella, en parte porque tenía curiosidad y en parte porque esperaba que con eso se olvidara del jardín.

—Supongo que no —respondió con la misma indiferencia con la que había hablado antes—. Desde que tengo memoria, he escuchado decir a

todo el mundo que no viviría. Al principio pensaban que era demasiado pequeño para entender nada y ahora piensan que no les oigo. Pero sí que les oigo. Mi doctor es primo de mi padre. Es muy pobre y si muero se quedará con todo Misselthwaite cuando mi padre muera. Por eso creo que prefiere que no siga viviendo.

—¿Y tú quieres vivir? —preguntó Mary.

—No —respondió él con un deje cansado y enfadado—. Pero tampoco quiero morir. Cuando me siento enfermo, me echo aquí y pienso en ello hasta que lloro y lloro.

—Te he oído llorar tres veces —dijo Mary—. Pero no sabía quién era el que lloraba. ¿Por eso llorabas? —le hizo la pregunta porque quería que el niño se olvidara del jardín.

—Es posible —respondió él—. Hablemos de otra cosa. Háblame del jardín. ¿No quieres verlo?

—Sí —respondió Mary en voz muy baja.

—Yo quiero verlo —insistió él—. Hasta ahora nunca he sentido deseos de ver nada, pero ese jardín quiero verlo. Quiero que se desentierre la llave. Quiero que se abra la puerta. Podría dejarles que me llevaran allí en mi silla. Eso sería estar al aire libre. Haré que abran la puerta.

Se había emocionado mucho, sus extraños ojos comenzaron a brillar como estrellas y parecían más inmensos que nunca.

—Deben complacerme —dijo—. Haré que me lleven allí y te dejaré entrar a ti también.

Mary se apretaba las manos. Lo echaría todo a perder, ¡todo! Dickon no volvería nunca. Y ella no volvería a sentirse como un zorzal escondido y a salvo en su nido.

—¡Oh, no... no... no... no hagas eso! —gritó ella.

Él la miró como si pensara que se había vuelto loca.

—¿Por qué? —exclamó—. Has dicho que querías verlo.

—Y quiero verlo —respondió ahogando un sollozo en su garganta—, pero si haces que abran la puerta y te lleven nunca volverá a ser un secreto.

Él se inclinó más hacia ella.

—Un secreto —dijo—. ¿A qué te refieres? Cuéntamelo.

Mary habló, las palabras se le agolpaban unas detrás de otras.

—Verás, verás —dijo ella casi sin aire—, si nadie más que nosotros lo supiera... Si hubiera una puerta, escondida en algún lugar bajo la hiedra... Si la hubiera... y si pudiéramos encontrarla, y si pudiéramos colarnos dentro y cerrar la puerta detrás de nosotros, y nadie supiera que hay alguien dentro y pudiéramos llamarlo nuestro jardín y jugar a que... a que somos zorzales y aquel es nuestro nido, y si jugáramos allí casi todos los días y caváramos y plantáramos semillas y lo hiciéramos renacer...

—¿Está muerto? —la interrumpió Colin.

—Lo estará pronto si nadie se ocupa de él —continuó ella—. Los bulbos estarían vivos, pero las rosas...

Él la detuvo de nuevo, tan emocionado como ella.

—¿Qué son bulbos? —preguntó rápidamente.

—Son asfódelos y azucenas y campanillas de invierno. Ahora están trabajando bajo tierra... Haciendo que salgan puntitas de verde pálido porque la primavera está llegando.

—¿La primavera está llegando? —dijo él—. ¿Cómo es? Cuando uno está enfermo dentro de la habitación no puede verla.

—Es el sol brillando sobre la lluvia y la lluvia cayendo entre los rayos, y las plantas empujando y trabajando bajo tierra —dijo Mary—. Si el jardín fuera secreto, y lográramos entrar, podríamos ver las plantas crecer y crecer cada día, y ver cuántas rosas quedan vivas. ¿Te das cuenta? ¡Oh!, ¿no crees que sería mucho más bonito si fuera un secreto?

Se tumbó hacia atrás sobre su almohada y se quedó allí tumbado con una extraña expresión en el rostro.

—Nunca he tenido un secreto —dijo—, excepto ese de que no voy a vivir lo suficiente para hacerme adulto. Ellos no saben que yo lo sé, por eso es una especie de secreto. Pero este tipo de secretos me gusta más.

—Si decides que no te lleven al jardín —suplicó Mary—, quizá... Estoy casi segura de que en algún momento yo descubriré la manera de entrar. Y entonces... si al doctor le parece bien que salgas en tu silla y, ya que puedes hacer siempre lo que quieras, quizá... quizá podamos encontrar a algún chico que pudiera empujarte, e iríamos solos y sería siempre un jardín secreto.

—Eso... me... gustaría —dijo él muy despacio, sus ojos miraban soñadores—. Me gustaría. No me importaría estar al aire libre dentro de un jardín secreto.

Mary empezó a recuperar el aliento y a sentirse más segura porque la idea de mantener en secreto el jardín parecía contentar al niño. Ella estaba casi convencida de que si seguía hablando y lograba hacer que imaginara el jardín tal como ella lo había visto, le gustaría tanto que no podría soportar la idea de que cualquiera metiera allí sus pies cuando le viniera en gana.

—Te diré cuál es el aspecto que *creo* que tendría, si pudiéramos entrar —dijo ella—. Ha estado cerrado tanto tiempo que quizá las plantas han crecido hasta enredarse en una maraña.

Él estaba tumbado muy quieto y escuchaba mientras ella seguía hablando de las rosas que *tal vez* hubieran trepado de árbol en árbol y cayeran colgando de ellos. De los muchos pájaros que *tal vez* hubiesen construido allí sus nidos porque era un lugar muy seguro. Y luego le habló del petirrojo y de Ben Weatherstaff, y había tanto que contar del petirrojo y resultaba tan fácil y seguro hablar de él que la niña dejó de tener miedo. A Colin le encantó el petirrojo, le hizo sonreír de tal manera que parecía incluso guapo, y eso que al principio Mary había pensado que era más feúcho que ella misma, con esos ojos grandes y los espesos mechones de pelo.

—No sabía que los pájaros podían ser así —dijo él—. Pero cuando uno se queda dentro de una habitación no ve nada. Pues sí que sabes cosas. Es como si hubieras estado dentro de ese jardín.

Ella no sabía qué decir, así que no dijo nada. Evidentemente, él no esperaba una respuesta y un instante después la sorprendió con algo.

—Voy a dejar que mires una cosa —dijo—. ¿Ves esa cortina rosada de seda que cuelga en el muro sobre la repisa de la chimenea?

Mary no se había fijado antes, pero miró hacia arriba y la vio. Era una cortina de delicada seda colgando sobre lo que parecía ser un cuadro.

—Sí —respondió.

—Hay un cordón —dijo Colin—. Ve y tira de él.

Mary se levantó muy desconcertada y descubrió la cuerda. Cuando tiró del cordón, la cortina de seda, que colgaba de unas anillas, se descorrió

dejando al descubierto un cuadro. Era el retrato de una muchacha de rostro sonriente. Tenía el brillante pelo recogido con un lazo azul y sus ojos alegres y adorables eran exactamente como los ojos tristes de Colin, gris ágata, y dos veces más grandes por las largas pestañas que los bordeaban.

—Es mi madre —dijo Colin con tono de queja—. No entiendo por qué tuvo que morir. Algunas veces la odio por eso.

—¡Qué extraño! —dijo Mary.

—Creo que si ella hubiera vivido yo no habría tenido que estar siempre enfermo —refunfuñó—. Y hasta me atrevería a decir que no tendría por qué morir. Y mi padre no me odiaría tanto al mirarme. Es más, yo tendría una espalda más fuerte. Vuelve a correr la cortina.

Mary hizo lo que se le pedía y volvió al escabel.

—Ella es mucho más bonita que tú —dijo—, pero sus ojos son idénticos a los tuyos, al menos tienen la misma forma y el mismo color. ¿Por qué está tapada con una cortina?

Él se movió incómodo.

—Yo hice que la pusieran ahí —contestó—. A veces no me gusta que me mire. Sonríe demasiado cuando yo estoy enfermo y triste. Además, ella me pertenece y no quiero que la vea todo el mundo.

Hubo un instante de silencio y después Mary habló.

—¿Qué haría la señora Medlock si descubriera que he estado aquí? —preguntó.

—Haría lo que yo le dijese que hiciera —respondió él—. Yo le diría que quiero que vengas y hables conmigo cada día. Estoy contento de que hayas venido.

—Yo también —dijo Mary—. Vendré tan a menudo como pueda, pero... —dudó—. Tendré que salir a buscar la puerta del jardín todos los días.

—Sí, tienes que hacerlo —dijo Colin—, y puedes contármelo después.

Él se quedó unos minutos pensativo, como había hecho antes, y después volvió a hablar.

—Creo que tú también deberías ser un secreto —dijo—. No se lo contaré a nadie hasta que lo descubran. Siempre puedo ordenar a la enfermera que se vaya de la habitación y decir que quiero estar solo. ¿Conoces a Martha?

—Sí, la conozco muy bien —dijo Mary—. Ella es la encargada de servirme.

Él asintió con su cabeza señalando el corredor externo.

—Es ella la que está durmiendo en la otra habitación. La enfermera se fue ayer para quedarse toda la noche con su hermana y siempre hace que Martha me asista cuando ella no está. Martha te dirá cuándo venir.

Mary entendió entonces la preocupación de Martha cuando ella le preguntaba por el llanto.

—¿Martha sabía de ti todo el tiempo? —dijo ella.

—Sí, me atiende a menudo. A la enfermera le gusta librarse de mí, y entonces viene Martha.

—Ya llevo aquí mucho tiempo —dijo Mary—. ¿Quieres que me vaya? Tus ojos parecen somnolientos.

—Me gustaría quedarme dormido antes de que te vayas —contestó él con mucha timidez.

—Cierra los ojos —dijo Mary, acercando el escabel—, y te haré lo que me solía hacer mi aya en la India. Te daré palmaditas en la mano y caricias y te cantaré algo en voz muy baja.

—Puede que me guste —añadió él adormilado.

De algún modo, ella se sentía apenada por él y no quería que se quedara despierto, así que se inclinó sobre la cama y empezó a darle palmaditas y a acariciarle la mano y a cantar con una voz muy bajita canciones en indostaní.

—Qué agradable —dijo él más adormilado, y ella siguió cantando y dándole palmaditas y acariciándolo, pero cuando lo miró de nuevo, sus largas pestañas oscuras estaban sobre sus mejillas, pues sus ojos se habían cerrado y él se había quedado dormido. Así que se levantó suavemente, tomó su vela y se escabulló sin hacer ruido.

Capítulo 14

UN JOVEN RAJÁ

A la mañana siguiente, el páramo se ocultaba en la niebla y la lluvia no había dejado de caer. No había posibilidad de salir. Y Martha estuvo tan ocupada todo el día que Mary no tuvo la oportunidad de hablar con ella, pero por la tarde le pidió que fuera y se sentara con ella en el cuarto de juegos. Llegó con la calceta, siempre estaba haciendo punto cuando no tenía otra cosa que hacer.

—¿Qué pasa contigo? —preguntó ella en cuanto se sentó—. Se diría que *tiés* algo que contarme.

—Sí, tengo algo que contarte. He descubierto lo que era el llanto —dijo Mary.

Martha dejó caer la calceta sobre las rodillas y la contempló sobresaltada.

—¡No, no *las* descubierto! —exclamó—. ¡Nunca!

—Lo escuché por la noche —continuó Mary—. Me levanté y fui a ver de dónde venía. Era Colin. Lo encontré.

La cara de Martha se volvió roja de miedo.

—¡Ay! ¡Señorita Mary! —dijo medio llorando—. No deberías haberlo hecho, ¡no deberías haberlo hecho! Me meterás en problemas. Nunca *te contao*

na dél... pero me meterás en problemas. ¡Perderé mi puesto y entonces *cará* mi madre!

—No perderás tu puesto —dijo Mary—. Él se alegró de que fuera. Estuvimos hablando y hablando y dijo que se alegraba de que hubiese ido.

—¿Sí? —gritó Martha—. ¿Estás segura? No sabes cómo se pone cuando le molesta algo. Es *demasiao* grande *pa* llorar como un bebé, pero cuando le da una rabieta llora a gritos, solo *pa* asustarnos. Sabe que no nos atreveríamos a decir esta boca es mía.

—No estaba molesto —dijo Mary—. Le pregunté si quería que me marchara y fue él quien me hizo quedarme. Me hizo preguntas y me senté en un gran escabel y le hablé de la India y del petirrojo y de los jardines. No quería que me fuese. Me dejó mirar el retrato de su madre. Antes de irme estuve cantándole hasta que se durmió.

Del estupor, Martha se quedó prácticamente sin aliento.

—¡Casi no puedo creerte! —afirmó—. Es como si *tubieras encaminao* derecha a la guarida *dun* león. Si se hubiese *comportao* como casi siempre, habría *tenío* uno de sus berrinches y habría *despertao* a *to* la casa. No *quié* que los extraños lo miren.

—Pues dejó que yo lo mirara. Lo miré todo el tiempo y él me miró a mí. ¡Estuvimos mirándonos fijamente! —dijo Mary.

—¿Qué voy a hacer? —gritó Martha agitada—. Si la señora Medlock lo descubre, creerá *que desobedecío* sus órdenes y te lo he *contao* y me mandarán de vuelta con mi madre.

—Todavía no va a contarle nada a la señora Medlock. Al principio será una especie de secreto —dijo Mary convencida—. Y él dice que todo el mundo está obligado a hacer lo que a él le plazca.

—Sí, eso sí que es verdad, ¡será malo! —suspiró Martha, pasándose el delantal por la frente.

—Dice que la señora Medlock está obligada. Lo que él quiere es que vaya a hablar con él todos los días. Y serás tú quien tenga que decirme cuándo.

—¡Yo! —dijo Martha—. ¡Perderé mi puesto! ¡Lo perderé seguro!

—No lo perderás, pues estarás haciendo lo que él quiere, y todo el mundo está obligado a obedecerle —argumentó Mary.

—¿*Quiés* decir —gritó Martha con los ojos muy abiertos— que fue amable contigo?

—Hasta diría que le caí bien —respondió Mary.

—¡Entonces debes *daberle embrujao*! —decidió Martha, soltando un gran suspiro.

—¿Estás hablando de Magia? —preguntó Mary—. He oído hablar de la Magia en la India, pero yo no puedo hacer Magia. Tan solo fui a su habitación y como estaba tan sorprendida de verle, me quedé de pie mirándolo. Después él se volvió y se quedó mirándome. Pensó que yo debía ser un fantasma o un sueño y yo pensé que quizá lo era él. Y era tan raro estar allí juntos solos en mitad de la noche sin saber nada el uno del otro. Y empezamos a hacernos muchas preguntas. Y cuando le pregunté si debía marcharme, él me dijo que no.

—¡El mundo está llegando a su fin! —exclamó Martha.

—Pero ¿qué es lo que le pasa? —preguntó Mary.

—Nadie lo sabe con seguridad —dijo Martha—. Al señor Craven casi se le fue la cabeza cuando nació. Los doctores pensaron que tendrían que llevarlo a un asilo. *To* porque la señora Craven había muerto, como te conté. No quería poner los ojos *nel* bebé. Lo único *cacía* era desvariar y decir que se convertiría en otro *jorobao* como él y que lo mejor sería que muriera.

—¿Colin es un jorobado? —preguntó Mary—. No me lo pareció.

—No lo es todavía —dijo Martha—. Pero empezó *mu* mal. Madre dijo que ya había suficientes problemas y rencor *nesta* casa *pa* estropear a cualquier niño. Tenían miedo de que su espalda fuese débil y siempre han *estao* pendientes *deso*, haciendo *questé to* el tiempo *tumbao* y sin dejarle caminar. Una vez lo obligaron a llevar un aparato, pero él se puso tan nervioso que enfermó de verdad. Entonces vino a verle un médico *mu* importante que hizo que se lo quitaran. Le habló duramente al otro doctor, aunque con educación. Le dijo que le habían *dao demasiás* melecinas[30] y le habían *dejao* hacer lo que quisiera *demasiao* tiempo.

—Creo que es un niño muy consentido —dijo Mary.

---

30 *Melecinas:* medicinas (desus.).

—¡Es el peor jovencito *cabío* nunca! —añadió Martha—. No quiero decir que no sea verdad *caya estao* enfermo bastantes veces. *La dao* tos y ha *cogío resfriaos* que casi lo matan en dos o tres ocasiones. Una vez tuvo fiebre reumática y otra, fiebre tifoidea. ¡Ay! La señora Medlock sí que *sasustó* estonces.[31] Él había *estao* delirando, así *quella* le habló a la enfermera creyendo que él no se enteraba de *na* y dijo: «Esta vez seguro que se muere, y será lo mejor *pa* él y *pa to* el mundo». Y lo miró y allí estaba con sus grandes ojos abiertos observándola, tan lúcido como ella. Ella no sabía qué pasaría, pero el niño se limitó a mirarla y a decir: «Dame agua y deja de hablar».

—¿Crees que morirá? —preguntó Mary.

—Madre dice *cun* niño al que no le da el aire fresco y se pasa el tiempo *tumbao* de espaldas y leyendo libros *ilustraos* y tomando melecinas no *tié* razón alguna *pa* vivir. Está débil y odia que lo saquen al exterior, y coge frío tan rápido que dice *queso* es lo que le pone enfermo.

Mary se sentó y miró al fuego.

—Me pregunto —dijo ella despacio—, si no le haría bien salir al jardín y ver las plantas crecer. A mí me sirvió.

—Uno de los peores ataques *ca tenío* nunca —dijo Martha— fue una vez que le llevaron donde están las rosas, cerca de la fuente. Había *leío* en un periódico que la gente estaba contrayendo algo que él llamaba «la fiebre de la rosa»[32] y empezó a estornudar y a decir que la había *pillao*, y estonces un jardinero nuevo que no conocía las reglas pasó junto a él y lo miró con curiosidad. Y le dio una de sus rabietas, clamaba que lo había *mirao* porque iba a ser un *jorobao*. De tanto llorar le dio fiebre y estuvo enfermo *to* la noche.

—Pues si se enfada conmigo una sola vez no iré a verlo nunca más —dijo Mary.

—Irás si es lo que él desea —dijo Martha—. Será mejor que lo sepas desde el principio.

Poco después sonó una campana y ella lio su calceta.

---

31 *Estonces:* entonces (desus.).
32 Primitiva denominación de la fiebre del heno.

—Seguro que es la enfermera que quiere que me quede un ratito con él —dijo—. Espero que esté de buen humor.

Estuvo fuera de la habitación unos diez minutos y después volvió con una expresión de desconcierto.

—¡Caramba, sí que *las embrujao*! —dijo—. Está *levantao* en su sofá con sus libros *ilustraos*. *La* dicho a la enfermera que se vaya hasta las seis en punto. Y a mí que espere en la habitación *dal lao*. En cuanto se fue, me llamó y me dijo: «Quiero que Mary Lennox venga a hablar conmigo, y recuerda que no debes decírselo a nadie más. Más te vale ir lo más rápido que puedas».

Mary tenía muchas ganas de ir rápidamente. No tenía tantas ganas de ver a Colin como de ver a Dickon, pero aun así tenía muchas ganas de verlo.

Cuando entró en el cuarto de Colin, el fuego ardía con viveza en el hogar y a la luz del día pudo comprobar lo verdaderamente hermosa que era la habitación. Los colores intensos de alfombras, colgaduras, cuadros y libros de las paredes hacían que el lugar se viera acogedor y llamativo incluso a pesar del cielo gris y de toda la lluvia que caía. Colin parecía un retrato de sí mismo. Estaba envuelto en una bata de terciopelo y se sentaba sobre un gran cojín bordado. Tenía dos chapetas coloradas en las mejillas.

—Entra —dijo—. Llevo toda la mañana pensando en ti.

—Yo también he estado pensando en ti —respondió Mary—. No sabes lo asustada que está Martha. Dice que la señora Medlock creerá que ha sido ella la que me ha hablado de ti y la despedirá.

Colin frunció el ceño.

—Ve y dile que entre —dijo—. Está en la habitación de al lado.

Mary fue y volvió con ella. La pobre Martha temblaba desde la punta de los pies. Colin tenía todavía el ceño fruncido.

—Dime, ¿tienes o no tienes la obligación de hacer lo que me plazca? —preguntó.

—Tengo la obligación de hacer lo que le plazca, señor —dijo Martha con la respiración entrecortada, poniéndose muy roja.

—¿Y Medlock, tiene ella la obligación de hacer lo que me plazca?

—*To* el mundo, señor —dijo Martha.

—Bien, entonces, si yo te ordeno que traigas a la señorita Mary, ¿cómo va a despedirte Medlock si lo descubre?

—Por favor, señor, no deje que lo descubra —rogó Martha.

—Yo la despediré *a ella* si se atreve a decir una sola palabra sobre este asunto —dijo el amo Craven pomposamente—. Eso no le gustaría, te lo digo yo.

—Gracias, señor —dijo Martha haciendo una reverencia—. Lo que quiero es cumplir con mi deber.

—Tu deber es hacer lo que yo desee —sentenció Colin, con más pompa si cabe—. Yo cuidaré de ti. Ahora vete.

Cuando la puerta se cerró tras Martha, Colin descubrió que Mary lo miraba como si la hubiera hecho pensar.

—¿Por qué me miras así? —le preguntó—. ¿En qué estás pensando?

—En dos cosas.

—¿Qué cosas? Siéntate y cuéntamelo.

—Esta es la primera —dijo Mary, sentándose en el gran escabel—: una vez vi en la India a un niño que era un rajá. Llevaba rubíes y esmeraldas y diamantes por todo el cuerpo. Le hablaba a su gente justo como tú le has hablado a Martha. Todo el mundo tenía que hacer lo que ordenara, y al minuto. Creo que morían si no lo hacían.

—En seguida me hablarás de los rajás —dijo—, pero cuéntame primero cuál era la otra cosa.

—Estaba pensando —dijo Mary— en lo diferente que eres de Dickon.

—¿Quién es Dickon? —dijo él—. ¡Qué nombre más raro!

Podía contárselo, pensó ella. Podía hablar de Dickon sin mencionar el jardín secreto. A ella le había gustado escuchar a Martha hablar de él. Además, echaba de menos hablar de Dickon. Así se sentiría más cerca de él.

—Es el hermano de Martha. Tiene doce años —explicó—. No hay otro como él en el mundo. Puede encantar zorros y ardillas y pájaros como los nativos de la India encantan serpientes. Toca la flauta muy suavemente y se acercan a escucharle.

Junto a Colin, en una mesa, había algunos libros grandes, de repente alargó la mano y tomó uno de ellos.

—En este hay un dibujo de un encantador de serpientes —exclamó el niño—. Ven y míralo.

Se trataba de un libro maravilloso con excelentes ilustraciones a color, pasó las páginas hasta llegar a una de ellas.

—¿Puede hacer eso? —preguntó con mucho interés.

—Él tocaba la flauta y ellos le escuchaban —explicó Mary—. Pero no lo llama Magia. Dice que es porque vive mucho en el páramo y conoce sus costumbres. Dice que a veces se siente como si él mismo fuera un pájaro o un conejo, tanto le gustan. Creo que le estuvo haciendo preguntas al petirrojo. Parecía como si los dos se hablaran con suaves trinos.

Colin se recostó sobre su cojín y sus ojos se abrieron más y más, las chapetas de sus mejillas ardían.

—Cuéntame más cosas de él —dijo.

—Lo sabe todo acerca de los huevos y los nidos —continuó diciendo Mary—. Y sabe dónde viven los zorros y los tejones y las nutrias. Lo mantiene en secreto para que los otros chicos no encuentren sus madrigueras y los asusten. Él lo sabe de todo de cualquier cosa que crezca o viva en el páramo.

—¿Le gusta el páramo? —dijo Colin—. ¿Cómo puede gustarle si es un lugar enorme, vacío, gris?

—Es el lugar más maravilloso del mundo —contestó Mary—. Miles de plantas maravillosas crecen en él y hay miles de criaturas muy ocupadas haciendo nidos, guaridas, madrigueras y dando chillidos y cantando y piándose las unas a las otras. Tienen muchas cosas que hacer y se lo pasan tan bien debajo de la tierra o entre los árboles o el brezo... Es su mundo.

—Y tú, ¿cómo sabes todo eso? —dijo Colin apoyándose en los codos para girarse a mirarla.

—La verdad es que no he estado allí ni una sola vez —dijo Mary cayendo en la cuenta—. Solo pasé cuando lo atravesamos conduciendo por la noche. Y pensé que era horrible. Fue Martha quien me habló primero de él y después Dickon. Cuando Dickon habla del páramo, uno siente que está viendo a las mismísimas criaturas, y escuchándolas, y es como si se estuviera de pie

entre el brezo, el sol brillante y el tojo oliendo a miel… y todo alrededor lleno de abejas y mariposas.

—Uno no puede ver nada cuando está enfermo —dijo Colin inquieto. Parecía alguien que de repente hubiese escuchado a lo lejos un sonido nuevo y estuviese preguntándose de qué se trataba.

—Si te quedas dentro de una habitación, no puedes ver nada —dijo Mary.

—Yo no podría ir al páramo —replicó Colin con tono de resentimiento.

Mary guardó silencio un momento y después dijo algo atrevido.

—Puede que sí… Algún día.

Él se movió como si se hubiera sobresaltado.

—¡Al páramo! ¿Yo? ¿Cómo, si voy a morir?

—¿Cómo sabes eso? —dijo Mary sin mostrar comprensión. No le gustaba cómo hablaba de morirse. No sentía compasión por él. Pensaba que más bien alardeaba del asunto.

—Bueno, eso es lo que he escuchado desde que tengo memoria —respondió enfadado—. Siempre lo dicen en voz baja y se piensan que yo no me doy cuenta. Además, es lo que ellos desean.

Doña Mary se sintió bastante fastidiosa. Apretó los labios.

—Si es lo que ellos desean… —dijo—, yo no me moriría. ¿Quiénes son ellos?

—Los criados… y, por supuesto, el doctor Craven porque de ese modo conseguiría Misselthwaite y sería rico en lugar de pobre. No se atrevería a decirlo, pero siempre se muestra contento cuando yo empeoro. Cuando tuve fiebre tifoidea, le engordó la cara. Creo que mi padre también lo desea.

—Yo no lo creo —dijo Mary obstinada.

Aquello hizo que Colin se girara de nuevo para mirarla.

—¿No? —dijo él.

Y entonces se tumbó sobre el cojín y se quedó quieto, como si estuviera reflexionando. Y se produjo un largo silencio. Quizá los dos pensaban extrañas cosas que normalmente no piensan los niños.

—Me gusta ese doctor tan importante de Londres porque hizo que te quitaran la cosa de hierro —dijo Mary al fin—. ¿Dijo él que fueses a morir?

—No.

—¿Qué dijo?

—No dijo nada en voz baja —respondió Colin—. Quizá sabía que odio los susurros. Lo escuché decir algo en voz muy alta. Dijo: «El muchacho vivirá si se decide a ello. Ponedlo en el estado de ánimo adecuado». Parecía furioso.

—Te diré quién te pondría en el estado de ánimo adecuado..., sí, es posible —dijo Mary reflexionando; se dio cuenta de que quería que aquello se resolviera de una manera o de otra—: Dickon. Creo que él sí podría. Siempre está hablando de las cosas vivas. Nunca habla de cosas muertas o enfermas. Siempre está mirando al cielo para ver los pájaros volar, o mirando al suelo para ver algo crecer. Tiene unos ojos redondos y azules y están muy abiertos de mirar siempre alrededor. Y se ríe con una gran sonrisa con su boca grande... y sus mejillas están tan rojas como... como cerezas.

Ella acercó el escabel al sofá y su expresión mudó con el recuerdo de aquella boca curvada y aquellos ojos abiertos.

—Venga —dijo ella—, no hablemos de morir, no me gusta. Hablemos de vivir. Hablemos de Dickon sin parar. Y después miraremos tus dibujos.

Fue lo mejor que podía haber dicho. Hablar de Dickon significaba hablar del páramo y de la casita en la que catorce personas vivían con dieciséis chelines a la semana... Y de los niños que engordaban en el páramo como ponis salvajes. Y de la madre de Dickon, y de la cuerda de saltar... Y del páramo iluminado por el sol. Y de las pálidas puntas verdes que asomaban en los terrones. Y estaba todo tan vivo que Mary habló más de lo que había hablado nunca antes. Y los dos empezaron a reírse por nada, como hacen los niños cuando están juntos y felices. Y se rieron tanto que al final hacían el mismo ruido que dos criaturas normales y sanas de diez años, en lugar del ruido que haría una chica dura, pequeña, desafecta y un chico enfermo que pensaba que iba a morir.

Se lo pasaron tan bien que se olvidaron de los dibujos y del tiempo. Reían muy alto hablando de Ben Weatherstaff y su petirrojo, y Colin estaba sentado como si se hubiera olvidado de su débil espalda, cuando de repente recordó algo.

—¿Sabes que hay una cosa en la que no hemos reparado? —dijo él—. Somos primos.

Era tan raro haber estado hablado durante todo ese tiempo y no haber caído en ningún momento en algo tan sencillo que se rieron más que nunca, se hubieran reído con cualquier cosa. Y en mitad de la diversión, se abrió la puerta y entró el doctor Craven y la señora Medlock.

El doctor Craven saltó alarmado y la señora Medlock casi se cae de espaldas porque él chocó accidentalmente contra ella.

—¡Dios santo! —exclamó la pobre señora Medlock con los ojos fuera de sus órbitas—. ¡Dios santo!

—¿Qué es esto? —dijo el doctor Craven, acercándose—. ¿Qué significa esto?

Entonces Mary se acordó otra vez del niño rajá. Colin respondió como si la alarma del doctor o el terror de la señora Medlock no tuvieran ninguna importancia. Estaba tan poco preocupado o asustado como si un gato y un perro viejo hubiesen entrado en la habitación.

—Esta es mi prima, Mary Lennox —dijo él—. Le he pedido que venga y hable conmigo. Me cae bien. Ella vendrá y hablará conmigo cada vez que la mande buscar.

El doctor Craven se volvió con mirada de reproche hacia la señora Medlock.

—¡Ay, señor! —dijo ella sin aliento—. No sé cómo ha podido pasar. No hay un solo criado aquí que se haya podido atrever a hablar. Todos saben cuáles son las órdenes.

—Nadie le ha dicho nada —interpeló Colin—. Me escuchó llorar y ella misma me encontró. Estoy contento de que haya venido. No sea tonta, señora Medlock.

Mary vio que el doctor Craven no parecía complacido, pero también estaba bastante claro que no se atrevería a oponerse a su paciente. Se sentó junto a Colin y le tomó el pulso.

—Me temo que has tenido demasiados sobresaltos. Los sobresaltos no son buenos para ti, hijo mío.

—Si ella se va, sí que me sobresaltaré —respondió Colin, mientras sus ojos empezaban a brillar peligrosamente—. Estoy mejor. Ella hace que esté mejor. Que la enfermera traiga el té. Lo tomaremos juntos.

La señora Medlock y el doctor Craven se miraron el uno al otro muy preocupados, pero evidentemente no había nada que hacer.

—La verdad es que parece que está bastante mejor, señor —se atrevió a decir la señora Medlock—. Pero —dijo pensando en el asunto— ya se veía mejor esta mañana antes de que ella entrara en la habitación.

—Ella vino ayer por la noche. Se quedó conmigo mucho tiempo. Me cantó una canción en indostaní y eso hizo que me quedara dormido —dijo Colin—. Estaba mejor al despertar. Con ganas de tomarme el desayuno. Ahora tengo ganas de tomarme el té. Dígaselo a la enfermera, Medlock.

El doctor Craven no se quedó mucho. Estuvo hablando con la enfermera durante unos minutos cuando entró en la habitación y después dedicó unas palabras de advertencia a Colin. No debía hablar demasiado; no debía olvidar que estaba enfermo; no debía olvidar que se cansaba muy pronto. Mary pensó que era un buen montón de cosas incómodas las que no debía olvidar.

Colin lo miró inquieto y mantuvo fijos sus extraños ojos de largas pestañas negras en el rostro del señor Craven.

—Pero *quiero* olvidarlo —dijo al fin—. Ella me hace olvidarlo. Por eso quiero que venga.

El doctor Craven no parecía feliz cuando salió de la habitación. Le lanzó una mirada de desconcierto a la pequeña niña sentada en el gran escabel. Había vuelto a convertirse en una niña callada, estirada, en cuanto él entró, así que el hombre no podía entender cuál era su atractivo. Sin embargo, el niño se veía más feliz... Suspiró profundamente mientras bajaba el corredor.

—Siempre están diciéndome que coma cuando no quiero —dijo Colin, mientras la enfermera traía el té y lo ponía en la mesa junto al sofá—. Ahora si tú comes comeré también. Esas magdalenas parecen tan calentitas y deliciosas... Háblame de los rajás.

Capítulo 15

LA CONSTRUCCIÓN DEL NIDO

Tras otra semana de lluvia apareció de nuevo la alta bóveda de cielo azul, y el sol que todo lo bañaba era muy cálido. Aunque no había tenido oportunidad de ver el jardín secreto ni a Dickon, la señorita Mary lo había pasado muy bien. La semana no se le había hecho larga. Había pasado horas todos los días en la habitación de Colin, hablándole de los rajás o de los jardines o de Dickon y su casa y el páramo. Habían contemplado los libros espléndidos y sus dibujos, y a veces Mary le había leído cosas a Colin, y otras veces él le había leído un poquito a ella. A Mary le parecía que, excepto por su cara tan pálida y porque estaba siempre en el sofá, cuando estaba contento y mostraba interés, Colin no tenía aspecto de inválido, ni mucho menos.

—Qué niña más traviesa, mira que ponerte a escuchar y salirte de la cama para investigar como hiciste aquella noche —le dijo la señora Medlock en una ocasión—. Pero no se puede decir que no haya sido una especie de bendición para todos nosotros. No ha tenido un berrinche ni un ataque de llanto desde que sois amigos. La enfermera estaba a punto de abandonar porque se había hartado de él, pero dice que no le importa quedarse ahora que tú trabajas con ella —comentó riéndose un poquito.

En sus charlas con Colin, Mary había intentado ser muy cauta acerca del jardín secreto, había ciertas cosas que ella quería averiguar sobre el niño y tenía que hacerlo sin preguntárselas directamente. En primer lugar, ya que le empezaba a gustar estar con él, quería descubrir si era el tipo de chico al que se podía contar un secreto. No se parecía en nada a Dickon, pero evidentemente estaba tan encantado con la idea de un jardín del que nadie sabía nada que pensó que tal vez fuese de fiar. Pero no lo conocía aún lo suficiente como para estar segura. La segunda cosa que quería descubrir era esta: si era de fiar…, si realmente lo era, ¿no sería posible llevarlo al jardín sin que nadie se diera cuenta? El doctor importante había dicho que debía tomar el aire y Colin que no le importaría tomarlo dentro de un jardín secreto. Quizá si él tomara mucho el aire y conociera a Dickon y al petirrojo y viera a las plantas crecer, puede que ya no pensara tanto en morirse. Mary se había mirado algunas veces en el espejo últimamente y se había dado cuenta de que parecía una criatura muy diferente a la niña que había visto reflejada cuando llegó de la India. Esta niña parecía más agradable. Incluso Martha había notado un cambio en ella.

—Cuánto bien *ta* hecho ya el aire del páramo —dijo la muchacha—. Ya *nostás* tan amarilleja, ni tan flaca. Y el pelo ya no te cae tan lacio de la cabeza. *Tié* algo de vida y se te pone un poco de punta.

—Es como yo —dijo Mary—. Está creciendo y engordando. Estoy segura de que ahora tengo más pelo.

—Eso parece, desde luego que sí —dijo Martha, alborotándole un poco el cabello alrededor de la cara—. Así *nostás* ni la mitad de fea y hay un poquito de color en tus mejillas.

Si los jardines y el aire fresco le habían sentado bien a ella quizá fuesen buenos también para Colin. Pero luego estaba eso de que odiaba que lo mirase la gente, quizá tampoco quería que lo mirara Dickon.

—¿Por qué te enfadas cuando la gente te mira? —le preguntó ella un día.

—Siempre lo he odiado —respondió—, incluso cuando era muy pequeño. Cuando me llevaron a la costa y solía ir tumbado en mi carrito, todo el mundo se me quedaba mirando y las damas se detenían y hablaban con mi niñera y empezaban a susurrar, y yo sabía que estaban diciendo que no

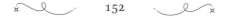

viviría para hacerme adulto. Entonces las damas, algunas veces, me daban golpecitos en las mejillas y exclamaban: «¡Pobre niño!». Una vez, cuando una dama me hizo eso, yo grité muy fuerte y le mordí la mano. Ella se asustó tanto que salió corriendo.

—Pensaría que te habrías vuelto loco como un perro —dijo Mary, no con mucha admiración.

—No me importa lo que pensara —dijo Colin frunciendo el ceño.

—Me pregunto por qué no me gritaste y me mordiste cuando entré en tu habitación —dijo Mary, y empezó a sonreír levemente.

—Pensé que eras un fantasma o un sueño —dijo—. No se puede morder a los fantasmas ni a los sueños, y no les importa si gritas.

—¿También odiarías que un chico... que un chico te mirara? —preguntó Mary insegura.

Él se echó en su cojín y se detuvo pensativo.

—Hay un chico —dijo muy despacio, como si estuviera pensando cada palabra—, hay un chico que creo que no me importaría que me mirara. Es ese chico que sabe dónde viven los zorros, Dickon.

—Estoy segura de que con él no te importaría —dijo Mary.

—A los pájaros y a los otros animales no les importa —dijo él, pensando todavía en el asunto—, quizá es por eso por lo que creo que a mí tampoco me importaría. Él es una especie de encantador de animales y yo soy un animal-niño.

Entonces se rio y ella se rio también; de hecho, todo terminó con los dos riéndose un montón y encontrando muy divertida la idea de un animal-niño escondido en su madriguera.

Después de aquello Mary se dio cuenta de que no había necesidad de preocuparse de Dickon.

Aquella primera mañana que el cielo volvió a estar de nuevo azul Mary se despertó muy temprano. El sol lanzaba sus rayos oblicuos a través de las persianas y había algo tan alegre en su mera visión que la niña saltó de la cama y corrió hacia la ventana. Subió las persianas y abrió la ventana, y una gran ráfaga de aire fresco y perfumado llegó hasta ella. El páramo estaba azul y

el mundo entero se veía como si algo mágico le hubiera sucedido. Había delicados sonidos aflautados aquí y allá y por todas partes, como si muchísimos pájaros estuvieran empezando a afinar para un concierto. Mary sacó la mano por la ventana y la dejó al sol.

—¡Calienta, calienta! —dijo—. Hará que las pálidas puntas verdes empujen arriba y arriba, y hará que los bulbos y las raíces trabajen y se esfuercen con toda su energía bajo tierra.

Se arrodilló y se asomó por la ventana tanto como pudo, aspirando grandes cantidades de aire y oliéndolo hasta que se puso a reír porque recordó lo que la madre de Dickon le había dicho acerca de que la punta de su nariz se movía como la de un conejo.

—Debe de ser muy temprano —dijo ella—. Las nubes pequeñitas están todas rosas y nunca había visto el cielo así. No hay nadie levantado. Ni siquiera escucho a los chicos del establo.

Un pensamiento repentino le hizo levantarse precipitadamente.

—¡No puedo esperar! ¡Voy a ver el jardín!

A estas alturas ya había aprendido a vestirse sola y se puso la ropa en cinco minutos. Conocía una pequeña puerta lateral que podía abrir ella misma y salió volando en calcetines escaleras abajo y se puso los zapatos en la entrada. Quitó la cadena, descorrió el cerrojo y giró la llave y cuando la puerta estuvo abierta, saltó los escalones de una vez y ya estaba en el césped, que parecía haberse vuelto verde, y con el sol sobre ella y las cálidas ráfagas de aire a su alrededor y el aflautado sonido, los trinos, los cantos que llegaban de todos los arbustos y los árboles. Dio palmadas de pura alegría y miró al cielo, y estaba azul y rosa y perlado y blanco y flotaba con la luz de la primavera, tanto que sintió que ella también tenía que cantar y silbar fuerte, pues sabía que los zorzales y los petirrojos y las alondras tampoco podían evitarlo. Rodeó corriendo los arbustos y los caminos en busca del jardín secreto.

—Está todo diferente —dijo—. La hierba está más verde y las plantas sobresalen y se desenrollan por todos los sitios, y ya se muestran los brotes verdes de las hojas. Estoy segura de que esta tarde vendrá Dickon.

La larga y cálida lluvia había realizado extraños cambios en los parterres herbáceos que rodeaban el paseo en la parte más baja del muro.

Había plantas brotando y empujando desde las raíces de los macizos y aquí y allí había auténticos atisbos de púrpura real[33] y amarillo abriéndose entre los pedúnculos de los crocos. Seis meses atrás, la señorita Mary no habría podido advertir cómo despertaba el mundo, pero ahora no se perdía un detalle.

Cuando llegó al lugar donde la puerta se escondía bajo la hiedra, se quedó desconcertada al escuchar un sonido fuerte y extraño. Era el graznido... el graznido de un cuervo que sonaba sobre el muro y cuando ella subió la mirada, allí estaba, posado, un gran pájaro negro azulado de brillante plumaje, mirando hacia ella, con aspecto verdaderamente inteligente. Ella nunca había visto antes un cuervo tan cerca y le puso un poco nerviosa, pero un momento después, este abrió sus alas y aleteando atravesó el jardín. Ella esperaba que no se hubiese quedado dentro y abrió la puerta preguntándose si estaría allí. Cuando se adentró en el jardín vio que probablemente tenía la intención de quedarse porque se había posado sobre un manzano enano y bajo el manzano estaba tumbado un pequeño animal rojizo con una cola espesa, y ambos miraban el cuerpo agachado de Dickon, que estaba de rodillas sobre la hierba trabajando duro.

Mary cruzó el jardín y se acercó a él en volandas.

—¡Oh, Dickon! ¡Dickon! —gritó—. ¿Cómo has podido llegar tan temprano? ¿Cómo? ¡Acaba de salir el sol!

Él se levantó, riendo, pletórico y despeinado; sus ojos eran un pedacito de cielo.

—¡Eh! —dijo—. Me levanté mucho antes que él. ¡Cómo podía quedarme en la cama! *To* el mundo ha vuelto a ponerse en funcionamiento esta mañana, sí, así es. Y están trabajando y zumbando y rascando y piando, y haciendo nidos y aspirando los aromas, tan es así *cay* que salir en lugar de quedarse *echao* de espaldas. Cuando el sol se decidió a brillar, el páramo se volvió loco de alegría, y yo estaba en mitad del brezo y me puse a correr como un loco, gritando y cantando. Y he *venío* directo aquí. ¿Cómo iba a quedarme lejos? ¡No, el jardín estaba aquí esperando!

Mary se puso las manos sobre el pecho, jadeando como si hubiese sido ella la que hubiera estado corriendo.

—¡Oh, Dickon, Dickon! —dijo—. Estoy tan feliz que casi no puedo respirar.

Viéndole hablar con un desconocido, el animal de la cola espesa salió de su sitio bajo el árbol y se acercó a él, y el grajo, después de graznar una vez, voló desde su rama y se colocó tranquilamente sobre el hombro del niño.

—Esta es la pequeña cría de zorro —dijo frotando la pequeña cabeza rojiza del animal—. Se llama Capitán. Y *aquistá* Hollín. Hollín vino volando por el páramo conmigo y Capitán corría como si lo persiguiese una jauría. Amos se sentían igual que yo.

Ninguna de las dos criaturas parecía mínimamente asustada de Mary. Cuando Dickon empezó a caminar, Hollín se quedó sobre sus hombros y Capitán lo siguió trotando tranquilamente a su lado.

—¡Mira aquí! —dijo Dickon—. Mira cómo han *crecío* esas y esas y esas. ¡Ah, y mira esas *dallí*!

Se puso rápidamente de rodillas y Mary se agachó junto a él. Habían llegado a un macizo de crocos que estallaban de púrpura, naranja y dorado. Mary acercó la cara y los besó.

—Uno nunca besa así a las personas —dijo la niña cuando alzó la cabeza—. Las flores son muy diferentes.

Él parecía sorprendido, pero sonrió.

—¡Bueno —dijo—, yo beso muchas veces así a mi madre cuando vuelvo del páramo después de *to* un día de correteos y ella está en la puerta, al sol, y se ve tan contenta y a gusto!

Corrieron de un lado a otro del jardín y encontraron tantas maravillas que tuvieron que recordarse que debían hablar bajo o en susurros. Él le mostró las yemas abultadas en las ramas de las rosas, que antes habían parecido muertas. Le mostró diez mil nuevas puntas verdes que sobresalían en el mantillo. Colocaron sus ávidas narices cerca de la tierra y absorbieron su templado hálito primaveral; cavaron y arrancaron hierbas y rieron en voz baja embelesados hasta que el pelo de la señorita Mary estaba tan despeinado como el de Dickon y sus mejillas estaban casi tan rojo amapola como las de él.

Todas las alegrías de la tierra estaban en el jardín secreto aquella mañana, y en medio de ellas, llegó una maravilla aún más prodigiosa que todas las demás, porque era la más extraordinaria. Algo sobrepasó volando el muro a toda velocidad y se lanzó entre los árboles hasta un rincón cercano lleno de espesura, se trataba de la visión relámpago de un pájaro de pecho rojo que llevaba algo colgando del pico. Dickon se quedó muy quieto y detuvo a Mary con la mano como si de repente se hubieran dado cuenta de que estaban riendo dentro de una iglesia.

—No *tarrevuelvas*[34] —susurró Dickon en completo yorkshire—. Apenas debemos respirar. Sabía *questaba* buscando una hembra cuando lo vi la última vez. Es el petirrojo de Ben Weatherstaff. Está construyendo su nido. Si no lo espantamos se quedará aquí.

Se acomodaron en silencio sobre la hierba y se quedaron sentados sin moverse.

—No debe parecerle que lo miramos *demasiao* cerca —dijo Dickon—. Romperá con nosotros *pa* siempre si cree *questamos* entrometiéndonos. Hasta *questo* pase se comportará de manera *mu* distinta. Está construyendo su casa. Será más tímido y estará más dispuesto a tomarse mal las cosas. No *tié* tiempo *pa* visitas y chismorreos. Debemos quedarnos quietos, e intentar asemejarnos a la hierba y árboles y arbustos. Después, cuando *sacostumbre* a vernos, piaré un poco y sabrá que no vamos a interponernos en su camino.

La señorita Mary no estaba tan segura de saber, como Dickon, asemejarse a la hierba y árboles y arbustos. Pero él había dicho esta cosa tan extraña como si fuera lo más simple y más natural del mundo, y ella pensó que debía ser muy fácil para él, y lo miró atentamente unos minutos, preguntándose si sería de veras capaz de volverse tranquilamente de color verde y echar ramas y hojas. Pero lo único que hizo Dickon fue sentarse extremadamente quieto, y cuando habló lo hizo con una voz tan baja que parecía increíble que pudiera escucharlo, pero sí podía.

—Esto de la construcción del nido es parte de la primavera —dijo él—. Estoy seguro de que lleva sucediendo de la misma manera desde *quel*

---

34 *No tarrevuelvas:* no te arrevuelvas. «Arrevolver» es un término en desuso en español. Lo que Dickon quiere decir es «No te muevas».

mundo es mundo. Ellos *tién* su manera de pensar y *dacer* las cosas, y lo mejor que *pué* hacer uno es no fisgonear. Si se es *demasiao* curioso, se *pué* perder un amigo en primavera más fácilmente *quen* cualquier otra estación.

—No puedo evitar mirarle si hablamos de él —dijo Mary tan bajo como le fue posible—. Hablemos de otra cosa. Hay algo que quiero contarte.

—Y él preferirá *cablemos* de otra cosa —dijo Dickon—. ¿Qué es lo que *tiés* que contarme?

—Bueno... ¿Tú sabes algo de Colin? —susurró.

Él volvió la cabeza para mirarla.

—¿Qué sabes tú? —preguntó Dickon.

—Lo he visto. He hablado con él cada día de esta semana. Le gusta que vaya a verlo. Dice que le estoy haciendo olvidar eso de estar enfermo y muriéndose —respondió Mary.

Cuando la sorpresa abandonó su rostro redondeado, Dickon pareció en realidad aliviado.

—*Malegro* —exclamó—. *Malegro* de verdad. Así me resulta más fácil. Se supone que no debía decir *na* sobre él y no me gusta tener cosas *cocultar*.

—¿Y tampoco te gusta ocultar el jardín? —dijo Mary.

—Nunca hablaré de él —respondió—. Pero *le* dicho a madre: «Madre, tengo que guardar un secreto. No es *na* malo. No peor *cocultar* dónde está el nido *dun* pájaro. No *timporta*, ¿verdad?».

Mary siempre tenía ganas de escuchar cosas acerca de su madre.

—¿Qué dijo? —preguntó sin miedo.

Dickon sonrió abierta y dulcemente.

—Lo que dijo fue *mu* propio de ella —respondió el niño—. Me frotó la cabeza un poquito y se rio y dijo: «Ay, amigo, tú *pués* tener *tos* los secretos que quieras. Te conozco desde hace doce años».

—¿Cómo supiste de Colin? —preguntó Mary.

—*To* el mundo que conocía al señor Craven sabía *cabía* un pequeño muchacho que posiblemente sería inválido, y sabían *cal* señor Craven no le gustaba que *sablara* de él. La gente lo siente por el señor Craven porque la señora Craven era una jovencita *mu* guapa y amos se querían mucho. La señora Medlock se detiene en nuestra casa siempre que va a Thwaite y a ella

no le importa hablar con madre delante de nosotros, sus hijos, porque sabe que nos ha *educao pa* que seamos de fiar. ¿Cómo lo descubriste tú? Martha estaba *mu preocupá* la última vez que vino a casa. Dijo que lo habías oído en uno de sus berrinches y estabas haciendo preguntas y que no sabía qué decir.

Mary le contó la historia, comenzando con aquel rugido del viento de medianoche que la había despertado, y los lejanos sonidos apagados de una voz quejándose que la habían guiado por el oscuro corredor con su vela, y que terminaron cuando ella abrió la puerta de la habitación iluminada débilmente, la habitación con la cama labrada de cuatro postes en el rincón. Cuando ella describió la carita blanca como el marfil y los extraños ojos bordeados de negras pestañas, Dickon sacudió la cabeza.

—Los ojos son idénticos a los de su madre, solo que los *della* estaban siempre riendo, eso dicen —comentó él—. Dicen *quel* señor Craven no *pué* soportar verlo cuando está despierto por lo *parecíos* que son sus ojos a los de su madre, y tan diferentes a la vez en su carita *desdichá*.

—¿Crees que él quiere que muera? —susurró Mary.

—No, pero sí desearía que *nubiese nacío* nunca. Madre dice que es lo peor que le *pué* pasar a un niño. Los que no son queridos difícilmente *puén* crecer bien. El señor Craven le daría al pobre muchacho cualquier cosa *quel* dinero pudiera comprar, pero le gustaría olvidar *questá* sobre la tierra. Y una de las razones que *tié* es el miedo de ir a mirarlo un día y descubrir *ques* un *jorobao*.

—Eso le da tanto miedo a Colin que ni se sienta —dijo Mary—. Dice que piensa continuamente que si notara que le sale un bulto se volvería loco y gritaría hasta morir.

—¡Ay! No debería quedarse allí *echao* pensando esas cosas—dijo Dickon—. Ningún muchacho se pondría bien pensando *desa* manera.

El zorro estaba echado en la hierba cerca de él y alzaba la cabeza de vez en cuando para pedir una caricia. Dickon se inclinó y frotó suavemente el cuello del animal y reflexionó en silencio durante unos minutos. De repente, alzó la cabeza y miró el jardín.

—La primera vez que llegamos aquí —dijo—, *to* parecía gris. Echa un vistazo y dime si no se nota la diferencia.

Mary miró a su alrededor y contuvo un momento la respiración.

—¡Vaya! —gritó ella—. La grisura del muro está cambiando. Es como si una niebla verde empezara a extenderse sobre él. Es casi como un velo de gasa verde.

—Sí —dijo Dickon—. Y se pondrá más y más verde hasta que no quede *na* de gris. *¿Pués* adivinar lo *questoy* pensando?

—Sé que tiene que ser algo agradable —dijo Mary con avidez—. Debe de ser algo relacionado con Colin.

—*Pos* sí, pienso que si saliera y viniera aquí dejaría de buscar los bultos que se supone que le crecerán en la espalda, y se pondría a buscar los brotes que surgen en los rosales, y probablemente estaría más sano —afirmó Dickon—. Me preguntaba si podríamos conseguir que tuviera ánimo de salir y tenderse bajo los árboles en su carrito.

—Eso mismo me he estado preguntando yo. Lo he pensado casi todas las veces que he hablado con él —dijo Mary—. Me preguntaba si él sabría guardar un secreto y si podríamos traerlo aquí sin que nos viera nadie. Pensé que quizá tú podrías empujar su carrito. El doctor le dijo que debería estar al aire libre y si él quiere que nosotros lo saquemos, nadie se atreverá a desobedecerlo. Si no es con nosotros, no saldrá con nadie, y puede que ellos se alegren de que lo haga. Podría ordenar a los jardineros que se mantuvieran alejados y así no nos descubrirían.

Dickon reflexionaba mientras le rascaba la espalda a Capitán.

—Le haría mucho bien. *Deso* no tengo duda —dijo—. Nosotros no somos de los que piensan que mejor *nubiera nació*. Somos dos niños que miran cómo crece un jardín, y él sería otro. Dos muchachos y una muchacha que contemplan la primavera. *Taseguro* que le sentará mejor que cualquier cosa que le pueda dar el doctor.

—Lleva demasiado tiempo tumbado en su habitación, y está siempre tan preocupado por su espalda que se ha vuelto muy raro —dijo Mary—. Sabe un montón de cosas de los libros pero no sabe de nada más. Dice que ha estado demasiado enfermo para prestar atención a las cosas y odia salir fuera y odia los jardines y a los jardineros. Aunque le gusta oír hablar de este jardín porque es un secreto. No le he contado mucho, pero dice que le gustaría verlo.

—Alguna vez tenemos que traerlo, eso es seguro —dijo Dickon—. De sobra podría empujar su carrito. *¿Tas dao* cuenta de cómo trabajaban el petirrojo y su compañera mientras estábamos aquí *sentaos*? Míralo *posao* en esa rama, se pregunta dónde será mejor poner la ramita que lleva *nel* pico.

Lo llamó con uno de sus silbidos suaves y el petirrojo volvió la cabeza y lo miró interrogante, sosteniendo todavía la ramita. Dickon le habló como hacía Ben Weatherstaff, pero con un tono de amistoso consejo.

—Lo pongas donde lo pongas —dijo—, quedará bien. Antes de salir del huevo ya sabías cómo construir el nido. Sigue con ello, muchacho. *Nay* tiempo que perder.

—¡Oh, me encanta cómo le hablas! —exclamó Mary, riéndose encantada—. Ben Weatherstaff le regaña y se ríe de él, y él salta y se queda mirándolo como si entendiera cada palabra, y sé que le gusta. Ben Weatherstaff dice que es tan vanidoso que preferiría que le tiraran piedras a que no le prestaran atención.

Dickon se rio también y continuó hablándole.

—Sabes que no te molestaremos —le dijo al petirrojo—. Somos casi criaturas salvajes. También estamos haciendo un nido, cielo. Ten *cuidao* no vayas a contárselo a nadie.

Y aunque el petirrojo no contestó, porque tenía el pico ocupado, salió volando con su ramita hasta su esquina del jardín, y Mary supo que su ojo negro como el brillante rocío decía que por nada del mundo contaría el secreto.

Capítulo 16
¡NO LO HARÉ! –DIJO MARY

Aquella mañana los niños encontraron mucho que hacer en el jardín y Mary llegó tarde a casa y luego regresó al trabajo a toda prisa, de modo que prácticamente no se acordó de Colin hasta el último momento.

—Dile a Colin que no puedo ir a verlo todavía —le dijo a Martha—. Estoy muy ocupada en el jardín.

Martha la miró muy asustada.

—¡Ay!, señorita Mary —dijo—, *pué* que se ponga de *mu* mal humor cuando se lo diga.

Pero Mary no le tenía miedo como los demás, y además ella no era una persona abnegada.

—No puedo quedarme —respondió—. Dickon me espera. —Y salió corriendo.

La tarde fue todavía más agradable y ajetreada que la mañana. Habían quitado casi todas las hierbas del jardín y podado casi todos los rosales y habían cavado alrededor de ellos. Dickon había traído su propia pala y le había enseñado a Mary a usar todas las herramientas, para entonces quedaba ya claro que aunque aquel lugar silvestre y adorable no se convertiría en el

«jardín de un jardinero», sí que sería un lugar salvaje cargado de plantas antes de que acabara la primavera.

—Habrá flores de manzano y de cerezas por encima de nuestras cabezas —dijo Dickon trabajando con todas sus fuerzas—. Y habrá melocotoneros y ciruelos en flor *nel* muro, y el césped será una alfombra de flores.

El pequeño zorro y el grajo estaban tan felices y ocupados como ellos, y el petirrojo y su compañera iban y venían volando como diminutos rayos de luz. Algunas veces, el grajo batía sus alas negras y flotaba lejos sobre las copas de los árboles del parque. Siempre volvía para posarse cerca de Dickon y graznaba varias veces como si estuviera contando sus aventuras, y Dickon le hablaba justo como le había hablado al petirrojo. Una vez cuando Dickon estaba tan ocupado que no pudo responderle al instante, Hollín voló hasta sus hombros y le pellizcó suavemente la oreja con su largo pico. Cuando Mary quería descansar, Dickon se sentaba con ella bajo un árbol, y en una ocasión sacó la flauta de su bolsillo y tocó aquel puñado de notas suaves y extrañas y aparecieron dos ardillas que se quedaron mirando y escuchando.

—*Tiés* bastante más fuerza *cantes* —dijo Dickon, mirándola mientras ella cavaba—. Y desde luego que empiezas a tener otro aspecto.

Con el ejercicio y el buen ánimo, Mary estaba brillante.

—Estoy ganando más y más peso cada día —dijo exultante—. La señora Medlock tendrá que conseguirme vestidos más grandes. Martha dice que el pelo me crece más fuerte. Ya no está tan lacio y fino.

El sol estaba empezando a ponerse y sus rayos de un profundo color dorado caían oblicuos bajo los árboles cuando los niños se fueron.

—Mañana hará buen tiempo —dijo Dickon—. Estaré trabajando al amanecer.

—Y yo —dijo Mary.

La niña volvió a la casa tan rápidamente como podían llevarle sus pies. Quería contarle a Colin lo de la cría de zorro y el grajo y lo que estaba haciendo la llegada de la primavera. Estaba segura de que a él le gustaría escucharlo. Así que no fue demasiado agradable abrir la puerta de la habitación y ver a Martha esperando de pie con cara de desconsuelo.

—¿Qué pasa? —preguntó—. ¿Qué dijo Colin cuando le contaste que no podía ir?

—¡Ay —dijo Martha—, cómo *mubiera gustao cubieses* ido a verlo! Ha *estao* a punto de tener uno de sus berrinches. Esta tarde nos ha *costao* mucho trabajo mantenerlo en calma. Lo único *cacía* era mirar el reloj.

Mary apretó los labios. Al igual que Colin, no estaba acostumbrada a tener en cuenta a los demás, y no le veía sentido a que un niño malhumorado se entrometiera en las cosas que más le gustaban. Nada sabía de la desolación de la gente que está enferma y nerviosa y que ignora que ha de controlar sus estados de ánimo para no poner enfermos o nerviosos a los demás. En la India, cuando ella había tenido dolor de cabeza, había hecho todo lo posible para que también le doliera a todo el mundo, o para que les pasara algo igual de malo. Y se había sentido en su derecho, pero ahora pensaba que Colin, por supuesto, no tenía derecho alguno.

Él no estaba en el sofá cuando la niña entró en su habitación. Estaba echado en la cama boca arriba y no giró la cabeza para mirarla. Un mal comienzo, Mary caminó hacia él muy estirada.

—¿Por qué no te has levantado? —dijo.

—Me levanté esta mañana cuando pensé que ibas a venir —respondió él sin mirarla—. Hice que me trajeran otra vez a la cama esta tarde. Me dolía la espalda y la cabeza y estaba cansado. ¿Por qué no viniste?

—Estuve trabajando en el jardín con Dickon —dijo Mary.

Colin frunció el ceño y se dignó a mirarla.

—No dejaré que ese chico entre aquí si sales y te quedas con él en lugar de venir a hablar conmigo —replicó.

A Mary le dio una rabieta tremenda. Ella podía tener este tipo de rabietas sin hacer un solo ruido. Solo se volvía más desagradable y obstinada y nada de lo que pudiera suceder le preocupaba.

—¡Si echas a Dickon, no volveré a esta habitación nunca más! —gritó ella.

—Lo harás si yo quiero —dijo Colin.

—¡No lo haré! —dijo Mary.

—Te obligaré —dijo Colin—. Te traerán a rastras.

—¡Que lo hagan, señor rajá! —dijo Mary con fiereza—. Pueden traerme a rastras, pero no podrán obligarme a hablar cuando me metan aquí. Me sentaré y apretaré los dientes y no te diré nada. Ni siquiera te miraré. ¡Me quedaré mirando el suelo!

Vaya pareja agradable y simpática lanzándose miradas el uno al otro. De haber sido dos niños de la calle habrían saltado y habrían tenido una refriega cuerpo a cuerpo. Siendo como eran no hubo cuerpo a cuerpo, pero poco faltó.

—¡Eres una egoísta! —gritó Colin.

—¿Y tú qué? —dijo Mary—. Eso dicen siempre los egoístas. Según ellos, todo el que no haga lo que quieren es un egoísta. Tú eres más egoísta que yo. Eres el niño más egoísta que he visto nunca.

—¡No lo soy! —soltó Colin—. ¡No tan egoísta como ese Dickon tuyo, que es tan bueno! Hace que te quedes jugando en la porquería cuando sabe que yo estoy solo. ¡Él es el egoísta, que lo sepas!

Mary echaba fuego por los ojos.

—¡Es más bueno que ningún otro muchacho del mundo! —dijo ella—. ¡Él es... como un ángel! —Puede que aquello sonara bastante tonto, pero a ella no le importó.

—¡Un ángel bueno! —dijo Colin ferozmente, con desdén—. ¡Es un vulgar niño del páramo!

—¡Es mejor que un vulgar rajá! —replicó Mary—. ¡Mil veces mejor!

Como ella era la más fuerte de los dos, estaba empezando a ganar la partida. La verdad era que Colin nunca se las había visto con nadie como él en toda su vida y, en general, aquello era bastante bueno para el niño, aunque ni él ni Mary tuvieran la menor idea de eso. Se volvió y se echó sobre su almohada y cerró los ojos, una gran lágrima se le escapó y bajó por su mejilla. Estaba empezando a sentir pena y lástima... por sí mismo, por nadie más.

—No soy tan egoísta como tú porque yo siempre estoy malo, y estoy seguro de me va a salir un bulto en la espalda —dijo—. Y además me voy a morir.

—¡No te vas a morir! —le contradijo Mary sin compadecerse de él.

Colin abrió los ojos de par en par de la indignación. Nunca había escuchado cosa igual. Estaba furioso y ligeramente complacido a la vez, si es que alguien puede sentir las dos cosas a un tiempo.

—¡Que no! —espetó—. ¡Claro que sí! ¡Y tú lo sabes! Todo el mundo lo dice.

—¡Yo no me lo creo! —replicó ácidamente Mary—. Solo lo dices para que la gente te tenga pena. Creo que en realidad te llena de satisfacción. ¡No me lo creo! A lo mejor sería verdad si fueses un niño agradable... Pero ¡eres demasiado odioso!

—¡Fuera de la habitación! —gritó y cogió su almohada y se la tiró. No tenía suficiente fuerza para tirarla lejos y cayó a los pies de la niña, pero la cara de Mary estaba tan apretada como la de un muñeco cascanueces.[35]

—¡Me voy —dijo ella— y no volveré!

Caminó hacia la puerta y cuando llegó hasta ella se volvió para añadir algo.

—Iba a contarte un montón de cosas bonitas —dijo ella—. Dickon trajo hoy su zorro y su grajo y te lo iba a contar todo. ¡Ahora no te contaré nada!

Salió y cerró la puerta, y allí, para gran sorpresa suya, se encontró a la enfermera graduada que parecía haber estado escuchando y, peor aún, se estaba riendo. Era una mujer joven, grande y guapa, que no debería haber sido enfermera, pues no soportaba a los inválidos y estaba siempre inventando excusas para dejar a Colin con Martha o con cualquier otro que la reemplazara. A Mary no le había gustado desde el principio, y se quedó mirándola mientras ella tapaba su risita tonta con un pañuelo.

—¿De qué te ríes? —preguntó.

—De vosotros, pequeños —dijo la enfermera—. Lo mejor que le ha podido pasar a esa criaturita enfermiza y consentida es tener a alguien aún más consentido que le plante cara. —Y volvió a taparse la risita con el pañuelo—. Si hubiera tenido una hermana, una brujilla con la que pelearse, eso habría sido su salvación.

—¿Va a morirse?

—Ni lo sé, ni me importa —dijo la enfermera—. Las pataletas y la histeria son la mitad de su dolencia.

—¿Qué es la histeria? —preguntó Mary.

---

35 Los cascanueces de madera con forma de muñeco datan del siglo xv y se caracterizan por tener pintada una gran boca con dientes apretados.

—Lo descubrirás si luego le da uno de sus berrinches, al menos le has dado razones para ponerse histérico, me alegro.

Mary volvió a su habitación sin ninguno de los sentimientos que traía al regresar del jardín. Estaba enfadada y desilusionada, pero no sentía ninguna pena por Colin. Quería haberle contado un montón de cosas y haber decidido si era digno de que le confiara el gran secreto. Había llegado a pensar que sí, pero ahora había cambiado completamente de opinión. ¡Nunca le diría nada, y podía quedarse en su habitación y no salir al aire libre en su vida, y podía morirse si quería! ¡Se lo tenía bien merecido! Se sentía tan amargada e implacable que por unos minutos casi se olvidó de Dickon y del velo verde que se extendía por el mundo y del suave viento que soplaba desde el páramo.

Martha la estaba esperando y la preocupación de su rostro se había reemplazado temporalmente por el interés y la curiosidad. Había una caja de madera en la mesa, tenía la tapa quitada y mostraba hermosos paquetes en su interior.

—Te *la mandao* el señor Craven —dijo Martha—. Parece que vienen algunos libros *ilustraos*.

Mary recordó lo que le había preguntado el día que fue a verlo a su habitación: «¿Quieres algo, muñecas, juguetes, libros?». Ella abrió el paquete preguntándose si contendría alguna muñeca y también qué haría con ella si se la había mandado. Pero no había ninguna. Había varios libros muy hermosos, como los que tenía Colin, y dos de ellos eran sobre jardines y estaban llenos de dibujos. Había dos o tres juegos, y había un maravilloso estuche de escritura con un monograma y una pluma dorados y un tintero.

Todo era tan bonito que la alegría empezó a desplazar la rabia dentro de su cabeza. No esperaba que él se acordara de ella, y su pequeño y duro corazón se enterneció.

—Sé escribir mejor en cursiva que con letra de imprenta —dijo—, y la primera cosa que escribiré con esa pluma será una carta para contarle lo agradecida que estoy.

Si Colin y ella hubiesen sido amigos, Mary habría corrido a enseñarle los regalos en seguida y habrían contemplado los dibujos y leído alguno de

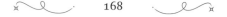

los libros de jardinería, y quizá habrían intentado jugar a los juegos, y él se lo habría pasado tan bien que nunca habría pensado en que se iba a morir ni se habría puesto la mano en la columna vertebral para ver si había aparecido el bulto. Ella no podía soportar la manera en que lo hacía. Le daba un incómodo sentimiento de miedo porque él parecía siempre asustado. Decía que si algún día notaba aunque fuese el más mínimo bulto, ya sabría que su joroba había empezado a crecer. Lo que le había hecho pensar eso fue algo que escuchó decir a la señora Medlock cuando esta hablaba con la enfermera, después había cultivado la idea en secreto hasta fijarla en su mente. La señora Medlock había dicho que así fue como comenzó la joroba de su padre cuando era niño. Nunca le había contado a nadie, salvo a Mary, que la mayoría de sus «berrinches», como ellos los llamaban, provenían de este miedo histérico que escondía en su interior. Mary sintió pena por él cuando se lo contó.

«Siempre se pone a pensar en eso cuando está enfadado o cansado —se dijo la niña—. Y hoy se ha enfadado. Quizá... quizá lleva pensando en eso toda la tarde».

Se quedó quieta, mirando la alfombra pensativa.

«Dije que nunca volvería... —reflexionó la niña, dudando y frunciendo las cejas—, pero quizá, solo quizá, vaya a verle..., si él quiere que vaya..., por la mañana. Es posible que me tire otra vez la almohada, pero... creo que... iré».

Capítulo 17
UN BERRINCHE

Mary se había levantado muy temprano por la mañana y había trabajado duro en el jardín y estaba cansada y adormilada, así que tan pronto como Martha le trajo la cena y hubo comido, se alegró de irse a la cama. Mientras reposaba la cabeza sobre la almohada murmuró:

—Saldré antes del desayuno y trabajaré con Dickon, y creo que después iré a verle.

Mary pensó que debía ser ya de madrugada cuando unos horribles sonidos la despertaron y le hicieron salir de la cama de un salto. ¿Qué era eso, qué era? Un segundo después sabía exactamente de qué se trataba. Las puertas se abrían y se cerraban y sonaban pasos apresurados por los corredores y alguien estaba llorando y gritando al mismo tiempo, gritando y llorando de manera horrible.

—Es Colin —dijo ella—. Está teniendo uno de esos berrinches que la enfermera llama histeria. Qué horrible suena.

Al escuchar los gritos sollozantes, entendió por qué la gente se asustaba tanto que dejaba que el niño hiciera lo que quisiera; era mejor que escuchar esto. Se puso las manos sobre los oídos y se sintió enferma y temblorosa.

—No sé qué hacer. No sé qué hacer —continuó diciendo—. No puedo soportarlo.

Se preguntó si pararía en caso de que ella se atreviese a ir a verlo y luego recordó cómo la había echado de su habitación, y pensó que quizá verla solo lo pusiera peor. Ni presionando con más fuerza las orejas pudo alejar los terribles sonidos. Tan odiosos le parecían y tanto la asustaban que empezó a enfadarse y a sentir que le iba a dar a ella un berrinche. No estaba acostumbrada a las pataletas de los demás, solo a las suyas. Se quitó las manos de las orejas y dio un salto y una patada en el suelo.

—¡Deberían pararle! ¡Alguien debería hacer que parara! ¡Alguien debería pegarle! —gritó.

Justo entonces oyó pasos que llegaban a la carrera por el corredor y su puerta se abrió y entró la enfermera. Ya no se reía, ni mucho menos. Se veía incluso pálida.

—Le ha dado un ataque de histeria —dijo rápidamente—. Se va a hacer daño. Nadie puede hacer nada. Sé una niña buena e inténtalo tú. Le caes bien.

—Pero me echó de su habitación esta mañana —dijo Mary, dando una patada en el suelo de lo alterada que estaba.

El golpe alegró bastante a la enfermera. La verdad es que tenía miedo de encontrarla llorando y con la cabeza escondida bajo las sábanas.

—Muy bien —dijo ella—. Tienes el estado de ánimo necesario. Ve y regáñale. Dale algo en lo que pensar. Ve, niña, ve tan rápido como puedas.

No fue hasta más tarde que Mary se dio cuenta de que, además de terrible, todo era muy cómico, eso de que los adultos estuviesen tan asustados que tuvieran que recurrir a una niña pequeña solo porque asumían que ella era casi tan mala como el mismo Colin.

Salió volando por el corredor y cuanto más se acercaba a los gritos, más aumentaba su mal humor. Y cuando alcanzó la puerta tenía un mal humor terrible. La abrió de un portazo y atravesó corriendo la habitación hasta la cama de cuatro postes.

—¡Para! —gritó—. ¡Para! ¡Te odio! ¡Todo el mundo te odia! ¡Quisiera que todo el mundo saliera de la casa y te dejaran gritar hasta morir! ¡Y si sigues gritando te matarás en un minuto, y ojalá sea así!

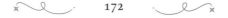

Una niña simpática y agradable no podría haber pensado o dicho esas cosas, pero resultó que oírlas fue un bálsamo para este niño histérico al que nadie se había atrevido nunca a refrenar o contradecir.

Colin estaba echado boca abajo, golpeando la almohada con sus manos, y casi dio un brinco, se volvió a toda velocidad con el sonido de la vocecita furiosa. Su cara estaba espantosa, blanca y roja e hinchada, y él estaba sin aire y atragantado, pero a Mary, la pequeña salvaje, no le importó lo más mínimo.

—¡Si das un solo grito más —dijo—, yo también gritaré, y puedo gritar más alto que tú y te asustaré, te asustaré!

En realidad, con la sorpresa, él ya había dejado de gritar. Fue el grito que no dio el que casi le atraganta. Las lágrimas corrían por su cara y temblaba de la cabeza a los pies.

—¡No puedo parar! —dijo jadeando y sollozando—. ¡No puedo, no puedo!

—¡Sí puedes! —gritó Mary—. La mitad de tu dolencia son la histeria y las pataletas, solo histeria, histeria, ¡histeria! —y ella golpeó el suelo con cada palabra que decía.

—Noto el bulto, lo noto —dijo Colin sofocado—. Sabía que lo tendría. Me saldrá una joroba en la espalda y después me moriré —y empezó a retorcerse de nuevo y giró el rostro y se puso a sollozar y a gemir, pero no gritó.

—¡No has notado ningún bulto! —Mary le contradijo con fiereza—. Si has sentido un bulto, será un bulto de histeria. La histeria provoca bultos. A tu horrible espalda no le pasa nada, ¡nada más que histeria! ¡Date la vuelta y déjame que lo mire!

A ella le gustaba la palabra «histeria» y sentía que de algún modo hacía efecto en él. Igual que ella, probablemente, no la hubiese oído antes.

—¡Enfermera —exigió—, venga aquí y muéstreme su espalda ahora mismo!

La enfermera, la señora Medlock y Martha se habían quedado de pie apiñadas cerca de la puerta mientras miraban, con la boca medio abierta. Más de una vez las tres habían dado un grito ahogado de miedo. La enfermera avanzó medio asustada. Colin retemblaba con grandes sollozos entrecortados.

—No sé, no sé si me dejará —dijo dudando en voz baja.

Sin embargo, Colin la oyó y jadeó entre dos sollozos:

—¡Ense... Enséñasela! ¡A... Así se dará cuenta!

Qué espalda tan débil y delgada mostró al desnudarla. Se podía contar cada costilla y cada vértebra de la espina dorsal, aunque la señorita Mary no las contó cuando se inclinó sobre ellas y las examinó con su carita solemne y salvaje. La niña parecía tan agria y anticuada que la enfermera giró su cabeza para ocultar una mueca en su boca. Hubo un minuto de silencio, pues incluso Colin trató de contener su aliento mientras Mary observaba arriba y abajo su espina dorsal, tan atentamente como si se tratase del importante doctor de Londres.

—¡Aquí no hay ni un solo bulto! —dijo al fin—. Ni un bulto del tamaño de una chincheta, excepto los bultos de los huesos de la espalda, y estos porque estás delgado. Yo también tenía los bultos de los huesos de la espalda, y antes sobresalían tanto como los tuyos, hasta que empecé a engordar, y todavía no he engordado lo suficiente para esconderlos. ¡Ni un bulto del tamaño de una chincheta! Si te atreves otra vez a decir que los hay, ¡me reiré!

Solo Colin sabía el efecto que aquellas palabras enfadadas e infantiles le causaron. Si hubiera tenido alguna vez a alguien con quien hablar de sus terrores secretos..., si alguna vez se hubiera permitido a sí mismo hacer preguntas..., si él hubiera tenido compañía infantil y no se hubiese quedado tumbado en la enorme casa cerrada, respirando una atmósfera pesada llena del miedo de personas ignorantes o cansadas de él, habría descubierto que casi todo el nerviosismo y la enfermedad que sufría habían sido creados por él. Pero se había quedado tumbado, pensando en sí mismo y sus dolores y su fatiga durante horas y días y meses y años. Y ahora que una pequeña niña enfadada e insensible insistía obstinadamente en que él no estaba tan enfermo como pensaba, se daba cuenta de que ciertamente podía estar diciendo la verdad.

—No sabía —se atrevió a decir la enfermera— que él pensaba que tenía un bulto en la espina dorsal. Su espalda está débil porque no quiere sentarse. Yo misma podía haberle dicho que no había ningún bulto.

Colin tragó saliva y giró un poco la cara hacia ella.

174

—¿De... De verdad? —dijo él patéticamente.

—Sí, señor.

—¡Ahí lo tienes! —dijo Mary y también ella tragó saliva.

Colin retiró la cara de nuevo, y se quedó quieto unos instantes, agitado solo por las largas y entrecortadas respiraciones con las que terminaba su tormentoso llanto, aunque todavía le caían grandes lágrimas por su rostro que mojaban la almohada. Las lágrimas indicaban realmente que le invadía un extraño y enorme alivio. De repente, se giró y miró de nuevo a la enfermera, y por extraño que parezca cuando habló no se comportó como un rajá.

—¿Crees... que podría vivir y hacerme mayor? —dijo.

La enfermera no era lista ni bondadosa, pero podía repetir las palabras del doctor de Londres.

Probablemente vivirás si haces lo que se te ha dicho que hagas y no das rienda suelta a tus pataletas y pasas mucho tiempo al aire libre.

El berrinche de Colin había pasado y estaba débil y desbaratado por el llanto, y quizá esto lo hizo volverse amable. Alargó un poquito la mano hacia Mary y —me alegra decir esto— el berrinche de la niña había pasado también y ella estaba más dulce, y tendió otro poco su mano, de modo que se encontraron a medio camino y fue una especie de reconciliación.

—Saldré... saldré contigo, Mary —dijo él—. No me disgustará el fresco si podemos encontrar... —se acordó justo a tiempo de detenerse antes de decir «si podemos encontrar el jardín secreto», y terminó diciendo—: Me gustaría salir contigo si Dickon viene y empuja mi silla. Tengo muchas ganas de ver a Dickon y al zorro y al cuervo.

La enfermera rehízo la cama deshecha y sacudió las almohadas y las acomodó. Después le preparó a Colin una tacita de caldo y le dio otra a Mary, que se alegró mucho de tomársela después de tanta excitación. La señora Medlock y Martha se escabulleron gustosamente, y cuando todo estuvo ordenado y en calma estaba claro que la enfermera también tenía ganas de escabullirse. Era una mujer joven y lozana a la que le molestaba que la privaran de su sueño y bostezaba visiblemente mientras miraba a Mary, que había empujado el escabel para acercarse a la cama de cuatro postes y sostenía la mano de Colin.

—Vete a conciliar el sueño —dijo Mary—, él caerá dormido dentro de poco, si no está demasiado triste. Después me acostaré en la habitación contigua. ¿Quieres que te cante aquella canción que aprendí de mi aya? —le susurró a Colin.

Sus manos apretaron con suavidad las de la niña y volvió sus ávidos ojos hacia ella.

—¡Oh, sí! —respondió—. Es una canción tan dulce... Me quedaré dormido al instante.

—Yo lo dormiré —dijo Mary a la bostezante enfermera—. Puedes irte si quieres.

—Bueno —dijo la enfermera, intentando mostrarse reacia—. Si no se queda dormido en media hora, llámame.

—Muy bien —respondió Mary.

Un minuto después, la enfermera había salido de la habitación y tan pronto como estuvo fuera, Colin volvió a tirar de la mano de Mary.

—Casi lo digo —dijo él—, pero me paré a tiempo. No hablaré y me quedaré dormido, pero dijiste que tenías un montón de cosas bonitas que contarme. ¿Has...? ¿Crees haber descubierto alguna pista de cómo llegar al jardín secreto?

Mary miró su pobre carita cansada, sus ojos hinchados, y su corazón se ablandó.

—S... Sí —respondió—. Creo que sí. Y si te duermes, te lo contaré todo mañana.

Las manos del niño temblaron.

—¡Oh, Mary! —dijo—. ¡Oh, Mary! ¡Si yo pudiera entrar allí, creo que viviría lo suficiente para crecer! ¿Qué te parece si en lugar de cantarme la canción del aya me cuentas en voz bajita, igual que hiciste aquel primer día, cómo te imaginas que es por dentro? Estoy seguro de que así me quedaré dormido.

—Sí —respondió Mary—. Cierra los ojos.

Él cerró los ojos y se quedó muy quieto, y ella sostuvo su mano y empezó a hablar muy despacio y en voz bajita.

—Creo que se ha dejado tanto tiempo solo... que debe haber crecido una adorable maraña. Creo que las rosas han escalado y escalado y escalado

hasta colgar de las ramas y los muros y extenderse por el suelo como una extraña niebla gris. Algunas estarán muertas, pero muchas estarán vivas y cuando llegue el verano habrá fuentes y cortinas de rosas. Creo que el suelo está lleno de asfódelos y campanillas de invierno y azucenas y lirios que se abren camino en la oscuridad. Ahora que la primavera ha empezado, quizá, quizá... —El suave tono de su voz hizo que él se tranquilizara, ella lo notó y continuó—: quizá ya están surgiendo a través de la hierba... quizá haya macizos de crocos púrpuras y dorados, puede que ya los haya. Quizá las hojas están empezando a surgir y a desenrollarse y, quizá, el gris está cambiando y un velo de gasa verde se expande y extiende sobre todas las cosas. Y los pájaros llegan para admirarlo... porque es tan... seguro y tranquilo. Y quizá, quizá, quizá... —dijo muy suavemente y en voz muy baja— el petirrojo haya encontrado una compañera y estén construyendo un nido.

Y Colin se quedó dormido.

Capítulo 18

NO DEBES PERDER TIEMPO

Por supuesto, Mary no se levantó temprano a la mañana siguiente. Durmió hasta tarde porque estaba cansada y cuando Martha le llevó el desayuno, le dijo que, aunque Colin estaba muy tranquilo, se sentía mal y tenía fiebre como siempre le sucedía después de estos ataques en los que lloraba hasta la extenuación. Mary tomó su desayuno lentamente mientras la escuchaba.

—Dice que si *quiés*, vayas a verlo, por favor, tan pronto como puedas —dijo Martha—. Es raro el cariño que *ta tomao*. Y ayer se la liaste, ¿verdad? Nadie más *subiese atrevío*. ¡Ay, pobre muchacho! Está tan *echao* a perder que ni con sal *sarregla*. Madre dice que las dos peores cosas que *puén* pasarle a un niño son que no le dejen hacer nunca lo que quiere o que siempre le dejen hacer lo que quiere. Dice que no sabe cuál de las dos es peor. Y vaya genio que tenías tú también. Pero en cuanto he *entrao* en la habitación *ma* dicho: «Por favor, pregúntale a la señorita Mary si, por favor, le apetecería venir a hablar conmigo». ¡Imagínatelo diciendo «por favor»! ¿Irás, señorita?

—Primero iré corriendo a ver a Dickon —dijo Mary—. No, primero iré a ver a Colin y le diré… Ya sé lo que le diré —dijo con una repentina inspiración.

Tenía el sombrero puesto cuando apareció en la habitación de Colin y durante un segundo él mostró su desilusión. Estaba en la cama, con la cara lastimosamente blanca y círculos oscuros alrededor de los ojos.

—Me alegro de que hayas venido —dijo—. Me duele la cabeza y todo el cuerpo porque estoy muy cansado. ¿Vas a algún sitio?

Mary se acercó a la cama y se inclinó sobre él.

—No tardaré —dijo—. Me voy con Dickon, pero volveré. Se trata... se trata de algo relacionado con el jardín secreto.

Al escucharlo, la cara de Colin resplandeció y brotó algo de color en ella.

—¡Oh! ¿Sí? —gritó—. He soñado con eso toda la noche. Escuché que decías algo acerca del gris volviéndose verde, y soñé que estaba de pie en un lugar lleno de temblorosas hojas verdes, y había pájaros en los nidos por todos lados y parecían muy tranquilos y quietos. Me quedaré echado pensando en eso hasta que vuelvas.

Cinco minutos después Mary se hallaba con Dickon en el jardín. El zorro y el cuervo estaban de nuevo con él y esta vez se había traído dos ardillas domesticadas.

—Esta mañana he *venío nel* poni —dijo—. Es bueno el amiguito, ¡sí que es bueno este Salto! A estas dos me las traje en los bolsillos. Esta se llama Nuez y esta otra se llama Cáscara.

Cuando dijo «Nuez» una ardilla saltó sobre su hombro derecho y cuando dijo «Cáscara» la otra saltó sobre el hombro izquierdo.

Se sentaron en la hierba con Capitán acurrucado a sus pies, Hollín escuchaba solemnemente desde un árbol, y Nuez y Cáscara husmeaban cerca de ellos, y a Mary le pareció que sería insoportable alejarse de aquella maravilla, pero cuando empezó a contar la historia la mirada del peculiar rostro de Dickon hizo que cambiara gradualmente de idea. Se dio cuenta de que el niño lo sentía más por Colin que ella misma. Dickon miró primero al cielo y después a su alrededor.

—Escucha los pájaros, el mundo parece estar *colmao dellos, tos* silbando y piando —dijo—. Mira cómo van corriendo *pa tos* sitios, escucha cómo se llaman los unos a los otros. Cuando llega la primavera parece que *to* el mundo estuviera llamándose. Las hojas se desenrollan *pa* que puedas verlas, y

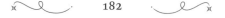

¡*caroma* tan agradable *cay*! —dijo tomando aire con su nariz respingona y feliz—. Y ese pobre muchacho, *tumbao* y *encerrao*, con tan poco que ver que termina pensando cosas que le hacen gritar. ¡Caramba! Tenemos que traerlo aquí... Tenemos *cacer* que mire y escuche y aspire el aire y se bañe de sol. Y no debemos perder tiempo.

Cuando se interesaba mucho por algo solía hablar con un yorkshire cerrado, aunque otras veces intentaba modificar su dialecto para que Mary pudiera entenderlo mejor. Pero ella adoraba su acento cerrado de Yorkshire y, de hecho, había estado intentando aprender a hablarlo. Así que lo habló un poquito.

—*Pos* sí, *cay cacerlo* —dijo, que quería decir «desde luego, hay que hacerlo»—. Te diré lo *caremos* primero —continuó diciendo y Dickon sonrió porque cuando la mocita intentaba contorsionar la lengua para hablar yorkshire le divertía mucho—. *Las caío mu* bien. *Quié* verte y *quié* ver a Hollín y a Capitán. Cuando vuelva a la casa *pa* hablar con él, le preguntaré si *pués* ir a verle mañana por la mañana y llevar tus criaturas contigo, y después, poco después, cuando hayan *brotao* más hojas, y quizá un capullo o dos, conseguiremos que salga y tú empujarás su silla y le traeremos aquí y se lo enseñaremos *to*.

Cuando se detuvo estaba muy orgullosa de sí misma. Nunca había dicho nada tan largo en yorkshire y lo había recordado muy bien.

—Deberías hablarle un poquito así en yorkshire al señor Colin —se rio Dickon—. Le harás reír y no hay *na* mejor *pa* la gente enferma como la risa. Madre dice *quella* cree que media hora de risa por la mañana curaría a cualquiera que estuviera incubando la fiebre tifoidea.

—Voy a hablarle en yorkshire hoy mismo —dijo Mary riéndose también.

En el jardín, cada día y cada noche que pasaba era como si hubiera magos sacando belleza de la tierra y de las ramas con sus varitas mágicas. Costaba trabajo irse y dejarlo allí, y más ahora que Nuez se había subido a su vestido y Cáscara había descendido del tronco del manzano bajo el que estaban sentados y se había quedado allí, mirándola con ojos curiosos. Pero la niña volvió a la casa y cuando se sentó cerca de la cama de Colin, él empezó a inhalar como lo hacía Dickon, aunque no con tanta experiencia.

—Hueles a flores y a... y a plantas frescas —gritó él muy animadamente—. ¿A qué huele? Es frío y cálido y dulce al mismo tiempo.

—Es el viento del páramo —dijo Mary—. Huelo así porque enantes *estao sentá* bajo un árbol en la hierba con Dickon y Capitán y Hollín y Nuez y Cáscara. Son la primavera y el exterior y el sol lo *cace* que huela *mu* bien.

Ella lo dijo con el acento más marcado que pudo, y no sabes lo marcado que es el acento de Yorkshire hasta que has oído a alguien hablarlo. Colin se puso a reír.

—¿Qué estás haciendo? —dijo—. Nunca te he escuchado hablar así antes. Qué divertido suena.

—*Testoy* regalando un poquito de yorkshire —respondió Mary triunfante—. No puedo hablarlo tan bien como Dickon o Martha, pero ya ves *cun* poco sí me sale. ¿*Quesque* no reconoces el yorkshire cuando lo oyes? ¡Y eso *queres* un muchacho de Yorkshire *nacío y criao* aquí! ¡Ay! ¿No te da vergüenza?

Y ella empezó a reírse también y los dos se rieron hasta que no podían parar, y se rieron tanto que toda la habitación retumbó y la señora Medlock abrió la puerta para entrar, pero se retiró y se quedó escuchando en el corredor sorprendida.

—¡Guayas,[36] pero qué ven mis ojos! —dijo, hablando en un yorkshire muy cerrado porque no había nadie escuchando, y de lo sorprendida que estaba— ¿Quién ha *escuchao na* igual? ¿Quién lo hubiera *pensao*?

Había tanto de lo que hablar... Parecía que Colin nunca se cansaría de oír hablar de Dickon, Capitán y Hollín y Nuez y Cáscara y el poni llamado Salto. Mary había ido corriendo al bosque con Dickon para ver a Salto. Se trataba de un diminuto y peludo poni del páramo con gruesos mechones colgando sobre sus ojos y una cara bonita y un mimoso hocico aterciopelado. Estaba bastante delgado de vivir de la hierba del páramo, pero era fuerte y nervudo como si los músculos de sus patas diminutas fuesen muelles de acero. Había alzado la cabeza y relinchado suavemente en el momento en que vio a Dickon, y había trotado hasta él para poner la cabeza en su hombro,

---

36 *Guayas:* ay (desus.).

y entonces Dickon le había hablado al oído y Salto le había respondido con relinchos extraños y cortos y con resoplidos y bufidos. Dickon había hecho que le diera la pequeña pezuña delantera a Mary y que la besara en la mejilla con su hocico aterciopelado.

—¿De verdad entiende todo lo que le dice Dickon? —preguntó Colin.

—Parece que sí —respondió Mary—. Dickon dice que cualquier criatura puede entenderte si sois amigos de verdad, pero para eso tenéis que ser amigos de verdad.

Colin se quedó callado un rato, parecía que sus extraños ojos grises estuviesen mirando la pared, pero Mary se dio cuenta de que estaba pensando.

—Me gustaría ser amigo de alguna criatura —dijo al fin—. Pero no lo soy. Nunca he tenido ninguna de la que ser amigo, y en cuanto a las personas, no las soporto.

—¿Tampoco me soportas a mí? —preguntó Mary.

—Sí, a ti sí —respondió él—. Es muy raro, pero hasta me caes bien.

—Ben Weatherstaff dijo que yo era como él —continuó Mary—. Dijo que los dos teníamos muy mal carácter. Creo que tú también eres como él. Los tres somos parecidos, tú y yo y Ben Weatherstaff. Dijo que ninguno de los dos éramos muy agradables de mirar y que éramos tan agrios como aparentábamos. Aunque ahora no me siento tan agria como antes de conocer al petirrojo y a Dickon.

—¿Odiabas a la gente?

—Sí —respondió Mary si ninguna afectación—. Si te hubiese visto antes de conocer al petirrojo y a Dickon, te habría detestado.

Colin sacó su mano y la tocó.

—Mary —habló—, desearía no haber dicho lo que dije de echar a Dickon. Te odié cuando dijiste que él era como un ángel y me reí de ti, pero quizá lo sea.

—Bueno, creo que fue un poco raro decir eso —admitió ella con franqueza—, porque tiene la nariz respingona y una boca grande, y su ropa tiene parches de arriba a abajo y habla con un fuerte acento de Yorkshire, pero... si un ángel viniese a vivir a Yorkshire y viviese en el páramo..., si hubiese un ángel de Yorkshire, creo que entendería las plantas y sabría

cómo hacerlas crecer y sabría cómo hablarles a la criaturas salvajes como hace Dickon y ellas sabrían que podrían contar con él como un amigo de verdad.

—No me importaría que Dickon me mirara —dijo Colin—. Yo quiero verle.

—Me alegra que digas eso —respondió Mary—, porque, porque...

De repente se le ocurrió que este era el momento de decírselo. Colin supo que algo nuevo iba a suceder.

—¿Porque qué? —gritó ansioso.

Mary estaba tan nerviosa que se levantó de su escabel y se acercó y le cogió las dos manos.

—¿Puedo confiar en ti? Confié en Dickon porque los pájaros confían en él. ¿Puedo confiar en ti? ¿Puedo? ¿De verdad? ¿Puedo? —imploró ella.

La cara de Mary se veía tan solemne que él casi susurró su respuesta.

—Sí... ¡Sí!

—Pues bien, Dickon vendrá a verte mañana por la mañana, y traerá sus criaturas consigo.

—¡Oh! ¡Oh! —gritó Colin deleitado.

—Pero eso no es todo —siguió Mary, casi pálida, con solemne emoción—. El resto es todavía mejor. Hay una puerta que da al jardín. La encontré. Está bajo la hiedra del muro.

Si Colin hubiese sido un chico fuerte y saludable probablemente habría gritado «¡Hurra! ¡Hurra! ¡Hurra!», pero estaba débil y bastante histérico, sus grandes ojos se abrieron más y más y jadeó para tomar algo de aliento.

—¡Oh, Mary! —gritó con un medio sollozo—. ¿Lo veré? ¿Podré entrar? ¿Viviré para entrar? Y apretó las manos de la niña y la atrajo hacia él.

—¡Por supuesto que lo verás! —soltó Mary con indignación—. ¡Por supuesto que vivirás para entrar! ¡No seas tonto!

Y ella estaba tan sosegada, tan natural y cándida que le devolvió la sensatez y él empezó a reírse de sí mismo, y unos minutos después ella estaba otra vez en su escabel contándole no cómo había imaginado que sería el jardín, sino cómo era de verdad, y a Colin se le olvidaron los dolores y el cansancio y la escuchó en un rapto.

—Es justo como tú habías pensado que sería —dijo al fin—. Suena como si lo hubieras visto antes. Acuérdate de que te dije eso mismo cuando me lo contaste al principio.

Mary dudó durante dos minutos y después le contó la verdad con valentía.

—Ya lo había visto, y había estado dentro —dijo—. Encontré la llave hace dos semanas. Pero no me atrevía a decírtelo, no me atrevía porque tenía miedo de no poder confiar en ti *de verdad*.

Capítulo 19
¡HA LLEGADO!

Claro está que la mañana después del berrinche se había mandado llamar al doctor Craven. Siempre se le mandaba llamar en cuanto ocurría algo así y, al llegar, él siempre se encontraba a un niño blancuzco y tembloroso echado en su cama, enfurruñado y aún histérico, preparado para lanzarse de nuevo al llanto a la mínima palabra. De hecho, el doctor Craven temía y detestaba las dificultades de estas visitas. Esta vez, se mantuvo alejado de la mansión Misselthwaite hasta la tarde.

—¿Cómo está? —le preguntó irritado a la señora Medlock, nada más llegar—. Cualquier día se le romperá un vaso sanguíneo con uno de esos ataques. El niño está medio loco con tantos ataques de histeria y autoindulgencia.

—Bueno, señor —respondió la señora Medlock—, no va a creer lo que verán sus ojos. Esa niña feúcha de rostro agrio que es casi tan mala como él mismo lo ha hechizado. Cómo lo ha hecho, nadie lo sabe. Válgame Dios, no es que ella sea precisamente agradable de mirar, y rara vez la oirá usted hablar, pero hizo lo que ninguno de nosotros se atrevía a hacer. La pasada noche saltó sobre él como un gato y dio patadas en el suelo y le ordenó que dejase de gritar, y el niño se sobresaltó tanto que se detuvo, y esta tarde… Bueno, suba y véalo usted mismo, señor. No damos crédito.

La escena que contempló el doctor Craven cuando entró en la habitación de su paciente fue verdaderamente una sorpresa para él. Cuando la señora Medlock abrió la puerta se escucharon risas y charla. Colin estaba en su sofá con el pijama puesto y estaba sentado muy derecho mirando un dibujo de uno de los libros de jardinería y hablándole a la niña feúcha, aunque en aquel momento difícilmente podía calificarse de feúcha porque su cara brillaba de júbilo.

—Esas largas varas azules… Tendremos un montón de esas —anunció Colin—. Su nombre es *Del-phi-nium*.

—Dickon dice que son espuelas de caballero pero a lo grandilocuente —exclamó Mary—. Ya hay macizos allí.

Entonces vieron al doctor Craven y se callaron. Mary se quedó muy quieta y Colin parecía intranquilo.

—Siento escuchar que estuviste enfermo la pasada noche, hijo mío —dijo el doctor Craven algo nervioso. Era un hombre de lo más nervioso.

—Ya estoy mejor, mucho mejor —respondió Colin, a lo rajá—. Voy a salir en mi silla mañana o pasado mañana, si hace bueno. Quiero tomar aire fresco.

El doctor Craven se sentó junto a él y le tomó el pulso y lo miró con curiosidad.

—Tendrá que hacer un día muy bueno —dijo—, y debes tener cuidado de no cansarte.

—El aire fresco no me cansará —dijo el joven rajá.

Como en otras ocasiones este mismo joven caballero había chillado iracundo y había insistido en que el aire fresco lo resfriaría y lo mataría, no es de extrañar que el doctor se sintiera un poco desconcertado.

—Pensé que no te gustaba el aire libre —dijo.

—Cuando estoy solo no me gusta —replicó el rajá—, pero mi prima saldrá conmigo.

—¿Y también la enfermera, no? —sugirió el doctor Craven.

—No, no me llevaré a la enfermera —lo dijo con tanta magnificencia que Mary no pudo evitar recordar al joven príncipe nativo con todo su cuerpo

repleto de diamantes y esmeraldas y perlas, y aquellos grandes rubíes en la pequeña mano oscura que había agitado para exigir a sus sirvientes que se aproximaran con zalemas para recibir sus órdenes.

—Mi prima sabe cómo cuidarme. Siempre me encuentro mejor si ella está conmigo. Me hizo mejorar la pasada noche. Un niño muy fuerte que yo conozco empujará mi carrito.

El doctor Craven se alarmó mucho. Si era verdad que aquel niño histérico y pesado tenía una oportunidad de curarse, él perdería toda posibilidad de heredar Misselthwaite; pero, aunque débil, no era un hombre sin escrúpulos y no consentiría que el niño corriese ningún peligro.

—Ha de ser un chico fuerte y fiable —dijo—. Debo saber algo de él. ¿Quién es? ¿Cómo se llama?

—Es Dickon —dijo Mary de repente. Creía que todo aquel que conociese el páramo tenía que conocer a Dickon. Y llevaba razón. Vio que la expresión de seriedad del doctor Craven se relajó en seguida y mostró una sonrisa de alivio.

—¡Ah, Dickon! —dijo—. Si es Dickon, estás completamente a salvo. Es tan fuerte como un poni del páramo este Dickon.

—Y se *pué* confiar en él —dijo Mary—. Es el más de fiar de *to* Yorkshire. —Le había estado hablando en yorkshire a Colin, y se le escapó.

—¿Eso te lo ha enseñado Dickon? —preguntó el doctor Craven riéndose abiertamente.

—Estoy aprendiéndolo como si fuera francés —dijo Mary con frialdad—. Es como los dialectos de la India. Gente muy inteligente procura aprenderlos. A mí me gusta y a Colin también.

—Bueno, bueno —dijo él—. Si te divierte, quizá no te haga ningún daño. ¿Tomaste anoche tu bromuro, Colin?

—No —respondió Colin—. Al principio no me lo había tomado y después Mary me tranquilizó, me habló para que me durmiera, en voz baja, de la primavera extendiéndose por un jardín.

—Eso suena relajante —dijo el doctor Craven, más perplejo que nunca y mirando de reojo a la señorita Mary que estaba sentada en su escabel y

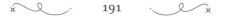

contemplaba en silencio la alfombra—. Es evidente que estás mejor, pero debes recordar...

—No quiero recordar —interrumpió el rajá, que resurgía—. Cuando me quedo tumbado en soledad y me pongo a recordar empieza a dolerme todo y pienso en cosas que me hacen gritar porque las odio con todas mis fuerzas. Si hubiera un doctor en algún lugar que hiciera olvidar que está uno enfermo en lugar de recordarlo, lo traería aquí inmediatamente. —Y movió la mano, que debería en realidad estar cubierta de anillos con emblemas reales hechos de rubíes—. Mi prima me hace sentir mejor porque me hace olvidar.

El doctor Craven nunca había hecho una visita tan corta después de un «berrinche»; normalmente tenía que quedarse mucho tiempo y hacer muchas cosas. Esa tarde no le dio ninguna medicina ni dejó ninguna orden nueva, y se libró de cualquier escena desagradable. Cuando bajó las escaleras parecía pensativo, y cuando habló con la señora Medlock en la biblioteca ella pensó que estaba frente a un hombre verdaderamente desconcertado.

—Bueno, señor —se atrevió a decir—, ¿lo hubiera usted creído?

—Ciertamente es un nuevo estado de cosas —dijo el doctor—. Y no se puede negar que es mejor que el anterior.

—Creo que Susan Sowerby tiene razón... De verdad lo creo —dijo la señora Medlock—. Me detuve en su casa ayer de camino a Thwaite y tuve una pequeña charla con ella. Y me dijo: «*Pos* sí, Sarah Ann, *pué quella* no sea una niña buena, y ni siquiera bonita, pero es una niña y los niños necesitan niños». Fuimos a la escuela juntas, Susan Sowerby y yo.

—Ella es la mejor cuidadora de enfermos que conozco —dijo el doctor Craven—. Cuando me la encuentro en alguna casa, sé que tengo posibilidades de salvar a mi paciente.

La señora Medlock sonrió. Le tenía mucho cariño a Susan Sowerby.

—Tiene un don esta Susan —siguió diciendo locuazmente—. Llevo toda la mañana pensando en una de las cosas que dijo ayer. Dijo: «Una vez cuando estaba regañando a los niños después *duna* pelea, les dije a *tos*: "Cuando estaba *nel* colegio, explicaron en geografía *quel* mundo *tié* la forma *duna* naranja y antes de los diez años descubrí que nadie es dueño de la naranja

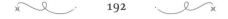

completa. Nadie posee más que su trocito y a veces parece que *nay* trocitos suficientes *pa tos*. Que ninguno de vosotros, ninguno, piense *ques* suya la naranja entera, o se dará cuenta de *questá equivocao*, y no sin darse de bruces". Lo que los niños aprenden de los niños, dice ella, es que no *tié* sentido agarrar la naranja entera, con piel y *to*. Si lo haces, probablemente no te queden ni las pipas, *cademás* saben *mu* amargas».

—Es una mujer inteligente —dijo el doctor Craven, poniéndose el abrigo.

—Bueno, sabe cómo decir las cosas —sentenció la señora Medlock muy complacida—. Algunas veces le digo: «¡Ay, Susan!, si fueses otra clase de mujer y no hablaras tanto yorkshire, la de veces que *tabría* dicho que eres *mu* lista».

Aquella noche Colin durmió sin despertarse una sola vez y cuando abrió los ojos por la mañana se quedó tumbado y sonrió sin darse cuenta, sonreía porque se sentía extrañamente cómodo. Era agradable estar despierto, y se dio la vuelta y estiró sus miembros a placer. Sentía como si las cuerdas apretadas que lo habían estado aprisionando se hubiesen soltado y lo hubiesen liberado. No sabía que el doctor Craven habría dicho que sus nervios se habían relajado y también ellos habían descansado. En lugar de quedarse tumbado y contemplando la pared y deseando no haber despertado, su mente estaba llena de los planes que él y Mary habían hecho el día anterior, llena con dibujos de jardines y con Dickon y sus criaturas. Era muy agradable tener cosas en las que pensar. Y no llevaba despierto más de diez minutos cuando escuchó pasos veloces en el corredor: Mary estaba en la puerta. Un segundo después entró en la habitación y la atravesó corriendo hasta la cama, trayendo consigo una ráfaga de aire fresco lleno del perfume de la mañana.

—¡Has salido! ¡Has salido! ¡Tienes ese agradable olor a hojas! —gritó él.

Ella había estado corriendo y su pelo estaba suelto y revuelto, la niña estaba reluciente de la brisa y tenía las mejillas rosadas, aunque ella no se diera cuenta.

—¡Está tan hermoso! —dijo ella, casi sin aliento—. ¡Nunca has visto nada tan maravilloso! ¡Ha llegado! Pensé que lo había hecho la otra mañana,

pero solo estaba en camino. ¡Ahora ya está aquí! ¡Ha llegado, la primavera! ¡Lo ha dicho Dickon!

—¿Sí? —gritó Colin, y aunque en realidad no sabía nada del asunto, sintió latir su corazón. Y se sentó en la cama—. ¡Abre la ventana! —añadió, riéndose en parte de la alegre excitación y en parte por su propia ocurrencia—. ¡Quizá escuchemos trompetas doradas!

Y aunque él estaba riéndose, Mary fue rápidamente hacia la ventana y un instante después la ventana estaba abierta y la frescura y la suavidad y los aromas y las canciones de los pájaros se colaban a raudales a través de ella.

—¡Aire fresco! —dijo la niña—. Échate de espaldas y toma grandes bocanadas. Eso es lo que hace Dickon cuando se tumba en el páramo. Él dice que puede sentirlo en las venas y que le hace más fuerte, y tiene la sensación de poder vivir para siempre jamás. Respíralo, respíralo.

Ella solo repetía lo que Dickon le había dicho, pero capturó la atención de Colin.

—¡Para siempre jamás! ¿Así le hace sentir a Dickon? —preguntó Colin, e hizo lo que ella le había dicho, aspirar grandes bocanadas una y otra vez hasta que sintió que algo muy nuevo y placentero le estaba sucediendo.

Mary estaba otra vez a su lado.

—Las plantas se están amontonando para salir de la tierra —dijo ella rápido, con mucha prisa—. Y hay flores que se desenrollan, y crecen brotes por todos los sitios y el velo verde ha cubierto casi todo el gris y los pájaros tienen tanta prisa en hacer los nidos por miedo a llegar tarde, que hay algunos que incluso se pelean por conseguir un sitio en el jardín secreto. Y los rosales están todo lo dispiertos que podrían estar, y hay prímulas por los caminos y los bosques, y las semillas que plantamos han salido y Dickon se ha traído al zorro y al cuervo y a las ardillas y a un cordero recién nacido.

Y entonces se paró a tomar aire. Era el cordero recién nacido que Dickon se había encontrado hacía tres días echado junto a su madre muerta entre los arbustos de tojo del páramo. No se trataba del primer cordero huérfano que se encontraba y ya sabía qué hacer con él. Se lo

había llevado a la casa envuelto en su chaqueta y lo había dejado junto al fuego y lo había alimentado con leche tibia. Era una cosita suave, con una cara tontita y encantadora de bebé y con las piernas demasiado largas para su cuerpo. Dickon lo había llevado en brazos por el páramo y tenía en el bolsillo, junto a una ardilla, la botella para darle de comer, y cuando Mary se sentó bajo un árbol, con aquel calorcito débil acurrucado en su regazo sintió que no podía hablar de la gran alegría que la embargaba. ¡Un cordero, un cordero! ¡Un cordero vivo que reposaba en su regazo como un bebé!

Lo describía con alborozo, y Colin escuchaba y tomaba grandes bocanadas de aire cuando la enfermera entró. La enfermera se sobresaltó un poco al ver la ventana abierta. Una vez, un día de calor, ella tuvo que sentarse sofocada porque su paciente estaba seguro de que las ventanas abiertas hacían que la gente se resfriara.

—¿Está seguro de que no tiene frío, señor Craven? —preguntó ella.

—No —fue la respuesta—. Estoy tomando grandes bocanadas de aire fresco. Eso te hace más fuerte. Me voy al sofá para desayunar y mi prima tomará el desayuno conmigo.

La enfermera se marchó, ocultando una sonrisa, y dio orden de preparar dos desayunos. El salón de los criados le parecía un lugar más entretenido que la habitación del inválido y además todo el mundo quería escuchar las noticias que traía de arriba. Se hacían muchas bromas sobre aquel recluso tan poco popular que, como decía la cocinera, «ha encontrado a su dueño y señor, uno bueno para él». El salón de los criados al completo estaba ya muy cansado de los berrinches, y el mayordomo, que tenía familia, había expresado más de una vez su opinión de que el inválido mejoraría mucho con «un buen azote».

Cuando se encontraba ya en su sofá y el desayuno para dos estaba en la mesa, Colin hizo un anuncio a la enfermera al más puro estilo rajá.

—Un niño y un zorro y un cuervo y dos ardillas y un ternero recién nacido van a venir a verme esta mañana. Quiero que los traigan aquí arriba tan pronto como lleguen —dijo—. No quiero que empecéis a jugar con los animales en el salón de los criados y los dejéis allí. Los quiero aquí.

La enfermera ahogó con una tos un pequeño grito.

—Sí, señor —respondió.

—Te diré lo que haremos —añadió Colin gesticulando con las manos—. Puedes decirle a Martha que los traiga. El niño es el hermano de Martha. Su nombre es Dickon y es un encantador de animales.

—Espero que los animales no muerdan, señor Colin —dijo la enfermera.

—Te he dicho que es un encantador —replicó Colin muy severo—. Los animales de los encantadores nunca muerden.

—Hay encantadores de serpientes en la India —añadió Mary— que son capaces de llevarse la cabeza de la serpiente a la boca.

—¡Cielo santo! —exclamó la enfermera con un escalofrío.

Se tomaron el desayuno bañados por el aire fresco. El de Colin era todo un desayuno y Mary lo miró con gran interés.

—Empezarás a engordar como hice yo —dijo—. Cuando estaba en la India, nunca quería tomarme el desayuno y ahora siempre quiero.

—Esta mañana tenía ganas —comentó Colin—. Quizá se deba al aire fresco. ¿Cuándo crees que vendrá Dickon?

No tardó en llegar. Diez minutos después Mary levantó la mano.

—¡Escucha! —dijo—. ¿No has oído un cuervo?

Colin se puso a escuchar y lo oyó, el sonido más inaudito del mundo dentro de una casa, un ronco «crua, crua».

—Sí —respondió.

—Ese es Hollín —dijo Mary—. ¡Escucha de nuevo! ¿Oyes un balido..., uno diminuto?

—¡Oh, sí! —gritó Colin, con el rostro encendido.

—Ese es el cordero recién nacido —dijo Mary—. Está llegando.

Las botas de Dickon eran botas del páramo, gruesas y difíciles de manejar, y aunque intentaba caminar sin hacer ruido, hacían un sonido fuerte mientras atravesaba los largos corredores. Mary y Colin lo escucharon marchar y marchar hasta que cruzó la puerta de los tapices y llegó a la mullida alfombra del pasillo de Colin.

—Con su permiso, señor —anunció Martha abriendo la puerta—, con su permiso, *aquistán* Dickon y sus criaturas.

Dickon entró con su sonrisa más amplia y agradable. El cordero recién nacido estaba en sus brazos y el pequeño zorro rojo trotaba a su lado. Nuez se sentaba en su hombro izquierdo y Hollín en el derecho, y la cabeza de Cáscara y sus patitas sobresalían del bolsillo del abrigo.

Colin se incorporó y lo miró largamente como había mirado a Mary la primera vez que la vio, pero esta era una mirada de maravilla y contento. La verdad es que a pesar de todo lo que había escuchado, no se había hecho una idea de cómo sería aquel chico, ni había entendido bien eso de que llevara siempre tan cerca a su zorro y su cuervo y sus ardillas y su cordero, y fuera tan amigo de ellos que casi parecieran formar parte de él. Colin nunca había hablado con un chico en toda su vida y estaba tan sobrepasado por su propio placer y curiosidad que ni siquiera se le pasó por la cabeza decir nada.

Pero Dickon no sentía timidez ni incomodidad. Tampoco se había sentido avergonzado cuando el cuervo, que no conocía su idioma, se quedó mirándolo sin decirle nada la primera vez que se vieron. Las criaturas se comportaban siempre de esa manera hasta que lo averiguaban todo sobre uno. Caminó hacia el sofá de Colin y puso con mucho cuidado el cordero recién nacido en su regazo, y la pequeña criatura se volvió de inmediato hacia la bata de terciopelo y empezó a acariciar y a acariciar sus pliegues con el hocico y a dar dulces topetazos de impaciencia con su cabeza en el costado del niño.

—¿Qué está haciendo? —gritó Colin—. ¿Qué quiere?

—Busca a su madre —dijo Dickon, sonriendo más y más—. *Lo traío* un poquito hambriento porque supuse que te gustaría verlo comer.

Se arrodilló junto al sofá y sacó un biberón de su bolsillo.

—Vamos, pequeño —dijo girando la lanosa cabecita con su delicada mano morena—. Esto es lo que buscas. Sacarás más *daquí* que *dun* aterciopelado batín de seda. Vamos —y empujó la punta de goma de la botella dentro de la cariñosa boquita, y el cordero empezó a chuparla con éxtasis voraz.

Después de aquello, ya hubo de qué hablar. Para cuando el cordero se quedó dormido, a Dickon le caía una pregunta detrás de otra, y él las contestaba todas. Contó cómo había encontrado al cordero hacía tres mañanas justo cuando el sol se alzaba. Había estado en el páramo, escuchando una

alondra y observándola subir más y más alto en el cielo hasta que solo fue una pequeña mancha en el alto azul.

—Casi la había *perdío*, pero escuchaba su canto, y me preguntaba cómo podía oírlo cuando parecía *cubiese desaparecío* del mundo *nun* segundo. Y justo *estonces* escuché algo más lejano entre los arbustos de tojo. Era un débil balido y sabía que se trataba *dun* cordero recién *nacío questaba* hambriento, y sabía que *nostaría* tan hambriento si no hubiera *perdío* a su madre, así que partí en su busca. ¡Guayas! Y sí que tuve que buscarlo. Entré y salí de los arbustos de tojo y di una y otra vuelta, y parecía que siempre tomaba el camino *equivocao*. Pero al fin vi una manchita blanca junto a una roca en lo alto del páramo y subí y *mencontré* al pequeño, medio muerto de frío y *dinanición*.

Mientras hablaba, Hollín, con gesto adusto, salía y entraba volando por la ventana y graznaba sus comentarios sobre las vistas, mientras que Nuez y Cáscara hacían excursiones por los grandes árboles del exterior y subían y bajaban por los troncos y exploraban entre las ramas. Capitán se acurrucó cerca de Dickon, que se había sentado donde más le gustó, en la alfombra frente a la chimenea.

Contemplaron los dibujos de los libros de jardinería, y Dickon conocía todas las flores por el nombre local y sabía exactamente cuáles eran las que estaban creciendo en el jardín secreto.

—No podría pronunciar ese nombre —dijo señalando a una flor bajo la que estaba escrito «Aquilegia»—, pero nosotros la llamamos colombina, y aquella es una boca de dragón, y las dos crecen salvajes en los setos, pero estas son de jardín y son más grandes y vistosas. Hay algunos macizos de colombinas *nel* jardín. Cuando salgan, parecerán un arriate de mariposas azules y blancas.

—¡Voy a ir a verlas! —gritó Colin—. ¡Voy a ir a verlas!

—*Pos* sí que deberías ir —dijo Mary con mucha seriedad—. Y no *tiés* que perder un segundo.

Capítulo 20

¡VIVIRÉ PARA SIEMPRE, PARA SIEMPRE JAMÁS!

Pero tuvieron que esperar más de una semana porque primero hubo muchos días de viento y después la amenaza de un resfriado cayó sobre Colin. Qué duda cabe de que todas estas cosas, una detrás de otra, habrían airado al niño, pero había mucho que planear, misteriosa y cuidadosamente, y casi todos los días entraba Dickon a verle, aunque fuera solo unos minutos, para narrar lo que estaba pasando en el páramo y en los caminos y en los setos y en las orillas de los arroyos. La de cosas que tenía que contarle de las guaridas de las nutrias, los tejones y las ratas de agua, por no mencionar los nidos de los pájaros y los ratones de campo y sus madrigueras; era más que suficiente para hacer temblar de emoción a cualquiera, máxime cuando los detalles salían de boca de un encantador de animales, y uno comprendía el apasionante ímpetu y el afán con que trabajaba el mundo subterráneo.

—Son como nosotros —dijo Dickon—, lo único *cacen* desemejante[37] es construir sus hogares cada año. Y esto los mantiene tan *ocupaos* que luchan con uñas y dientes *pa* terminarlos a tiempo.

Lo que más les absorbía, sin embargo, eran los preparativos necesarios para que Colin pudiera ser transportado al jardín con el mayor secreto

---

37 *Desemejante:* diferente (desus.).

posible. Nadie debía ver la silla ni a Dickon ni a Mary después de que dieran la vuelta detrás de ciertos arbustos y entraran en el paseo junto a los muros de hiedra. Conforme pasaban los días, más y más se fijaba en la cabeza de Dickon la idea de que el misterio que rodeaba al jardín era uno de sus mayores encantos. Nada debía arruinar eso. Nadie debía sospechar que tenían un secreto. Debían pensar que si Colin salía con Mary y Dickon es porque le caían bien y no le molestaba que lo miraran. Sus charlas sobre la ruta fueron largas y muy amenas. Subirían este camino, bajarían aquel, cruzarían el otro y rodearían la fuente de parterres de flores como si estuvieran mirando las plantas que el jefe de jardineros, el señor Roach, había ordenado disponer allí. Parecía una cosa tan lógica que nadie pensaría que fuese algo misterioso. Les darían la vuelta a los muros de arbustos y se perderían hasta llegar a los largos muros. Era un plan calculado casi tan seria y laboriosamente como los planes de avanzada de los grandes generales en tiempos de guerra.

Por supuesto, los rumores de que algo nuevo y peculiar estaba ocurriendo en el apartamento del inválido se habían filtrado a través del salón de los criados hasta llegar a los establos y a los jardineros. A pesar de esto, el señor Roach se quedó desconcertado cuando un día recibió órdenes de la habitación del señor Colin: debía personarse en aquel apartamento que ningún extraño había visto nunca, pues el propio inválido deseaba hablar con él.

«Bueno, bueno —se dijo a sí mismo, mientras se cambiaba a toda prisa de chaqueta—, ¿y ahora qué? Su Real Majestad que no quería que nadie lo mirase llama ahora a un hombre en el que nunca ha posado los ojos».

Al señor Roach no le faltaba curiosidad. Nunca había visto al chico ni de refilón y había oído una docena de historias exageradas acerca de su extraño aspecto y forma de ser y sus pataletas tan poco saludables. Lo que había escuchado con más frecuencia era que podía morir en cualquier momento, y también estaban todas esas descripciones rocambolescas de una espalda corcovada y de unos miembros inválidos, proporcionadas por personas que nunca lo habían visto.

—Las cosas están cambiando en esta casa, señor Roach —le dijo la señora Medlock, mientras lo conducía por la escalera trasera hacia el corredor que daba al hasta entonces misterioso aposento.

—Esperemos que cambien a mejor, señora Medlock —respondió él.

—No podrían cambiar a peor —continuó ella—, y por rara que sea la situación algunos encuentran mucho más fácil sobrellevar sus obligaciones ahora. No se sorprenda, señor Roach, si se descubre en medio de un zoológico y a Dickon, el de Martha Sowerby, más como en su casa de lo que usted o yo podamos llegar a estar.

Es verdad que había Magia alrededor de Dickon, como Mary pensaba secretamente. Cuando el señor Roach escuchó su nombre, sonrió benevolente.

—Se sentiría como en casa lo mismo en Buckingham Palace que en el fondo de una mina de carbón —dijo—. Y no porque sea descarado. Es que es bueno este muchacho, sí que lo es.

Menos mal que habían advertido al señor Roach, si no se habría llevado un buen sobresalto. Cuando la puerta del dormitorio se abrió, un cuervo enorme, que parecía también como en su casa y estaba posado en el alto respaldo de una silla tallada, anunció la entrada del visitante gritando: «¡Crua, crua!». Con todo, la advertencia de la señora Medlock apenas sirvió para que el señor Roach no se cayera de espaldas y perdiera completamente la dignidad.

El joven rajá no estaba en la cama ni en su sofá. Estaba sentado en un sillón y un pequeño cordero, de pie junto a él, movía la cola como hacía siempre que le daban de comer, y Dickon, arrodillado, le daba leche de su biberón. Había una ardilla sobre la espalda inclinada de Dickon que roía atentamente una nuez. La pequeña niña de la India estaba sentada en el gran escabel y lo observaba todo.

— Señor Colin, aquí está el señor Roach —dijo la señora Medlock.

El joven rajá se volvió y lo repasó de arriba a abajo... Al menos eso fue lo que pensó el jefe de jardineros.

—Oh, tú eres Roach, ¿no? —dijo—. Te he mandado llamar para darte unas órdenes muy importantes.

—Muy bien, señor —respondió Roach, preguntándose si las instrucciones serían tirar todos los robles del parque o transformar los manzanales en jardines de agua.

—Voy a salir en mi silla esta tarde —dijo Colin—. Si el aire fresco me va bien, puede que salga todos los días. Cuando salga, ninguno de los jardineros debe estar cerca del Paseo Largo que hay junto a los muros de los jardines. Nadie debe estar allí. Saldré sobre las dos en punto y todo el mundo debe permanecer alejado hasta que yo ordene que vuelvan al trabajo.

—Muy bien, señor —respondió Roach, muy aliviado de saber que los robles podían quedarse donde estaban y que los manzanales seguían a salvo.

—Mary —dijo Colin, volviéndose hacia ella—, ¿cómo era eso que decías en la India cuando habías terminado de hablar y querías que la gente se fuese?

—Se dice: «Tienes permiso para salir» —respondió Mary.

El rajá hizo un movimiento con su mano.

—Tienes permiso para salir, Roach —dijo—. Pero recuérdalo, es muy importante.

—¡Crua, crua! —observó el cuervo, ásperamente pero no sin educación.

—Muy bien, señor. Gracias, señor —dijo el señor Roach, y la señora Medlock lo sacó de la habitación.

Una vez en el corredor, como era un hombre de buen humor, sonrió hasta que casi estalla en risas.

—¡Cielo santo! —dijo—. Tiene unos modales muy señoriales, ¿no? Uno pensaría que es toda la familia real en uno solo, príncipe consorte incluido.

—¡Ay! —protestó la señora Medlock—, desde que vino al mundo hemos tenido que dejar que nos pisotee a todos y ahora cree que hemos nacido para eso.

—Quizá se le pase al crecer, si es que sigue viviendo —sugirió el señor Roach.

—Bueno, una cosa es segura —dijo la señora Medlock—, si sigue vivo y esa niña india anda por aquí, no me cabe duda de que ella le enseñará que toda la naranja no es suya, como dice Susan Sowerby. Y probablemente aprenda de qué tamaño es el trozo que le pertenece.

Dentro de la habitación, Colin había vuelto a tumbarse en sus cojines.

—Ha pasado el peligro —dijo—. Y esta tarde lo veré... ¡Esta tarde estaré dentro!

Dickon volvió al jardín con sus criaturas y Mary se quedó con Colin. Mary no creía que Colin estuviese cansado, pero sí que estaba muy callado antes del almuerzo, y siguió muy callado mientras comían. Aquel silencio le resultaba muy extraño y le preguntó a qué era debido.

—Qué ojos más grandes tienes, Colin —dijo ella—. Cuando estás pensando en algo se te ponen tan grandes como sartenes. ¿En qué piensas ahora?

—No puedo evitar pensar en qué aspecto tendrá —respondió.

—¿El jardín? —preguntó Mary.

—La primavera —dijo él—. Estaba pensando que verdaderamente no la he visto nunca. Apenas he salido fuera y cuando lo he hecho nunca le presté atención. Ni siquiera pensé en ella.

—Yo tampoco la vi nunca en la India porque allí no había —dijo Mary.

Pese a la vida encerrada y malsana que había tenido, Colin poseía más imaginación que ella, y al fin y al cabo había pasado mucho tiempo mirando libros maravillosos y dibujos.

—Aquella mañana en la que entraste corriendo y dijiste: «¡Ha llegado, ha llegado!», me hiciste sentir un poco raro. Parecía como si se tratara de un gran desfile, con su estruendoso vendaval de música. Hay un dibujo similar en uno de mis libros: una multitud de gente adorable y niños con guirnaldas y varas de flores, todos riendo y bailando, en tropel, y tocando las flautas. Por eso dije: «Quizá ahora escuchemos trompetas doradas», y te pedí que abrieras la ventana.

—¡Qué divertido! —dijo Mary—. Eso es exactamente lo que parece. Y si todas las flores y las hojas y las plantas y los pájaros y las criaturas salvajes pasaran a la vez bailando, ¡sí que sería una multitud! Estoy segura de que todos bailarían y cantarían y silbarían…, eso sería el vendaval de música.

Ambos rieron, pero no porque la idea les diera risa, sino porque les gustaba mucho.

Un poco más tarde, la enfermera preparó a Colin. Se dio cuenta de que, en lugar de quedarse tumbado como un tronco mientras le ponía la ropa, el niño se sentaba y hacía algunos esfuerzos por vestirse solo, mientras hablaba y se reía con Mary todo el tiempo.

—Tiene uno de sus días buenos —le dijo al doctor Craven, que se dejó caer por allí para examinarlo—. Está de tan buen humor que incluso se le ve más fuerte.

—Me pasaré luego, por la tarde, después de que haya vuelto —dijo el doctor Craven—. Debo ver qué tal le sienta salir. Lo que me gustaría —añadió en voz muy baja— es que él la dejara acompañarle.

—Preferiría renunciar en este mismo instante, señor, antes que quedarme aquí a escuchar cómo lo sugiere —respondió la enfermera con repentina firmeza.

—No me había decidido todavía a sugerirlo —dijo el doctor, con algo de nerviosismo—. Probaremos el experimento. Dickon es un muchacho al que incluso confiaría un recién nacido.

El lacayo más fuerte de la casa bajó a Colin por las escaleras y lo sentó en su silla de ruedas, cerca de la cual esperaba Dickon en el exterior. Después de que un sirviente hubiese acomodado sus mantas y sus cojines, el rajá hizo un gesto con la mano dirigido a este y a la enfermera.

—Tenéis permiso para iros —dijo, y ambos desaparecieron rápidamente riéndose entre dientes, hay que confesarlo, cuando estuvieron a salvo dentro de la casa.

Dickon comenzó a empujar la silla de ruedas lenta y firmemente. La señorita Mary caminaba junto a él y Colin echaba la cabeza para atrás y alzaba el rostro hacia el cielo. El arco del cielo se veía muy alto y las pequeñas nubes nevosas parecían pequeños pájaros blancos flotando con las alas abiertas bajo su cristalino azul. El viento bajaba desde el páramo, soplando a grandes y suaves ráfagas, y era extraño, perfumado con una nítida dulzura salvaje. Colin siguió alzando su fino pecho para inspirarlo, y parecía que fueran sus grandes ojos los que estuvieran escuchando y escuchando, en lugar de sus oídos.

—Hay tantos sonidos: cantos y zumbidos y llamadas —dijo—. ¿Qué es ese aroma que traen las ráfagas de viento?

—Es el tojo *nel* páramo *questá* abriéndose —respondió Dickon—. ¡Vaya que sí!, las abejas lo están pasando de maravilla hoy.

No vieron ni un alma por los caminos que iban tomando. De hecho, todos los jardineros o los ayudantes de jardineros se habían evaporado. Pero ellos siguieron girando entre los arbustos y los parterres de la fuente, siguiendo cuidadosamente la ruta planeada por el mero placer del misterio. Pero, cuando al fin entraron en el Paseo Largo junto a los muros de hiedra, la inquietante sensación de ir acercándose a algo emocionante hizo que, por alguna extraña razón, empezaran a hablar en susurros.

—Aquí es —musitó Mary—. Aquí es donde solía caminar arriba y abajo, arriba y abajo, preguntándome y preguntándome.

—¿Aquí es? —exclamó Colin—. Y sus ojos se pusieron a buscar entre la hiedra con ávida curiosidad—. Pero no veo nada —susurró—. No hay ninguna puerta.

—Eso mismo pensé yo —dijo Mary.

Entonces se hizo un intenso silencio y la silla siguió rodando.

—Ese es el jardín donde trabaja Ben Weatherstaff —dijo Mary.

Unos metros después, Mary susurró de nuevo.

—Aquí es donde el petirrojo voló por encima del muro —dijo.

—¿Sí? —gritó Colin—. ¡Oh, me encantaría que volviera!

—Y ese —dijo Mary con solemne alegría, señalando debajo de un enorme arbusto de lilas— es el lugar donde se posó en el pequeño montoncito de tierra y me mostró la llave.

Entonces Colin se incorporó.

—¿Dónde? ¿Dónde? ¿Allí? —gritó, y sus ojos eran tan grandes como los del lobo de la Caperucita Roja cuando a esta le llamaron la atención. Dickon se detuvo y la silla se detuvo con él.

—Y aquí —dijo Mary, dando unos pasos hacia el parterre cercano a la hiedra— es donde me acerqué a hablar con él cuando me lanzaba sus trinos desde lo alto del muro. Y aquí está la hiedra que el viento retiró —y agarró la verde cortina colgante.

—¡Oh! Es aquí… ¡Es aquí! —jadeó Colin.

—Y aquí está el tirador, y aquí está la puerta. Dickon, empújale, ¡vamos, que entre rápidamente!

Y Dickon lo hizo con un movimiento espléndido, fuerte y firme.

Pero Colin había pegado la espalda a sus cojines, aunque jadeaba de deleite, y se había cubierto los ojos con las manos y así las mantuvo,

ocultándolo todo hasta que los tres estuvieron dentro y la silla se detuvo como por arte de magia y la puerta se cerró. Solo entonces se quitó las manos y miró y miró y miró a su alrededor, como antes habían hecho Dickon y Mary. Y el hermoso velo verde de tiernas hojitas se había extendido sobre los muros y la tierra y los árboles y las ramitas colgantes y los zarcillos, y en la hierba bajo los árboles y en las urnas grises de los emparrados y aquí y allí, por todos los sitios, había toques de manchas doradas y púrpuras y blancas, y los árboles mostraban el rosa y el color de la nieve sobre su cabeza, y estaba el batir de alas y las ligeras y agradables acequias y el zumbido, y aromas y más aromas. Y el sol cayó templado sobre su rostro como una mano de tacto adorable. Y Mary y Dickon lo miraron extasiados. Él se veía extraño, diferente, porque un poco de color rosado... cubría su cara marfileña, su cuello, sus manos y todo él.

—¡Me voy a poner bien! ¡Me voy a poner bien! —gritó—. ¡Mary! ¡Dickon! ¡Me voy a poner bien! ¡Y viviré para siempre, para siempre jamás!

Capítulo 21

BEN WEATHERSTAFF

Una de las cosas extrañas de vivir en este mundo es que solo en raras ocasiones se tiene la seguridad de que se va a vivir para siempre y siempre jamás. Lo sabe uno a veces al levantarse en el tierno y solemne amanecer, cuando sale al exterior y está solo y echa la cabeza para atrás y mira arriba y más arriba, y contempla el pálido cielo que cambia lentamente y se ruboriza; la de cosas desconocidas y maravillosas que suceden hasta que el Este le hace a uno querer gritar y el corazón se detiene frente a la inalterable majestuosidad de la salida del sol... Es algo que lleva sucediendo cada mañana durante miles de miles de miles de años. Entonces se sabe, apenas por un instante. Y también se sabe a veces cuando se está solo en el bosque al atardecer y la misteriosa tranquilidad, profunda, dorada, que atraviesa sesgadamente las ramas y pasa por debajo de ellas, parece estar diciendo en voz baja una y otra vez algo que no se puede escuchar, por más que se intente. Después, a veces, la inmensa quietud del azul oscuro de la noche, con millones de estrellas que esperan y observan, nos da esa seguridad, y algunas veces se hace realidad con un sonido, de música lejana; y otras veces en los ojos de alguien.

Y así sucedió con Colin cuando vio y escuchó y sintió la primavera dentro de los cuatro altos muros de un jardín escondido. Aquella tarde, el mundo entero parecía dedicarse a ser perfecto, y radiantemente hermoso y amable con un niño. Quizá por pura bondad celestial la primavera llegó y se congregó todo lo posible dentro de aquel preciso lugar. Más de una vez, Dickon dejó de hacer lo que estaba haciendo y permaneció quieto con una suerte de creciente maravilla en sus ojos, mientras agitaba suavemente la cabeza.

—¡Sí, sí que es trasordinaria![38] —dijo—. Tengo doce años *pa* trece y en trece años hay un montón de tardes, pero me parece que nunca había visto una tan trasordinaria como esta.

—Sí, qué trasordinaria —dijo Mary, y suspiró de pura alegría—. Yo diría *ques* la tarde más trasordinaria *cabío nel* mundo.

—¿*Pué* ser... —dijo Colin con encantador cuidado— que *saya* puesto así por mí?

—¡Guayas! —gritó Mary con admiración—. He ahí un poquito de buen yorkshire. Y de primera clase, sí, de primera clase.

Y reinó la alegría.

Metieron la silla bajo el ciruelo que estaba blanco como la nieve, florecido y lleno de música de abejas. Era como el dosel de un rey, de un rey de las hadas. Había cerezos floreciendo junto a él y manzanos de capullos rosas y blancos. Y aquí y allá algunos habían explotado y estaban completamente abiertos. Entre las ramas florecidas del dosel, pequeños retazos de azul miraban hacia abajo como ojos maravillosos.

Mary y Dickon trabajaban un poquito aquí, un poquito allá y Colin los observaba. Le llevaban cosas para que las viera: capullos a punto de abrirse, capullos todavía muy cerrados, trozos de ramitas cuyas hojas empezaban a mostrar el verde, la pluma de un pájaro carpintero que se había caído en la hierba, la cáscara vacía de algún pájaro que había salido del nido antes de tiempo. Dickon empujó la silla muy despacio alrededor y alrededor del jardín, deteniéndose a cada momento para dejarle mirar las maravillas que brotaban de la tierra o colgaban de los árboles. Era como ir de viaje con pompa y boato por el país de un rey y una reina mágicos mientras le mostraban las misteriosas riquezas del lugar.

---

38 *Trasordinaria:* extraordinaria (desus.).

—Me pregunto si veremos al petirrojo —dijo Colin.

—Dentro de poco lo verás a menudo —respondió Dickon—. Cuando los huevos eclosionen, el muchachito estará tan *ocupao* que la cabeza le dará vueltas. Entonces lo verás ir y venir volando, llevando gusanos casi tan grandes como él mismo y con tanto ruido *nel* nido que, cuando llegue, se pondrá tan nervioso *capenas* sabrá en qué boca poner el primer trozo. Y bocas abiertas y *chillíos* por *tos* partes. Madre dice que cuando ve el esfuerzo *ca dacer* un petirrojo *pa* llenar *tos* los picos abiertos, siente *quella* en realidad *tié* poco trabajo. Dice *ca* visto el sudor que cae de la frente *destos* muchachitos, aunque las personas no *puén* verlo.

Esto les hizo reír tan alegremente que se vieron obligados a taparse la boca con las manos, recordando que no debían ser escuchados. Habían instruido a Colin en la ley de los susurros y la voz baja algunos días antes. A él le gustó lo misterioso que era y lo hizo lo mejor que pudo, pero en medio de la excitante algarabía es bastante difícil reírse sin dejar de susurrar.

Cada momento de la tarde estaba lleno de novedades y cada hora que pasaba el sol brillaba más y más dorado. La silla de ruedas había sido devuelta al lugar bajo el dosel y Dickon se había sentado en la hierba y acababa de sacar su flauta cuando Colin reparó en algo que no había notado antes.

—Ese de allí es un árbol muy viejo, ¿no? —dijo.

Dickon miró hacia el árbol situado entre la hierba y Mary miró también y hubo un momento de silencio.

—Sí —respondió Dickon, al rato, y su voz tenía un tono muy suave.

Mary miró el árbol y se quedó pensativa.

—Las ramas están muy grises y no tiene una sola hoja en ningún lado —siguió diciendo Colin—. Está completamente muerto, ¿no?

—Sí —admitió Dickon—. Pero las rosas *can trepao* por él lo han cubierto y taparán cada trocito de madera muerta cuando estén llenas de hojas y de flores. Entonces no parecerá muerto. Será el más hermoso de *tos*.

Mary seguía mirando pensativa el árbol.

—Parece como si una de las ramas grandes se hubiese roto —dijo Colin—. Me pregunto cómo habrá sido.

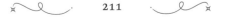

—Hace mucho que pasó —respondió Dickon—. ¡Ay! —saltó con repentino alivio mientras ponía la mano sobre Colin—. ¡Oja el petirrojo! *¡Allístá!* Ha *estao* buscando comida *pa* su compañera.

A punto estuvo Colin de perdérselo, pero pudo al menos distinguir la instantánea visión del pájaro de pecho rojo con algo en su pico. El petirrojo entró como un rayo en el verdor de su tupido rincón y desapareció. Colin volvió a recostarse en sus cojines, sonriendo ligeramente.

—Le lleva el té. Quizá son las cinco. A mí también me apetece algo de té.

Ya estaban a salvo.

—Ha sido la Magia la que ha mandado al petirrojo —le diría después Mary a Dickon en secreto—. Sé que ha sido la Magia. —Pues ambos, ella y Dickon, ya habían estado hablado con temor de que Colin pudiera preguntarles por el árbol cuya rama se había roto diez años atrás, y cuando lo hablaron Dickon se quedó quieto y se frotó la cabeza con preocupación.

—Deberíamos tratar el árbol como si fuese igual que los demás —había dicho Dickon—. No podemos contarle nunca cómo se rompió, pobre muchacho. Si nos pregunta, lo *caremos*... lo *caremos* será intentar mostrarnos alegres.

—Sí, eso es lo que haremos —fue la respuesta de Mary.

Pero Mary tenía la sensación de no haberse mostrado muy alegre cuando miró el árbol. Durante esos pocos segundos se preguntó una y otra vez si no habría algo de realidad en aquello otro que le había dicho Dickon. Mientras se frotaba con preocupación su cabeza rojiza y despeinada, una agradable y reconfortante mirada fue creciendo en sus ojos azules.

—La señora Craven fue una joven dama muy adorable —había dicho dubitativo—. Y madre cree *quella* muchas veces anda por Misselthwaite *pa* cuidar del señorito Colin, que es lo *cacen* las madres cuando abandonan este mundo. *Tién* que volver, ya sabes. Quizá ella ha *estao nel* jardín, y quizá fue ella la que hizo que nos pusiésemos a trabajar y nos dijo que lo trajésemos aquí.

Mary pensó que Dickon se refería a la Magia. Ella era una gran creyente de la Magia. Pensaba, en secreto, que Dickon hacía Magia, Magia buena, por supuesto, la hacía con todo lo que le rodeaba y por eso gustaba tanto a

la gente, y las criaturas salvajes sabían que era su amigo. Se preguntó, de hecho, si no sería precisamente este don el que había traído al petirrojo justo en el momento preciso, cuando Colin hizo la peligrosa pregunta. Sentía que la Magia había estado en funcionamiento toda la tarde, haciendo que Colin fuera un chico totalmente diferente. Parecía imposible que fuese la misma loca criatura que había gritado y golpeado y mordido su almohada. Hasta su marfileña blancura parecía estar cambiando. El débil brillo de color que habían mostrado su cara y su cuello y sus manos cuando entró en el jardín no se había desvanecido. Parecía hecho de carne, y no de marfil o de cera.

Vieron cómo el petirrojo le llevaba comida a su compañera dos o tres veces, y la estampa recordaba tanto al té de la tarde que Colin pensó que también ellos debían tomarlo.

—Ve y haz que uno de los sirvientes lleve un poco de té en una cesta al paseo de los rododendros —dijo—, y Dickon y tú podéis traerlo aquí.

Era una idea agradable, fácil de llevar a cabo, y extendieron el mantel blanco por el césped, pusieron té caliente y tostadas con mantequilla y bollos, y tomaron con avidez la deliciosa comida, y varios pájaros se detuvieron en mitad de sus recados, preguntándose qué estaba pasando allí y acabaron investigando las miguitas con gran actividad. Nuez y Cáscara desaparecieron de repente entre los árboles con trozos de pastel y Hollín se llevó hasta un rincón la mitad entera de un bollo con mantequilla, la examinó y le dio vueltas e hizo roncos comentarios hasta que decidió tragárselo todo alegremente de una vez.

La tarde se iba arrastrando hasta su hora más dulce. El sol iba intensificando el dorado de sus lanzas, las abejas se volvían a casa y los pájaros pasaban volando menos a menudo. Dickon y Mary estaban sentados en la hierba, la cesta del té recogida, lista para ser llevada de vuelta a la casa, y Colin se tumbaba sobre los cojines, con sus gruesos mechones apartados de la frente y un tono muy natural en su cara.

—No quiero que la tarde se acabe —dijo—. Pero volveré mañana y al día siguiente y al día siguiente y al día siguiente.

—Sí que vas a tomar aire fresco, ¿no? —dijo Mary.

—No voy a tomar nada más —respondió él—. Ahora he visto la primavera y veré el verano. Voy a ver cómo crece todo aquí. Yo mismo voy a crecer.

—Sí, vas a crecer —dijo Dickon—. No pasará mucho antes de *questés* aquí caminando y cavando como cualquiera.

El rostro de Colin se encendió completamente.

—¿Caminar? —dijo—. ¿Cavar? ¿Podré?

La mirada que le lanzó Dickon fue delicadamente cauta. Ni él ni Mary le habían preguntado si sus piernas tenían algún problema.

—*Pos* claro que sí —dijo rotundamente—. ¡*Tiés* piernas, como el resto de la gente!

Mary se asustó bastante hasta que escuchó la respuesta de Colin.

—En realidad no les pasa nada —dijo—. Pero están tan delgadas y débiles…, tiemblan tanto, que tengo miedo de ponerme de pie.

Ambos, Mary y Dickon, soltaron un suspiro de alivio.

—En cuanto dejes *destar asustao* te sostendrás sobre ellas —dijo Dickon con renovada alegría—. Y *mu* pronto dejarás *destar asustao*.

—¿Sí? —exclamó Colin, y se quedó callado, como si estuviera haciéndose preguntas.

En realidad, todos se quedaron muy callados durante un rato. El sol caía más bajo. Era esa hora en la que todo se tranquiliza, y ellos habían tenido una tarde muy ocupada y emocionante. Parecía que Colin descansaba suntuosamente. Hasta las criaturas habían dejado de moverse y se habían reunido y estaban cerca de ellos. Hollín se había posado en una rama baja sobre una de sus patas y dejaba caer el velo gris de sus ojos. Mary pensó que parecía que se iba a poner a roncar en cualquier momento.

En medio de esta tranquilidad fue muy desconcertante que Colin alzara un poco la cabeza y exclamara con un fuerte susurro de alarma:

—¿Quién es ese hombre?

Dickon y Mary se pusieron de pie de un salto.

—¿Hombre? —gritaron ambos rápidamente en voz baja. Colin señalaba el alto muro.

—¡Mirad! —susurró con excitación—. ¡Mirad!

Mary y Dickon se giraron y miraron. ¡Allí estaba el indignado rostro de Ben Weatherstaff observándolos por encima del muro con una escalera! Y estaba alzándole el puño a Mary.

—¡Si yo no fuese soltero y tú fueses mi moza —gritó—, te daría una paliza!

Subió otro peldaño amenazadoramente como si tuviera la vigorosa intención de saltar y vérselas con ella, pero en cuanto la niña se acercó, claro está que se lo pensó mejor y se quedó en el último peldaño de la escalera, agitando su puño en dirección a la niña.

—¡Nunca he *tenío* buena opinión de ti! —fue su arenga—. La primera vez que te puse el ojo encima no te pude soportar. Una pequeña raquítica y de cara *fermentá*, siempre haciendo preguntas y metiendo la nariz donde no te llaman. No sabía por qué te dio por mí. Si no hubiese sido por el petirrojo, maldito...

—Ben Weatherstaff —gritó Mary, recobrando el aliento. Se situó bajo él y lo llamó con una especie de grito sofocado—. ¡Ben Weatherstaff, el petirrojo fue quien me mostró el camino!

Entonces sí que pareció que Ben Weatherstaff iba a bajar adonde ella, así de indignado estaba.

—¡Pero qué malcaso!³⁹ —le regañó—. Culpar *desa* maldad a un petirrojo, ¡y no es *queste* no sea impertinente! Pero ¡que te mostró el camino...! ¡Él! ¡Ay, jovencita, jamás...! —ella notó que las siguientes palabras le brotaron como un estallido, pues le pudo la curiosidad—. Pero ¿cómo diablos has *entrao*?

—El petirrojo fue el que me mostró el camino —protestó ella con obstinación—. No sabía que lo estaba haciendo, pero lo hizo. Y no puedo contártelo desde aquí mientras me amenazas con el puño.

Y, de pronto, Ben Weatherstaff dejó de agitar su puño y casi se le desencajó la mandíbula al contemplar, por encima de la cabeza de la niña, eso que se acercaba hacia él sobre la hierba.

Colin se había sorprendido al principio al escuchar el torrente de palabras, tanto que lo único que pudo hacer fue quedarse sentado y escuchar

---

39 *Malcaso:* traición (desus.).

como embrujado. Pero en medio de la discusión, se repuso y se dirigió imperiosamente a Dickon.

—¡Llévame hacia allí! —ordenó—. ¡Acércame y déjame justo frente a él!

Y esto, anda, fue lo que hizo que Ben Weatherstaff se quedara mirando con la mandíbula descolgada. Una silla de ruedas, con lujosas telas y cojines, se acercaba hacia él, y parecía más bien una carroza real, pues era un joven rajá el que iba echado en ella con sus grandes ojos ribeteados de negro y una fina mano extendida altaneramente. Se detuvo justo bajo la nariz de Ben Weatherstaff. No era de extrañar que se le quedara la boca abierta.

—¿Sabes quién soy? —exigió el joven rajá.

¡Cómo lo miraba Ben Weatherstaff! Sus viejos ojos enrojecidos estaban fijos en lo que tenían delante como si estuviesen viendo un fantasma. Lo miró y lo miró y tragó saliva para deshacer el nudo que tenía en la garganta y no dijo palabra.

—¿Sabes quién soy? —exigió Colin todavía más imperiosamente—. ¡Responde!

Ben Weatherstaff se pasó la mano nervuda por los ojos y la frente, y después respondió con una extraña voz temblorosa.

—¿Quién eres? —dijo—. *Pos* sí, lo sé... Son los ojos de tu madre los que miran desde esa cara. Sabe Dios cómo has *llegao* aquí. Eres el pobre tullido.

Colin se olvidó de su propia espalda. Su cara se volvió de color escarlata, se incorporó al instante y se puso muy recto.

—¡No soy un tullido! —gritó con furia—. ¡No lo soy!

—¡No lo es! —gritó Mary casi derribando a voces el muro de fiera indignación—. ¡No tiene ni un bulto del tamaño de una chincheta! ¡Yo lo miré y vi que no había ninguno, ni uno solo!

Ben Weatherstaff se pasaba la mano por la frente una y otra vez y observaba al muchacho como si, por muchas miradas que le echase, no tuviera nunca bastante. Temblaba su mano y temblaba su boca y temblaba su voz. Era un anciano ignorante y un viejo sin tacto y solo podía recordar aquello que había escuchado.

—¿No *tiés* la espalda *concorvá?*[40] —dijo con voz ronca.

—¡No! —gritó Colin.

—¿No *tiés* las piernas *torcías?* —preguntó Ben Weatherstaff con voz temblorosa y aún más ronca.

Aquello fue demasiado. La fuerza que Colin arrojaba normalmente en sus berrinches fluyó a través de él de manera diferente. Nunca hasta ahora le habían acusado de tener las piernas torcidas (ni siquiera en susurros) y simplemente el hecho de que alguien pudiera pensarlo, tal como habían revelado las palabras de Ben Weatherstaff, era más de lo que la carne y la sangre del rajá podían soportar. Su rabia y orgullo herido le hicieron olvidarse de todo lo que no fuese este preciso momento, y se llenó de una energía que nunca antes había conocido, una fuerza casi sobrenatural.

—¡Ven aquí! —le gritó a Dickon y empezó a retirar las coberturas de sus miembros inferiores y a desliarse él mismo—. ¡Ven aquí! ¡Ven aquí! ¡Ya!

En un segundo, Dickon estaba junto a él. Mary contuvo el aliento en un grito ahogado y sintió que palidecía.

—¡Puede hacerlo! ¡Puede hacerlo! ¡Puede hacerlo! —se susurró atropelladamente, tan rápido como pudo.

Durante unos momentos hubo un alboroto feroz, las mantas se arrojaron al suelo, Dickon sostuvo a Colin del brazo, las delgadas piernas estaban ya fuera, los delgados pies en el suelo. Colin estaba de pie muy erguido, tan erguido como una flecha y parecía extrañamente alto, con su cabeza echada para atrás y sus extraños ojos relampagueando.

—¡Mírame! —le espetó a Ben Weatherstaff—. ¡Solo mírame, sí, tú! ¡Mírame!

—¡Está tan derecho como yo! —gritó Dickon—. Tan derecho como cualquier muchacho de Yorkshire.

A Mary le pareció que lo que hizo Ben Weatherstaff entonces fue inconmensurablemente extraño. El hombre se atragantó y tragó saliva, y de repente las lágrimas rodaron por sus mejillas dañadas por la intemperie mientras se retorcía sus viejas manos.

---

40 Concorvada: corcovada (desus.).

—¡Guayas! —explotó—. ¡La de mentiras que cuenta la gente! Estás tan *delgao* como un listón y tan blanco como un fantasma, pero no *tiés* ni un solo bulto. ¡*Tarás* un hombre! ¡Dios te bendiga!

Dickon sostuvo el brazo de Colin con fuerza, pero el chico no vaciló, permaneció derecho, muy derecho y miró a Ben Weatherstaff a los ojos.

—Soy tu señor cuando no está mi padre —dijo—. Y tienes que obedecerme. Este es mi jardín. ¡No te atrevas a decir una palabra al respecto! Baja de esa escalera y sal al Paseo Largo y la señorita Mary saldrá a tu encuentro y te traerá aquí. Quiero hablar contigo. No te queríamos aquí, pero ahora tendrás que formar parte del secreto. ¡Rápido!

La vieja cara malhumorada de Ben Weatherstaff estaba todavía húmeda con el extraño fluir de lágrimas. Parecía que no podía apartar los ojos del delgado y erguido Colin, de pie y con la cabeza echada para atrás.

—¡Ay, muchacho! —dijo casi en un susurro—. ¡Ay, mi muchacho! —Y entonces se acordó de repente de tocarse el sombrero de jardinero y dijo—: ¡Sí, señor! ¡Sí, señor! —y desapareció obedientemente escalera abajo.

Capítulo 22
CUANDO EL SOL SE PUSO

Cuando la cabeza de Ben Weatherstaff dejó de verse, Colin se volvió hacia Mary.

—Ve a su encuentro —dijo, y Mary salió volando por el césped hacia la puerta escondida bajo la hiedra.

Dickon lo observaba con ojos atentos. Tenía chapetas escarlatas y un aspecto magnífico, y además no daba muestras de venirse abajo.

—Puedo estar de pie —dijo, tenía todavía la cabeza alzada y lo dijo con un tono muy solemne.

—Te dije que podrías hacerlo tan pronto como dejases *destar asustao* —respondió Dickon—. Y ya has *dejao destarlo*.

—Sí, ya he dejado de estarlo —afirmó Colin.

Entonces recordó repentinamente algo que Mary había dicho.

—¿Estás haciendo Magia? —le preguntó bruscamente.

La boca curvada de Dickon se extendió en una alegre sonrisa.

—Tú eres el *questá* haciendo Magia —dijo—. Es la misma Magia *cacen* estos para salir fuera de la tierra —y tocó con sus gruesas botas un macizo de crocos en la hierba.

Colin los miró.

—Sí —dijo tranquilamente—. No puede haber mayor Magia que esta, no puede haberla.

Y se estiró, poniéndose más recto que nunca.

—Voy a caminar hacia ese árbol —dijo, señalando uno que estaba separado unos metros de él—. Estaré de pie cuando Ben Weatherstaff entre aquí. Puedo descansar si quiero apoyándome contra el árbol. Cuando quiera sentarme, me sentaré, pero no antes. Tráeme una manta de la silla.

Caminó hacia el árbol y aunque Dickon le sostenía del brazo, él iba maravillosamente estable. Cuando se apoyó en el tronco del árbol, este no era lo suficientemente liso como para poder asentarse en él, pero, con todo, se mantuvo tan recto que parecía incluso alto.

Cuando Ben Weatherstaff atravesó la puerta del muro, lo vio allí de pie y escuchó que Mary murmuraba algo en voz baja.

—¿*Questás* diciendo? —le preguntó bastante irritado porque no quería que su atención se distrajese de la alta y delgada figura del chico y de su orgulloso rostro.

Pero ella no se lo dijo. Lo que estaba diciendo era esto:

—¡Puedes hacerlo! ¡Puedes hacerlo! ¡Te dije que podías! ¡Puedes hacerlo! ¡Puedes hacerlo! ¡Tú puedes!

Se lo estaba diciendo a Colin porque quería hacer Magia y que se mantuviera de pie con aquel aspecto. No habría podido soportar que se diera por vencido delante de Ben Weatherstaff. No se dio por vencido. Se animó con la repentina sensación de que, pese a su delgadez, Colin estaba muy guapo. El niño fijó una divertida e imperiosa mirada en Ben Weatherstaff.

—¡Mírame! —ordenó—. ¡Examíname! ¿Soy un jorobado? ¿Tengo las piernas torcidas?

Ben Weatherstaff no se había repuesto del todo de la emoción, pero se había recuperado un poco y le respondió ya casi con su tono habitual.

—No, tú no —dijo—. *Na deso. ¿Cas estao* haciendo, escondiéndote y dejando que la gente pensara *queras* tullido e imbécil?

—¡Imbécil! —dijo Colin con enfado—. ¿Quién piensa eso?

—Muchos tontos —dijo Ben—. El mundo está lleno de burros que rebuznan, y no rebuznan más que mentiras. ¿Y *pa* qué te encerraste?

—Todo el mundo pensaba que me iba a morir —dijo Colin brevemente—. ¡Y no!

Y lo dijo con una decisión tal que Ben Weatherstaff lo miró de arriba abajo, y de abajo arriba.

—¡Morir tú! —dijo con seco júbilo—. *Na deso. Tiés* muchas agallas. Cuando vi que ponías las piernas *nel* suelo con tanta prisa, supe *questoy* en lo cierto. Siéntate *nuna* manta, joven señor, y dame tus órdenes.

Había en su comportamiento una extraña mezcla de hosca ternura e inteligente compresión. Mary le había soltado un discurso tan rápidamente como había podido mientras bajaban el Paseo Largo. Lo principal que tenía que recordar, le había dicho ella, era que Colin estaba poniéndose bien, poniéndose bien. El jardín lo estaba consiguiendo. Nadie debía recordarle lo de tener joroba y lo de morirse.

El rajá se dignó a sentarse en una manta bajo el árbol.

—¿Qué trabajo haces en los jardines, Weatherstaff? —preguntó.

—Cualquier cosa que me manden —respondió el viejo Ben—. Sigo aquí como un favor... porque yo le caía bien a ella.

—¿Ella? —dijo Colin.

—Tu madre —respondió Ben Weatherstaff.

—¿Mi madre? —dijo Colin, y miró a su alrededor en silencio—. Este era su jardín, ¿no es cierto?

—Sí, ¡lo era! —y Ben Weatherstaff miró también alrededor—. Ella le tenía mucho cariño.

—Ahora es mi jardín. Le tengo mucho cariño. Vendré cada día —anunció Colin—. Pero tiene que ser un secreto. Mis órdenes son que nadie debe saber que venimos aquí. Dickon y mi prima han estado trabajando y lo han devuelto a la vida. Algunas veces mandaré en tu busca para que ayudes..., pero debes venir cuando nadie te vea.

La cara de Ben Weatherstaff se torció hasta crear una seca y vieja sonrisa.

—*Ya venío* antes cuando nadie me veía —dijo él.

—¿Qué? —exclamó Colin—. ¿Cuándo?

—La última vez *questuve* aquí —dijo frotándose la barbilla y mirando en torno suyo— fue hace dos años.

—Pero ¡nadie ha entrado en diez años! —gritó Colin—. ¡No había puerta!

—Yo soy nadie —dijo el viejo Ben secamente—. Y no entraba por la puerta. Entré por el muro. El reúma *ma impedío* volver en los últimos dos años.

—¡Venías y podabas un poco! —gritó Dickon—. No me podía figurar cómo había *pasao*.

—Ella le tenía tanto cariño, ¡se lo tenía! —dijo Ben Weatherstaff despacio—. Y era una criaturita tan hermosa... Una vez me dijo: «Ben», lo dijo riéndose, «si alguna vez me enfermo o muero, *tiés* que cuidar de las rosas». Cuando ella murió, las órdenes fueron que nadie debía volver a acercarse aquí. Pero yo volví —dijo con gruñona obstinación—. Volví por el muro... Hasta *quel* reúma me detuvo... Y una vez al año trabajaba un poquito. Ella me lo había *ordenao* primero.

—No habría *estao* tan vivo si no lo hubieses hecho —dijo Dickon—. Ya decía yo.

—Me alegro de que lo hicieras, Weatherstaff —dijo Colin—. Sabrás cómo guardar el secreto.

—Sí, sabré, señor —respondió Ben—. Y *pa* un hombre con reúma será más fácil entrar por la puerta.

Mary había dejado su desplantador en la hierba junto al árbol. Colin alargó la mano y lo cogió. Una extraña expresión invadió su cara y se puso a escarbar la tierra. Su delgada mano era muy débil, pero de pronto, mientras lo miraban —Mary con intenso interés—, clavó el extremo del desplantador y removió un poco de tierra.

«¡Puedes hacerlo! ¡Puedes hacerlo! —se dijo Mary—. ¡Te digo que puedes!».

Los ojos redondeados de Dickon estaban llenos de ávida curiosidad, pero no dijo una palabra. Ben Weatherstaff lo miraba con rostro interesado.

Colin perseveró. Después de remover algunas paletadas de tierra, le habló exultante a Dickon, con su mejor acento de Yorkshire.

—Dijiste *questaría* caminando por aquí como cualquier otro muchacho, y dijiste *questaría* cavando. Pensé que me mentías *pa* complacerme. Este es solo el primer día y *ya caminao*, y *aquistoy* cavando.

A Ben Weatherstaff se le abrió de nuevo la boca cuando lo escuchó, pero terminó riéndose.

—¡Ay! —dijo—. Al oírte se *mace* que *tiés* luces de sobra. No se *pué* decir que no seas un muchacho de Yorkshire. Y sí *questás* cavando. ¿Te gustaría plantar alguna cosa? Puedo traerte una rosa *nuna* maceta.

—¡Ve y tráela! —ordenó Colin cavando con excitación—. ¡Rápido! ¡Rápido!

Y sí que se hizo rápido. Ben Weatherstaff se marchó olvidándose de su reúma. Dickon cogió su pala e hizo el agujero más hondo y más ancho de lo que podría haberlo hecho el nuevo cavador de delgadas manos blancas. Mary se escapó corriendo y trajo una regadera. Cuando Dickon había ahondado el agujero, Colin siguió removiendo la suave tierra una y otra vez. Encarnado y resplandeciente por el extraño nuevo ejercicio, por muy ligero que hubiese sido este, miró al cielo.

—Quiero hacerlo antes de que el sol se ponga... del todo —dijo.

Mary pensó que era posible que el sol se detuviera unos minutos con este propósito. Ben Weatherstaff trajo del invernadero la rosa en su maceta. Avanzó cojeando por el césped tan rápido como pudo. También había empezado a emocionarse. Se arrodilló junto al agujero y sacó la planta del tiesto.

—Aquí, mi muchacho —dijo, acercándole la planta a Colin—. Colócala en la tierra tú mesmo, como hace el rey cuando va a un nuevo lugar.

Las delgadas manos blancas temblaron un poco y el rubor de Colin aumentó mientras disponía la rosa en el mantillo y cuando la sostuvo a la vez que Ben afirmaba la tierra. La fijaron y presionaron hasta que quedó estable. Mary estaba echada hacia delante apoyada en manos y rodillas. Hollín había bajado volando y marchó hacia delante para ver lo que se estaba haciendo. Nuez y Cáscara charlaban del asunto desde un cerezo.

—¡Está plantada! —dijo Colin al fin—. Y el sol está empezando a escaparse por el horizonte. Ayúdame a levantarme, Dickon. Quiero estar de pie cuando se vaya. Forma parte de la Magia.

Y Dickon le ayudó, y la Magia (o lo que fuese) le dio tanta fuerza que cuando el sol al fin se escapó por el horizonte, y terminó la encantadora tarde, allí estaba él, sobre sus dos pies, riendo.

Capítulo 23
MAGIA

El doctor Craven llevaba algún tiempo esperando en la casa cuando regresaron. Había empezado a preguntarse si no sería sensato mandar a alguien a explorar los senderos del jardín. Cuando llevaron a Colin de vuelta a su habitación, el pobre hombre se puso a examinarlo con la mayor seriedad.

—No tendrías que haberte quedado tanto rato —dijo—. No debes hacer un esfuerzo excesivo.

—No estoy nada cansado —dijo Colin—. Me ha sentado bien. Mañana voy a salir por la mañana además de por la tarde.

—No estoy seguro de poder permitirlo —respondió el doctor Craven—. Me temo que no sería sensato.

—Lo insensato sería tratar de detenerme —dijo Colin muy serio—. Voy a ir.

La misma Mary se había dado cuenta de que una de las principales peculiaridades de Colin era que no se daba cuenta de que estaba hecho un pequeño grosero y un bruto con esa manera que tenía de intimidar a la gente. Había vivido en una especie de isla desierta toda su vida, donde él era el rey y había impuesto sus propios modales y no tenía con quién compararse. La verdad es que, en el pasado, Mary había sido muy parecida a él, pero desde

que estaba en Misselthwaite había empezado a descubrir gradualmente que esos modales no eran habituales ni populares. Habiendo hecho este descubrimiento, naturalmente, ella lo consideró de suficiente interés para comunicárselo a Colin. Así que se sentó y lo miró con curiosidad durante unos minutos después de que el doctor Craven se hubiese ido. Lo que quería era que él le preguntase qué hacía, cosa que, por supuesto, sucedió.

—¿Por qué me miras? —dijo él.

—Estoy pensando que me da pena el doctor Craven.

—A mí también —dijo Colin tranquilamente, no sin algo de satisfacción—. Ahora sí que no conseguirá Misselthwaite, ya que no me voy a morir.

—Por eso también me da pena, claro —dijo Mary—, pero pensaba que ha debido ser horrible mantener las formas durante diez años con un niño tan grosero. Yo no habría podido.

—¿Yo soy grosero? —preguntó Colin sin alterarse.

—Si fueras su hijo y él de los que dan guantadas —dijo Mary—, te habría dado una.

—Pero no se habría atrevido —dijo Colin.

—No, no se habría atrevido —respondió la señorita Mary, vertiendo sus pensamientos sin prejuicios—. Nadie se ha atrevido nunca a hacer nada que no te guste... Porque ibas a morir y cosas por el estilo. Eras una pobre criaturita.

—Pero —anunció Colin con convicción—, ya no seré más una pobre criaturita. No dejaré que piensen que lo soy. Esta mañana me puse de pie.

—Haberte salido siempre con la tuya es lo que te ha hecho ser tan raro —continuó Mary, pensando en voz alta.

Colin volvió la cabeza, con el ceño fruncido.

—¿Yo soy raro? —preguntó.

—Sí —respondió Mary—. Completamente. Pero no hace falta que te enfades —dijo con imparcialidad—, porque yo también soy rara, y también Ben Weatherstaff. Pero no soy tan rara como antes de que empezara a gustarme la gente y antes de descubrir el jardín.

—No quiero ser raro —dijo Colin—. No lo voy a ser —y de nuevo frunció el ceño con determinación.

Era un muchacho muy orgulloso. Se quedó pensativo un rato y luego Mary vio que surgía su maravillosa sonrisa y que la expresión de su rostro cambiaba gradualmente.

—Si voy todos los días al jardín dejaré de ser raro —dijo—. Allí dentro hay Magia, Magia buena, ya sabes, Mary. Estoy seguro de que la hay.

—Yo también —añadió Mary.

—Y si la Magia no es real —dijo Colin—, podemos fingir que sí lo es. ¡Hay *algo, algo*!

—Es Magia —dijo Mary—, solo que no es negra. Es tan blanca como la nieve.

Ellos siempre lo llamaban Magia y eso mismo pareció durante los meses que siguieron..., aquellos maravillosos meses, meses radiantes, asombrosos. ¡Oh, la de cosas que pasaron en el jardín! Si no has tenido nunca un jardín, no podrás entenderlo, y, si lo has tenido, sabrás que llevaría un libro entero describir todo lo que allí pasó. Al principio parecía que las verdes plantas nunca dejarían de abrirse camino a través de la tierra, la hierba, los parterres, incluso en las grietas de los muros. Después, empezaron a salir capullos y los capullos se desenrollaron y mostraron su color, cada tonalidad del azul, cada tonalidad del púrpura, cada matiz y tono del carmesí. En los buenos tiempos, las flores se habían apiñado en cada centímetro y en cada hueco y en cada rincón. Ben Weatherstaff lo había contemplado, así que arañó el mortero que había entre los ladrillos del muro y metió tierra en las hendiduras para que agarraran y crecieran hermosas plantas. Lirios y azucenas salían de la hierba en gavillas, y los verdes emparrados se llenaron de una multitud de flores azules y blancas, altas varas de *Delphinium* o columbinas o campanillas.

—Ella les tenía mucho cariño, se lo tenía —dijo Ben Weatherstaff—. Solía decir que le gustaban las que siempre apuntaban al cielo. Y no es que fuera de las que miran abajo con superioridad, ella no. Le encantaba, continuamente decía que el cielo azul siempre se veía feliz.

Las semillas plantadas por Dickon y Mary crecieron como si hubiesen cuidado de ellas las hadas. Amapolas satinadas de todos los colores danzaban a miles con la brisa, desafiando alegremente a las flores que llevaban años viviendo en el jardín y que, todo sea dicho, parecían preguntarse cómo era posible que hubiese entrado allí tanta gente nueva. Y las rosas... ¡las rosas! Alzándose en la hierba, enmarañadas en torno al reloj de sol, adornando el tronco de los árboles y colgando de sus ramas, escalando los muros y extendiéndose por ellos con largas guirnaldas que caían en cascada. Día a día, hora a hora, renacían. Hojas totalmente nuevas y capullos y capullos y capullos, diminutos al principio, pero cada vez más hinchados, realizando su Magia hasta que estallaban y se abrían como tazas de delicada esencia que se derramaba por los bordes y llenaba el aire del jardín.

Colin lo miraba todo, observando cada cambio. Cada mañana lo llevaban afuera y cada hora de cada día que no llovía lo pasaba dentro del jardín. Hasta los días grises le gustaban. Podía tumbarse en la hierba «viendo las plantas crecer», como él decía. Afirmaba que observando atentamente se podía ver cómo se desenvainaban los capullos. También podía uno descubrir insectos raros que iban de acá para allá con tareas extrañas, pero evidentemente importantes, portando algunas veces diminutos trozos de paja, o pluma o comida, o escalando briznas de hierba como quien escala un árbol desde cuya copa se puede otear el país. Un topo que construía un montículo en el extremo de su madriguera, y que finalmente consiguió salir gracias a las alargadas uñas de unas patas similares a manos élficas, cautivó su atención toda una mañana. El comportamiento de las hormigas, de los escarabajos, de las abejas, de las ranas, de los pájaros, de las plantas le ofrecieron un mundo nuevo que explorar, y cuando Dickon se lo explicaba y le explicaba además el comportamiento de los zorros, las nutrias, los hurones, las ardillas, las truchas, las ratas de río, los tejones... Las cosas sobre las que hablar y reflexionar no tenían fin.

Y esto no era ni la mitad de la Magia. Haber logrado ponerse de pie le había dado a Colin mucho que pensar, y cuando Mary le contó el conjuro que había realizado, el niño se emocionó y le pareció fenomenal. Hablaba de ello constantemente.

—Por supuesto que debe haber mucha Magia en el mundo —dijo sabiamente un día—, pero la gente no sabe qué forma tiene ni cómo fabricarla.

Quizá al principio sea suficiente con decir que van a pasar cosas agradables, hasta que haces que pasen. Voy a probar un experimento.

A la mañana siguiente cuando fueron al jardín secreto él mandó llamar en seguida a Ben Weatherstaff. Ben llegó tan deprisa como pudo y se encontró al rajá de pie junto a un árbol, con aspecto majestuoso pero también con una maravillosa sonrisa.

—Buenos días, Ben Weatherstaff —dijo—. Quiero que tú y Dickon y Mary os pongáis en fila y me escuchéis porque voy a deciros algo importante.

—¡A la orden, señor! —respondió Ben Weatherstaff, tocándose la frente. (Uno de los encantos secretos de Ben Weatherstaff era que una vez se había escapado al mar en su juventud y había viajado. Así que sabía hablar como un marinero).

—Voy a probar un experimento científico —explicó el rajá—. Cuando crezca pienso hacer grandes descubrimientos científicos, y empezaré ahora mismo con este.

—¡A la orden, señor! —dijo en seguida Ben Weatherstaff, aunque era la primera vez que oía hablar de grandes descubrimientos científicos.

También era la primera vez que Mary oía hablar de ellos, pero ya había empezado a darse cuenta de que, aunque Colin era un chico muy raro, lo cierto es que había leído muchas cosas singulares y resultaba de algún modo convincente. Cuando alzaba la cabeza y te miraba con sus extraños ojos, uno lo creía aun sin querer, y a pesar de que apenas tuviera diez años para once. Y en este momento resultaba especialmente convincente porque había tenido la fascinante idea de soltar una especie de discurso, como un adulto.

—Los grandes descubrimientos que haré —siguió diciendo—, versarán sobre la Magia. La Magia es una cosa grandiosa y casi nadie sabe nada al respecto, salvo unas cuantas personas en los libros antiguos, y un poquito Mary porque ella ha nacido en la India, de donde son los faquires. Creo que Dickon sabe algo de Magia, pero es posible que no se dé cuenta. Encanta animales y personas. Nunca le habría dejado que viniera a verme si no fuese un encantador de animales, que es lo mismo que ser encantador de niños, pues un niño es un animal. Estoy convencido de que hay Magia en todas las cosas,

solo que no tenemos la perspicacia de atraparla y conseguir que trabaje para nosotros..., como la electricidad, y los caballos y el vapor.

Aquello sonó tan impresionante que Ben Weatherstaff empezó a emocionarse y no lograba quedarse quieto.

—¡Sí, señor! —dijo, poniéndose más recto.

—Cuando Mary lo descubrió, este jardín parecía bastante muerto —prosiguió el orador—. Después algo se puso a empujar las plantas para que salieran de la tierra y brotaran de la nada. Un día no había plantas y al día siguiente sí. Yo no había reparado antes en las plantas y esto me hizo sentir mucha curiosidad. Las personas científicas son curiosas por naturaleza, y yo seré un científico. Siempre ando preguntándome: «¿Qué es eso? ¿Qué es eso? Ha de ser algo. ¡No puede ser nada!». No conozco otro nombre, así que lo llamaré Magia. Nunca he visto la salida del sol, pero Mary y Dickon sí la han visto y, por lo que me dicen, estoy seguro de que también es Magia. Hay algo que empuja y tira de él. Desde que estoy en el jardín, algunas veces he mirado al cielo y he tenido una extraña sensación de felicidad, como si alguien tirara y empujara de mi pecho, haciéndome respirar más rápido. La Magia está siempre empujando y tirando y haciendo que las cosas surjan de la nada. Todo está hecho de Magia, las hojas y los árboles, las flores y los pájaros, los tejones y los zorros y las ardillas y la gente. Así debe suceder con cuanto nos rodea. En este jardín, en todas partes. La Magia de este jardín me ha hecho ponerme de pie y saber que viviré lo suficiente para convertirme en hombre. Mi experimento científico será conseguir algo de Magia y ponerla dentro de mí y hacer que me empuje, y tire de mí y me haga fuerte. No sé cómo hacerlo, pero creo que si uno no deja de pensar en ella y de llamarla es posible que finalmente llegue. Quizá estos sean los primeros pasos para conseguirlo. Cuando intenté ponerme de pie por primera vez, Mary no dejó de repetir tan rápido como pudo: «¡Puedes hacerlo! ¡Puedes hacerlo!». Y lo hice. También yo tuve que poner de mi parte, claro, pero su Magia me ayudó... Y también la de Dickon. Cada mañana y cada tarde, y tan a menudo como pueda recordarlo a lo largo del día, diré: «¡La Magia está en mí! ¡La Magia me está curando! ¡Voy a ser tan fuerte como Dickon, tan fuerte como Dickon!». Y todos deberíais hacerlo también. Este es mi experimento. ¿Querrás ayudar, Ben Weatherstaff?

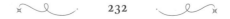

—¡A la orden, señor! —dijo Ben Weatherstaff—. ¡A la orden!

—Si lo haces todos los días con la misma regularidad con la que los soldados hacen instrucción, podremos ver qué pasa y descubrir si el experimento tiene éxito. Las cosas se aprenden diciéndolas una y otra vez hasta que se fijan para siempre en la mente, y creo que el camino de la Magia es el mismo. Si no dejas de pedir que venga y que te ayude, formará parte de ti y se quedará y logrará cosas.

—Un oficial de la India le dijo en una ocasión a mi madre que algunos faquires repiten y repiten las palabras hasta un millar de veces —dijo Mary.

—*Yo escuchao* a la mujer de Jem Fettleworth decirle la mesma cosa miles de veces, llamarlo Jem, bruto borracho —añadió Ben Weatherstaff secamente—. Y desde luego que sacó algo *deso*. Él le dio una buena paliza y se fue al León Azul y acabó como una cuba.

Colin juntó las cejas y pensó durante unos minutos. Después se animó.

—Bueno —dijo—. Ya has visto que algo salió de aquello. Ella usó la Magia incorrecta, hasta tal punto que él llegó a pegarle. Si hubiera usado la Magia adecuada y hubiera dicho algo bonito tal vez él no se hubiera emborrachado como una cuba y tal vez... tal vez le hubiera comprado una cofia nueva.

Ben Weatherstaff se rio, sus ojillos viejos brillaban con astuta admiración.

—Ya veo *custé* además de tener las piernas *mu* rectas es un tipo *mu* listo, señorito Colin —dijo—. La próxima vez que vea a Bess Fettleworth le daré alguna pista de lo que la Magia *pué* hacer por ella. Se extrañará y quedará *encantá* si el *insperimento sintífico* funciona, y Jem también.

Dickon había escuchado atentamente la conferencia, sus ojos redondos brillaban con curiosidad y alegría. Nuez y Cáscara estaban sobre sus hombros, y sostenía en su brazo un conejo blanco de largas orejas que acariciaba y acariciaba suavemente mientras el animal disfrutaba con sus orejas extendidas sobre la espalda.

—¿Crees que el experimento funcionará? —le preguntó Colin, curioso por saber la opinión de Dickon. Muy a menudo se preguntaba qué era lo que pensaba Dickon cuando lo miraba o miraba a una de sus criaturas con su sonrisa ancha y feliz.

También ahora sonreía, y su sonrisa era más amplia de lo normal.

—Sí —contestó—. Sí lo creo. Funcionará *mu* bien, como las semillas cuando el sol brilla sobre ellas. Con *to* seguridad, funcionará. ¿Empezamos ya?

Colin estaba encantado y Mary también. Impulsado por el recuerdo de los faquires y devotos de las ilustraciones, Colin sugirió que se sentaran todos con las piernas cruzadas, debajo de un árbol que formaba un dosel.

—Será como sentarse en una especie de templo —dijo Colin—. Estoy bastante cansado y me quiero sentar.

—¡Eh! —dijo Dickon—, no debes empezar diciendo *questás cansao*. *Pués* arruinar la Magia.

Colin volvió la mirada y miró sus inocentes ojos redondeados.

—Es verdad —añadió despacio—. Solo debo pensar en la Magia.

Todo resultó de lo más solemne y misterioso cuando se sentaron en círculo. Ben Weatherstaff tenía la sensación de que de alguna manera lo habían metido en un oratorio. Normalmente, él se mantenía todo lo alejado que podía de los oratorios pero tratándose de un asunto del rajá, no se lo tomó a mal y, de hecho, hasta sintió gratitud de que le hubieran pedido que asistiese. La señorita Mary se sentía solemnemente fascinada. Dickon sostenía el conejo en su brazo, y quizá hiciera alguna seña de encantador de animales que nadie captó, pues cuando se sentó y cruzó las piernas como el resto, el cuervo, el zorro, las ardillas y el cordero se fueron acercando lentamente y se integraron al círculo, acomodándose como por propia iniciativa.

—Han venido las criaturas —dijo Colin con gravedad—. Quieren ayudarnos.

Colin estaba verdaderamente guapo, pensó Mary. Sostenía su cabeza en alto como si creyera ser una especie de cura y sus extraños ojos tenían una mirada maravillosa. La luz brillaba sobre él a través del dosel del árbol.

—Empecemos —dijo—. ¿Nos balanceamos atrás y adelante, como si fuésemos derviches, Mary?

—Yo no me puedo balancear *palante y patrás* —replicó Ben Weatherstaff—. Tengo reúma.

—La Magia te lo quitará —dijo Colin con el tono de un alto sacerdote—, pero no nos balancearemos hasta que eso pase. Por ahora solo entonaremos un canto.

—Yo no puedo entonar *na* —dijo Ben Weatherstaff un poquito exasperado—. *Mecharon* del coro de la iglesia la primera vez que lo intenté.

Nadie se rio. Todos estaban demasiado serios. Pero ninguna sombra oscureció el rostro de Colin. Solo pensaba en la Magia.

—Entonces cantaré yo —dijo. Y empezó, parecía un extraño espíritu infantil—: El sol brilla, el sol brilla. Esta es la Magia. Las flores crecen. Las raíces se mueven. Esta es la Magia. Estar vivo es la Magia. Ser fuerte es la Magia. La Magia está en mí. La Magia está en mí. Está en mí. Está en mí. Está en cada uno de nosotros. Está en la espalda de Ben Weatherstaff. ¡Magia! ¡Magia! ¡Ven y ayúdanos!

Lo dijo muchísimas veces, no mil, pero un número bastante considerable de veces. Mary escuchaba hechizada. Sentía que aquello era a la vez raro y hermoso, y quería que siguiera y siguiera. Ben Weatherstaff empezó a relajarse y fue cayendo en un agradable sueño. El zumbido de las abejas sobre las flores mezclado con aquella voz cantarina lo amodorró hasta que le invadió el sopor. Dickon estaba sentado con las piernas cruzadas y tenía el conejo dormido en su brazo y una mano descansando en la espalda del cordero. Hollín apartó a una ardilla y se acurrucó en el hombro de Dickon, el velo gris cayó sobre sus ojos. Finalmente, Colin se detuvo.

—Ahora caminaré alrededor del jardín —anunció.

La cabeza de Ben Weatherstaff acababa de caerse hacia adelante y el hombre la alzó con una sacudida.

—Te has quedado dormido —dijo Colin.

—*Na deso* —murmuró Ben—. El sermón era *mu* bueno. Pero tengo *quirme* antes de la colecta.

Todavía no estaba muy despierto.

—No estás en la iglesia —dijo Colin.

—No, yo no —dijo Ben, estirándose—. ¿Quién ha dicho que lo estuviera? Lo he *escuchao to*. Dijiste que la Magia estaba en mi espalda. El doctor lo llama reúma.

El rajá hizo un movimiento con la mano.

—Esa no era la Magia correcta —dijo—. Te pondrás mejor. Tienes mi permiso para regresar al trabajo. Pero vuelve mañana.

—Me gustaría verte pasear alrededor del jardín —gruñó Ben.

No era un gruñido huraño, pero era un gruñido. De hecho, aunque era un viejo cabezota y no tenía mucha fe en la Magia, había decidido que, si lo echaban, se subiría a la escalera y miraría por encima del muro, listo para volver renqueando si algo se torcía.

El rajá no puso objeciones a que se quedara y se formó la procesión. Parecía verdaderamente una procesión. Colin iba a la cabeza con Dickon a un lado y Mary al otro. Ben Weatherstaff caminaba detrás, y las criaturas le iban a la zaga, el cordero y la cría de zorro cerca de Dickon, el conejo blanco brincando o parándose a mordisquear algo, y Hollín los seguía con la solemnidad del que se siente al cargo.

La procesión avanzaba despacio pero con dignidad. Cada pocos metros se detenían a descansar. Colin se apoyaba en el brazo de Dickon y Ben mantenía en secreto una atenta vigilancia, pero de vez en cuando Colin se soltaba de su apoyo y daba algunos pasos por sí solo. Su cabeza permanecía erguida todo el tiempo y el niño tenía un aspecto muy distinguido.

—¡La Magia está en mí! —seguía diciendo—. ¡La Magia me fortalece! ¡Puedo sentirlo! ¡Puedo sentirlo!

Realmente parecía que algo lo alzaba y sujetaba. Buscó asiento en los emparrados, y una o dos veces se sentó en la hierba y otras se detuvo en el camino y se apoyó en Dickon, pero no se dio por vencido hasta que le hubo dado la vuelta al jardín. Cuando regresó al dosel del árbol, sus mejillas estaban encendidas y se veía triunfante.

—¡Lo hice! ¡La Magia ha funcionado! —gritó—. Este es mi primer descubrimiento científico.

—¿Qué dirá el doctor Craven? —espetó Mary.

—No dirá nada —respondió Colin—, porque no le diremos nada. Este ha de ser el secreto más grande de todos. Nadie debe saber nada hasta que yo me haya hecho tan fuerte que pueda caminar y correr como cualquier otro niño. Vendré aquí cada mañana en mi silla y regresaré en ella. No

quiero que la gente se ponga a susurrar y a hacer preguntas y no dejaré que mi padre sepa nada de esto hasta que el experimento haya sido un éxito total. Entonces, en algún momento, cuando vuelva a Misselthwaite entraré caminando en su estudio y diré: «Aquí estoy; soy como cualquier otro niño. Estoy muy bien y viviré para convertirme en un hombre. Esto ha sucedido gracias a un experimento científico».

—Creerá que está soñando —exclamó Mary—. No dará crédito a sus ojos.

Colin se ruborizó triunfante. Se había convencido de que se pondría bien, y si lo hubiese pensado se habría dado cuenta de que eso era ya media victoria. Y lo que más lo estimulaba era imaginar que su padre viera que tenía un hijo fuerte y derecho como los hijos de los otros padres. En aquellos malsanos y mórbidos días del pasado, uno de sus mayores sufrimientos había sido saberse un ser débil de espalda enferma, cuyo propio padre tiene miedo de mirar.

—No tendrá más remedio que creerme —dijo—. Una de las cosas que haré, una vez que funcione la Magia y antes de dedicarme a los descubrimientos científicos, es convertirme en atleta.

—En una semana o así habrá que llevarte a boxear —dijo Ben Weatherstaff—. Y *tacabarás* ganando el cinturón y siendo el campeón de boxeo de Inglaterra.

Colin fijó los ojos en él con dureza.

—Weatherstaff —dijo—, eso no ha sido respetuoso. No debes tomarte libertades porque formes parte del secreto. Por mucho que funcione la Magia no seré un campeón de boxeo. Seré un descubridor científico.

—Le pido perdón, le pido perdón, señor —respondió Ben, tocándose la frente a modo de saludo—. Debería haber *comprendío* que no es un tema *pa* bromear —pero sus ojos brillaban, y en secreto estaba inmensamente complacido. En realidad no le importaba el desaire si era una muestra de que el muchacho estaba ganando fuerza y ánimo.

Capítulo 24
DÉJELOS QUE RÍAN

El jardín secreto no era el único en el que trabajaba Dickon. Alrededor de la casita del páramo había un trozo de tierra cercado por un pequeño muro de rudas piedras. Temprano por la mañana, y tarde, con las últimas luces del atardecer, así como todos los días que Colin y Mary no lo veían, Dickon trabajaba allí plantando y cuidando patatas y repollos y nabos y zanahorias y hierbas para su madre. Hacía maravillas en compañía de sus «criaturas» y, por lo visto, nunca se cansaba de hacerlas. Mientras cavaba y desherbaba, Dickon silbaba o cantaba trocitos de canciones del páramo de Yorkshire o hablaba con Hollín o Capitán o con los hermanos y hermanas a los que había enseñado cómo ayudarle.

—No viviríamos tan cómodamente —dijo la señora Sowerby— si no fuese por la huerta de Dickon. Logra que *to* crezca. Sus patatas y repollos son el doble de grandes que los de cualquiera y *tién* un sabor único.

Siempre que tenía un momento libre, a ella le gustaba salir y hablar con su hijo. Al atardecer, después de la cena, quedaba aún luz suficiente para trabajar en el huerto y aquel era el momento de descanso de la señora Sowerby. Se sentaba en el rústico murete y observaba y escuchaba las historias del día. A ella le encantaban estos momentos. En la huerta no había

solo verduras. Dickon había ido comprando paquetes de semillas de flores de a penique y había sembrado lustrosas plantas de olor dulce entre los arbustos de grosellas o incluso entre los repollos. Y cultivaba parterres de resedas, claveles, pensamientos y otras plantas cuyas semillas podía guardar año tras año o cuyas raíces florecían cada primavera, extendiéndose en hermosos macizos cuando llegaba el momento. Este muro bajo era una de las cosas más bonitas que se podían ver en Yorkshire porque allí crecían apretadas dedaleras del páramo, palomilla de muros, y flores de setos vivos en cada grieta, hasta el punto de que raramente se veían retazos de piedras.

—To lo *cay cacer pa* que florezcan bien, madre —decía él—, es ser de veras su amigo. También son criaturas. Si *tién* sed, se les da agua y si *tién* hambre, se les da un poquito de comida. Igual que nosotros, *quién* vivir. Si murieran, sentiría que no *me portao* bien, que *dalgún* modo he sido *despiadao* con ellas.

Fue en aquellos momentos al atardecer en los que la señora Sowerby escuchó todo lo que había pasado en la mansión Misselthwaite. Al principio solo supo que el «señorito Colin» se había aficionado a salir al campo con la señorita Mary y que eso le estaba haciendo mucho bien. Pero no pasó demasiado tiempo hasta que los dos niños convinieron que la madre de Dickon debía «entrar en el secreto». No tenían dudas de que ella fuera «verdaderamente fiable».

Así que una tarde maravillosa y tranquila, Dickon le contó la historia completa, con todo el suspense de la llave enterrada y el petirrojo y el velo gris que parecía muerto y el secreto que la señorita Mary había planeado no revelar nunca. La llegada posterior de Dickon y cómo esta se lo había contado todo, la incertidumbre del señorito Colin y el drama final de su iniciación en el dominio oculto, combinado con el incidente del rostro enfadado de Ben Weatherstaff por encima del muro y la repentina fuerza del indignado señorito Colin hicieron que el agradable rostro de la señora Sowerby cambiara varias veces de color.

—¡Válgame! —dijo ella—. Fue bueno *quesa* muchachita llegara a la mansión. Ha sido bueno *pa* ella y, *pa* él, la salvación. ¡De pie! Y *tos* nosotros pensando *quera* un pobre *retardao* sin ningún hueso sano.

Le hizo muchas preguntas y sus ojos azules estaban repletos de hondos pensamientos.

—¿Cómo explican en la mansión *questé* tan bien y tan alegre y no se queje nunca? —inquirió ella.

—No saben qué explicación darle —respondió Dickon—. Cada día que pasa, su rostro *tié* un aspecto distinto, está más gordito, no parece tan *afilao* y ese color de cera se le está yendo. Pero *tié* que quejarse de vez en cuando —dijo con una gran sonrisa que mostraba cuánto le divertía.

—¿Por qué, por amor de Dios? —preguntó la señora Sowerby.

Dickon se echó a reír.

—*Pa* evitar *cadivinen* lo *questá* pasando. Si el doctor supiera que *pué* ponerse de pie, probablemente escribiría al señor Craven. El señorito Colin guarda el secreto *pa* contárselo en persona. Practicará la Magia a diario en sus piernas hasta que vuelva su padre, y entonces marchará hasta su habitación *pa* mostrarle *questá* tan recto como los demás muchachos. La señorita Mary y él piensan que lo mejor es soltar algún gruñido y ponerse nervioso de vez en cuando *pa* despistar.

—¡Ay! —dijo ella—. Ese par se lo está pasando en grande, no hay duda. Tendrán *cacer* mucho teatro, y no hay *na* que les guste más a los niños. Anda, Dickon, cuéntame lo *cacen*.

Dickon dejó de quitar hierbas y se sentó sobre los talones para contárselo. Sus ojos brillaban de diversión.

—El señorito Colin es *transportao* en la silla siempre que sale —explicó—. Y arremete contra John, el lacayo, por no llevarlo suficientemente bien. Se muestra desvalido como si no pudiera ni siquiera alzar la cabeza hasta que los de la casa ya no *puén* vernos. Y gruñe y se pone nervioso cuando lo colocan en la silla. La señorita Mary y él se lo pasan en grande, y cuando él gruñe y se queja ella dice: «¡Pobre Colin! ¿Tanto te duele? ¿Tan débil estás? ¡Pobre Colin!». El problema es *ca* veces apenas *puén* evitar las risas. Cuando ya estamos a salvo *nel* jardín, se ríen hasta que se quedan sin aliento. Y *tién* que meter la cara en los cojines del señorito Colin *pa* que, si hay algún jardinero en los alrededores, no los oiga.

—¡Cuanto más rían, mejor! —dijo la señora Sowerby, riéndose también—. *Pa* los niños, una buena risa es más saludable que las melecinas cualquier día del año. Ya verás cómo van a engordar esos dos.

—Ya están engordando —dijo Dickon—. Están tan hambrientos que no saben cómo comer lo suficiente sin dar que hablar. El señorito Colin dice que si sigue pidiendo que manden tanta comida, nadie se creerá *ques* un inválido. La señorita Mary dice que le dejará comer su parte, pero él dice que si ella pasa hambre se quedará *delgá*, y amos necesitan engordar.

La señora Sowerby se rio con tantas ganas al saber de aquella dificultad que se mecía hacia adelante y hacia atrás dentro de su capa azul, y Dickon se reía con ella.

—Te diré qué, muchacho —dijo la señora Sowerby cuando al fin pudo hablar—. Se *ma ocurrío* una manera *dayudarles*. Cuando vayas con ellos por la mañana, les llevarás un cubo de buena leche fresca y les hornearé un crujiente pan de molde casero o algunos panecillos con pasas como los que tanto os gustan a vosotros. *Nay na* tan bueno como la leche fresca y el pan. Así se quitarán el hambre más fuerte y después con la buena comida de la mansión terminarán de llenarse la tripa.

—¡Ay, madre! —dijo Dickon con admiración—. ¡Qué maravillosa eres! ¡Siempre encuentras la manera de solucionarlo *to*! ¡Ayer tenían un lío...! No sabían cómo apañárselas sin pedir más comida, se sentían *mu* vacíos por dentro.

—Son dos jóvenes que crecen rápido y empiezan a estar saludables. Los niños así son como pequeños lobos y la comida es vida *pa* ellos —dijo la señora Sowerby. Después sonrió con la misma sonrisa curvada de Dickon—. ¡Sí que lo están pasando bien, vaya que sí! —dijo.

Aquella reconfortante y maravillosa criatura materna tenía toda la razón, y nunca tanta como cuando dijo eso de que «hacer teatro» sería la alegría de los niños. Para Colin y Mary, esta era una de sus más emocionantes fuentes de entretenimiento. La idea de protegerse de las sospechas había sido sugerida inconscientemente primero por la desconcertada enfermera y después por el mismísimo doctor Craven.

—Su apetito está mejorando mucho, señorito Colin —dijo la enfermera un día—. Antes no solía comer nada, y había muchas cosas que no le gustaban.

—Ahora nada me disgusta —respondió Colin y, después, al ver que la enfermera lo miraba con curiosidad, recordó de repente que quizá no debía mostrarse aún tan saludable—. Al menos las cosas ya no me desagradan tanto. Es el aire fresco.

—Quizá —dijo la enfermera, mirándolo todavía con expresión perpleja—. Pero debo hablar con el doctor Craven de esto.

—¡Cómo te miraba! —dijo Mary cuando se fue—. Como si pensara que aquí había algo que investigar.

—No dejaré que investigue nada —dijo Colin—. Nadie debe averiguarlo todavía.

Cuando el doctor Craven llegó aquella mañana también parecía desconcertado. Le hizo un buen número de preguntas, para enfado de Colin.

—Te quedas mucho tiempo en el jardín —recordó—. ¿Dónde vas?

Colin respondió con su tono favorito de digna indiferencia a la opinión de los demás.

—No dejaré que nadie sepa dónde voy —respondió—. Voy a un lugar que me gusta. Todos tienen órdenes de no entrometerse. No quiero que me vigilen y me observen. ¡Ya lo sabes!

—Parece que estás fuera todo el día, pero no veo que te haga ningún daño. No, no lo creo. La enfermera dice que comes mucho más de lo que comías antes.

—Quizá... —dijo Colin, empujado por una repentina inspiración—, quizá sea un apetito antinatural.

—No lo creo, pues parece que la comida te está sentando bien —afirmó el doctor Craven—. Estás ganando peso rápidamente y tienes mejor color.

—Quizá... quizá estoy hinchado y febril —añadió Colin asumiendo un aire de derrota—. A menudo, la gente que no va a vivir mucho es... diferente.

El doctor Craven agitó la cabeza. Sostenía la muñeca de Colin y le levantó la manga y le tocó el brazo.

—No estás febril —dijo pensativamente—, y ese peso que has ganado es saludable. Si puedes seguir así, hijo mío, no hará falta que hablemos de morir. A tu padre le hará muy feliz oír hablar de esta destacada mejoría.

—¡No quiero que se le diga nada! —estalló Colin ferozmente—. Solo conseguiría desilusionarlo si empeoro de nuevo. Y podría ponerme peor esta misma noche. Podría tener una fiebre altísima. Siento que estoy empezando a tenerla. No quiero que le escribas ninguna carta a mi padre. No quiero... ¡No! Me estás haciendo enfadar y sabes que es malo para mí. Ya siento calentura. ¡Odio que le escriban y le hablen de mí tanto como odio que me miren!

—¡Cálmate, hijo mío! —le tranquilizó el doctor Craven—. No escribiremos nada sin tu permiso. Eres demasiado sensible. No debes desandar todo lo bueno que te ha pasado.

No dijo nada más de escribir al señor Craven y cuando vio a la enfermera le advirtió en privado que tal posibilidad no se le debía mencionar al paciente.

—El chico está extraordinariamente mejor —dijo el doctor—. Sus avances parecen casi fuera de lo normal. Pero, obviamente, está haciendo por propia voluntad lo que nosotros no pudimos conseguir antes. Aun así, se excita demasiado deprisa y no se le debe decir nada que lo irrite.

Después de esto, Mary y Colin se alarmaron mucho y se pusieron a hablar muy nerviosos. De aquel momento data su plan de «hacer teatro».

—Puede que me vea obligado a tener un berrinche —dijo Colin con pesar—. No quiero tener ninguno y no estoy lo suficientemente triste para que me salga uno grande. Quizá ni siquiera pueda tener uno pequeño. Ya no me viene ese nudo a la garganta y ando pensando todo el tiempo en cosas bonitas en lugar de en cosas horribles. Pero si hablan de escribir a mi padre, algo tendré que hacer.

Tomó la decisión de comer menos, pero desafortunadamente no era posible llevar a cabo tan brillante idea cuando se despertaba cada mañana con un apetito sorprendente y la mesa que había junto al sofá estaba dispuesta con un desayuno de pan casero y mantequilla fresca, huevos blancos como la nieve, mermelada de frambuesa y leche cuajada. Mary desayunaba

siempre con él y cuando se encontraban a la mesa, particularmente si las delicadas lonchas de jamón crujiente mandaban su tentador aroma desde debajo de la caliente tapa de plata, se miraban a los ojos con desesperación.

—Creo que tendremos que comérnoslo todo esta mañana, Mary —terminaba siempre por decir Colin—. Podemos dejar algo del almuerzo y gran parte de la cena.

Pero, al final, siempre descubrían que no podían dejar nada, y cuando devolvían los platos relucientes a la trascocina, estos levantaban muchos comentarios.

—Desearía —decía Colin—, desearía que las lonchas de jamón fueran más gordas, y una magdalena por cabeza no es suficiente para nadie.

—Para una persona que va a morir es suficiente —respondió Mary cuando escuchó aquello—, pero no es suficiente para una persona que va a vivir. A veces siento que podría comerme hasta tres cuando llegan por la ventana abierta los olores frescos y agradables del brezo y el tojo desde el páramo.

Hubo un derroche de sorpresa y alegría la mañana que Dickon, después de que se lo hubieran pasado muy bien en el jardín durante dos horas, fue detrás de un rosal y sacó dos cubos de hojalata y reveló que uno estaba lleno de rica leche fresca, cubierta de nata por encima, y el otro contenía panecillos de pasas caseros envueltos en un impecable paño azul y blanco, tan cuidadosamente que aún estaban calientes. ¡Qué idea tan maravillosa había tenido la señora Sowerby! ¡Qué mujer tan amable y lista debía ser! ¡Qué buenos estaban los panecillos! ¡Y qué deliciosa la leche fresca!

—La Magia está en ella igual que está en Dickon —dijo Colin—. Le inspira a hacer cosas... cosas agradables. Es una persona mágica. Dile que estamos agradecidos, Dickon, extremadamente agradecidos.

Algunas veces era dado a usar frases muy de adulto. Las disfrutaba mucho. Tanto le gustaba que cada vez se le daba mejor.

—Dile que ha sido de lo más munificente y que nuestra gratitud es extrema.

Y después, olvidando su pomposidad, se lanzó a los panecillos y se hinchó de ellos y bebió la leche del cubo con copiosos tragos como haría cualquier niño hambriento que hubiese estado haciendo más ejercicio de lo

normal y respirando el aire del páramo, y que hubiera desayunado hacía ya más de dos horas.

Este fue el primero de otros muchos incidentes agradables del mismo tipo. Y se dieron cuenta de que la señora Sowerby tenía que proveer de comida a catorce personas y tal vez no tuviera suficiente para satisfacer dos apetitos más cada día. Así que le pidieron permiso para enviarle algunos de sus chelines para que comprara cosas.

Dickon hizo el estimulante descubrimiento de que en el bosque, justo en el parque del exterior del jardín, allí donde Mary lo había visto por primera vez cuando tocaba la flauta para las criaturas salvajes, había un agujero pequeño y profundo donde se podía construir una especie de horno con piedras y asar patatas y huevos. Los huevos asados eran un lujo que desconocían y las patatas muy calientes con sal y mantequilla fresca eran dignas de un rey de los bosques, además, lo dejaban a uno deliciosamente lleno. Podían comprar patatas y huevos y comer tanto como quisieran sin sentir que les quitaban la comida de la boca a catorce personas.

Cada una de aquellas hermosas mañanas ponían en práctica la Magia en el círculo místico bajo el ciruelo, que proveía un dosel de anchas hojas verdes ahora que su breve periodo de floración había terminado. Tras la ceremonia, Colin siempre hacía su ejercicio de caminar, y a lo largo del día ejercitaba a intervalos su nuevo poder. Cada día se hacía más fuerte y podía caminar con más estabilidad y cubrir un territorio mayor. Y cada día su creencia en la Magia era también más fuerte, y con razón. Conforme sentía que iba ganando fuerzas puso en marcha un experimento detrás de otro, y fue Dickon el que le enseñó lo mejor de todo.

—Ayer —dijo una mañana después de haber estado ausente—, madre *menvió* a Thwaite y vi a Bob Haworth cerca de la Posada de la Vaca Azul. Es el tipo más fuerte del páramo. Es el campeón de lucha y *pué* saltar más alto que ningún otro y arrojar el martillo más lejos. Lleva varios años yendo a Escocia a los campeonatos deportivos. Él me conoce desde pequeño y es *mu* simpático, y le hice algunas preguntas. La gente importante le llama atleta y *macordé* de ti, señorito Colin, y le dije: «¿Cómo hiciste *pa* que esos músculos te sobresalieran así, Bob? ¿Hiciste algo especial *pacerte* tan fuerte?». Y él dijo: «Sí, muchacho, lo hice. Un forzudo *dun* espectáculo que vino a Thwaite una vez me enseñó cómo ejercitar mis brazos y piernas y cada músculo de mi cuerpo». Y yo le dije: «¿Podría un chico débil volverse más fuerte gracias a ellos, Bob?», y él se rio y dijo: «¿Eres tú el chico débil?», y yo le dije: «No, pero conozco a un joven caballero *questá* recuperándose *duna* larga enfermedad y me gustaría conocer algunos trucos *pa* contárselos». No dije nombres y él no los preguntó. Es tan simpático como ya os he dicho, así que pasó un rato conmigo y *menseñó* amablemente cómo hacerlos, y yo los he *repetío* hasta aprenderlos de memoria.

Colin había estado escuchando emocionado.

—¿Puedes enseñarme? —gritó—. ¿Lo harás?

—Sí, claro que sí —respondió Dickon, levantándose—. Pero dice *cay cacerlos* suavemente al principio y tener *cuidao* de no cansarse. Descansa entre ejercicios y toma grandes *bocanás* de aire y no te excedas.

—Tendré cuidado —dijo Colin—. ¡Enséñame, enséñame! Dickon, eres el niño más mágico del mundo.

Dickon se puso de pie sobre la hierba, y lenta y meticulosamente realizó una serie práctica y sencilla de ejercicios musculares. Colin los observó con ojos muy abiertos. Algunos de ellos los pudo hacer mientras estaba sentado. Más tarde, cuando se incorporó, hizo otros suavemente sobre sus pies ya firmes. Mary empezó a hacerlos también. Hollín, que miraba el espectáculo, empezó a alterarse y dejó su rama y saltó alrededor de los niños sin descanso porque no podía hacerlos.

Desde aquel momento, los ejercicios fueron parte de las obligaciones del día, tanto como lo era la Magia. Colin y Mary conseguían hacer más y más ejercicios cada vez, y aquello dio como resultado unos apetitos que de no ser por la cesta que Dickon ponía tras el arbusto cada mañana al llegar, habrían estado perdidos. Pero el pequeño horno en la oquedad y la munificencia de la señora Sowerby les daban tantas satisfacciones que la señora Medlock y la enfermera y el doctor Craven volvieron a estar desconcertados. Puede uno escamotear el desayuno y desdeñar la cena si se está hasta arriba de huevos asados y patatas y riquísima y espumosa leche fresca y pasteles de avena y panecillos y miel de brezo y crema cuajada.

—No están comiendo nada —dijo la enfermera—. Morirán de inanición si no se les convence de que tomen algo de alimento. Y con todo, qué aspecto tienen.

—¡Vaya! —exclamó la señora Medlock indignada—. Estoy espantosamente molesta con ellos. ¡Ay, son un par de satanes! Un día estallan sus chaquetas y al otro desdeñan la mejor comida con la que los tienta la cocinera. Ni un bocado de ese adorable pollo, ni el tenedor metieron en la salsa de pan. Y la pobre mujer *inventó* un pudin para ellos, y lo mandaron de vuelta. Casi se pone a llorar. Tiene miedo de que le echen la culpa a ella si los niños se mueren de hambre.

Entonces llegó el doctor Craven y examinó larga y cuidadosamente a Colin. Tenía una expresión de extrema preocupación cuando la enfermera habló con él y le mostró la bandeja con el desayuno casi intacto que había guardado para que él la viera. Pero se mostró aún más preocupado cuando se sentó en el sofá con Colin y lo examinó. Le habían llamado de Londres por negocios y hacía unas dos semanas que no veía al chico. Cuando los pequeños empiezan a ganar salud, lo hacen rápidamente. El matiz céreo de la piel de Colin lo había abandonado y en su lugar se mostraba ahora un rosa cálido; sus hermosos ojos estaban luminosos y los huecos que había antes bajo ellos y en sus mejillas y sienes se habían rellenado. Aquellos mechones, una vez oscuros y pesados, parecía que empezaban a salir de su frente saludablemente y se veían suaves y llenos de vida. Sus labios estaban más carnosos y de un color normal. De hecho, como imitación de un niño inválido declarado, era una imagen lamentable. El doctor Craven se llevó la mano a la barbilla y se puso a cavilar.

—Siento mucho escuchar que no comes nada —dijo—. Eso no puede ser. Perderás todo lo que has ganado... Y has ganado mucho, sorprendentemente. Hace poco comías muy bien.

—Te dije que era un apetito antinatural —respondió Colin.

Mary estaba sentada cerca en su escabel y repentinamente hizo un sonido muy raro que intentó reprimir con tanta violencia que casi acaba por ahogarse.

—¿Qué pasa? —dijo el doctor Craven, volviéndose hacia ella.

Mary se puso muy seria, en su estilo.

—Ha sido algo entre un estornudo y una tos —dijo muy digna con tono de reproche—. Y se me ha ido por la garganta.

Más tarde le diría a Colin: «Pero es que no pude contenerme. Estallé porque no dejaba de recordar esa última patata grande que te comiste y la manera en que se te estiraba la boca cuando mordías la gruesa y deliciosa corteza con mermelada y crema cuajada».

—¿Hay alguna manera de que estos niños consigan comida en secreto? —le preguntó el doctor Craven a la señora Medlock.

—No, a no ser que la saquen de la tierra o la cojan de los árboles —respondió la señora Medlock—. Se quedan en los campos todo el día y no ven a nadie excepto a ellos mismos. Y si quisieran comer algo diferente de lo que se les da, solo tendrían que pedirlo.

—Bueno —dijo el doctor Craven—, mientras la falta de comida les siente tan bien, no necesitamos preocuparnos. El niño es una criatura nueva.

—Y también la niña —dijo la señora Medlock—. Empieza a estar guapa de verdad ahora que está más rellenita y ha perdido ese aspecto feo y agrio. Su pelo está más grueso y se ve más saludable y de color brillante. Con lo taciturna y desabrida que solía ser esta criaturita y ahora ella y el señorito Colin se ríen juntos como un par de locos jovencitos. Quizá sea eso lo que les hace engordar.

—Quizá —dijo el doctor Craven—. Déjelos que rían.

Capítulo 25
LA CORTINA

Y el jardín secreto floreció y floreció, y cada mañana revelaba nuevos milagros. Había Huevos en el nido del petirrojo y su compañera se sentaba sobre ellos dándoles calor con su pequeño pecho emplumado y sus alas cuidadosas. Al principio ella estaba muy nerviosa y el petirrojo, indignantemente alerta. Ni siquiera Dickon se acercó al tupido rincón durante aquellos días. Y esperó hasta que una especie de misterioso conjuro, que parecía haber lanzado en silencio, convenció al alma de la pequeña pareja de que en el jardín no había nada que les fuera ajeno, nada que no entendiera la maravilla de lo que les sucedía, la inmensa, tierna, terrible, desgarradora belleza y solemnidad de los Huevos. Si hubiera habido una sola persona en aquel jardín que no entendiera en lo más profundo de su ser que si un Huevo era robado o lastimado, el mundo entero giraría más deprisa, atravesaría el espacio y llegaría a su fin, si hubiera tan solo uno que no lo sintiera y no actuara conforme a ello, no habría felicidad posible, ni siquiera en aquel dorado aire de la primavera. Pero todos lo sabían y lo sentían, y el petirrojo y su compañera sabían que ellos lo sabían.

Al principio, el petirrojo miraba a Mary y a Colin con intenso nerviosismo. Por alguna misteriosa razón, sabía que no hacía falta vigilar

a Dickon. En el preciso momento en que fijó su brillante ojo negro cual gota de rocío en Dickon supo que él no era un extraño, sino una especie de petirrojo sin pico y sin alas. Sabía hablar en petirrojo (que es un lenguaje distintivo que no puede confundirse con ningún otro). Hablarle en petirrojo a otro petirrojo es como hablar en francés con un francés. Dickon siempre lo hablaba cuando se dirigía al petirrojo, así que ese extraño guirigay que usaba con los humanos era lo de menos. El petirrojo pensaba que les hablaba a ellos con este galimatías porque no eran lo suficientemente inteligentes para entender el discurso emplumado. También sus movimientos eran los de un petirrojo. Nunca le sobresaltaban a uno por ser tan repentinos que pareciesen peligrosos o amenazadores. Cualquier petirrojo podría entender a Dickon, por lo que su presencia no era preocupante.

Pero al principio sí parecía necesario mantener vigilados a los otros dos. En primer lugar, la criatura niño no había entrado en el jardín por su propio pie. Fue introducido en una cosa con ruedas y estaba cubierto con pieles de animales, lo cual ya era sospechoso. Cuando empezó a levantarse y a moverse lo hizo de forma rara, como si no tuviera costumbre, y parecía que necesitaba la ayuda de los otros. El petirrojo solía ocultarse en un arbusto para vigilar todo esto con nerviosismo, inclinando la cabeza primero hacia un lado y después hacia el otro. Pensó que aquellos lentos movimientos podrían significar que estaba preparándose para atacar como hacen los gatos. Cuando los gatos se preparan para atacar se arrastran por el suelo muy despacio. Durante varios días el petirrojo y su compañera hablaron largamente del asunto, pero después decidió no volver a hablar del tema, pues ella mostraba un terror tan grande que él estaba preocupado de que pudiese perjudicar a los huevos.

Fue un inmenso alivio cuando el chico comenzó a andar solo e incluso a moverse más rápidamente. Pero durante mucho tiempo, o lo que le pareció mucho tiempo al petirrojo, el niño fue una fuente de ansiedad. No actuaba como los otros humanos. Parecía gustarle mucho andar, pero tenía la costumbre de sentarse o tumbarse durante un tiempo y levantarse de nuevo de modo desconcertante para volver a empezar.

Un día, el petirrojo recordó que cuando sus padres le enseñaron a volar, él también había hecho cosas similares. Había efectuado pequeños vuelos de algunos metros y después se le había obligado a descansar. Así que se le ocurrió que este niño estaba aprendiendo a volar, o mejor dicho, a caminar. Le mencionó esto a su compañera y, cuando le dijo que los Huevos se comportarían probablemente de la misma manera cuando fueran volantones, ella se tranquilizó e incluso empezó a mostrar ávido interés y obtuvo gran placer en contemplar al niño desde el filo de su nido, aunque siempre pensó que los Huevos serían mucho más listos y aprenderían más rápidamente. Se decía entonces con indulgencia que los humanos siempre eran más torpes y lentos que los Huevos y la mayoría realmente no parecía aprender a volar. Nunca te los encontrabas en el cielo o en las copas de los árboles.

Después de un tiempo, el niño empezó a moverse como el resto, pero los tres hacían a veces cosas inusuales. Se colocaban bajo los árboles y movían brazos, piernas y cabezas de una forma que no era ni caminar ni correr ni sentarse. Cada día hacían todos esos movimientos a intervalos y el petirrojo nunca fue capaz de explicarle a su compañera qué estaban haciendo o intentando hacer. Lo único que pudo decir era que estaba seguro de que los Huevos nunca se agitarían de esa manera; pero, como el niño que podía hablar petirrojo con tanta fluidez hacía lo mismo que ellos, los pájaros estaban seguros de que aquellas acciones no entrañaban peligro. Claro está que ni el petirrojo ni su compañera habían escuchado nunca hablar del campeón de lucha Bob Haworth, ni de sus ejercicios para lograr que los músculos sobresalieran como bultos. Los petirrojos no son seres humanos, ejercitan sus músculos desde el principio y por eso los desarrollan de manera natural. Si uno ha de volar para encontrar toda la comida que toma, sus músculos no se atrofian (atrofiar significa debilitar por falta de uso).

Cuando el niño se puso a caminar, y a correr, y a cavar y a quitar hierbas como los otros, la paz y el contento se cernió sobre el nido del rincón. Los temores por los Huevos parecían cosa del pasado. Saber que los Huevos están tan a salvo como en una caja de caudales y el hecho de poder contemplar tantas cosas curiosas como estaban teniendo lugar hacían

de la incubación una tarea de lo más divertida. En los días de lluvia, la madre de los Huevos se aburría un poco porque los niños no aparecían por el jardín.

Pero no se podía decir que Mary y Colin se aburrieran ni en los días de lluvia. Una mañana cuando la lluvia caía incansablemente y Colin empezaba a sentirse un poco inquieto, pues estaba obligado a permanecer en su sofá porque no era seguro levantarse y caminar, Mary tuvo una inspiración.

—Ahora que soy un niño auténtico —había dicho Colin—, mis piernas y mis brazos y todo mi cuerpo están tan llenos de Magia que no puedo dejarlos quietos. Quieren hacer cosas todo el tiempo. ¿Sabes, Mary, que cuando me despierto muy temprano en la mañana y los pájaros chillan ahí fuera y también parece que todo lo demás grita de alegría, incluso los árboles y las cosas que no podemos oír, siento que debería saltar de la cama y ponerme yo a gritar? ¡Piensa en lo que pasaría si lo hiciera!

Mary se puso a reír desmesuradamente.

—La enfermera y la señora Medlock entrarían corriendo y pensarían que te has vuelto loco y mandarían llamar al doctor —dijo.

Colin se rio también. Podía imaginar sus caras, qué horrorizados estarían por su estallido y lo sorprendidos que estarían todos de verlo erguido y de pie.

—Desearía que mi padre viniera a casa —dijo—. Quiero contárselo yo. Siempre estoy pensando en eso... y no podemos seguir así mucho tiempo. No puedo quedarme tumbado quieto y fingiendo, además, mi aspecto ha cambiado. Ojalá no estuviera lloviendo hoy.

Fue entonces cuando Mary tuvo la inspiración.

—Colin, ¿sabes cuántas habitaciones tiene esta casa?

—Un millar, supongo —respondió.

—Hay un centenar en las que nunca entra nadie —dijo Mary—. Y un día lluvioso yo fui y miré dentro de muchas de ellas. Nadie se dio cuenta, aunque la señora Medlock casi me descubrió. Me perdí cuando estaba de vuelta y me detuve al final de tu corredor. Aquella fue la segunda vez que te oí llorar.

Colin dio un brinco en el sofá.

—Un centenar de habitaciones a las que no va nadie —dijo—. Suena casi como un jardín secreto. Supón que vamos y las miramos. Podrías llevarme en mi silla de ruedas y nadie sabría adónde hemos ido.

—Eso es justo lo que estaba pensando —dijo Mary—. Nadie se atrevería a seguirnos. Hay galerías donde puedes correr. Podríamos hacer nuestros ejercicios. Hay una pequeña habitación india con una vitrina llena de elefantes de marfil. Hay todo tipo de habitaciones.

—Haz sonar la campana —añadió Colin.

Cuando la enfermera llegó, el niño dio sus órdenes.

—Quiero mi silla —dijo—. La señorita Mary y yo vamos a visitar la parte de la casa que no se usa. John puede empujarme hasta la galería de retratos porque hay algunas escaleras. Después debe irse y dejarnos solos hasta que le mande llamar otra vez.

Aquella mañana, los días de lluvia dejaron de ser terroríficos. Cuando el lacayo hubo empujado la silla hasta la galería de retratos y, obedeciendo órdenes, los dejó solos a los dos, Colin y Mary se miraron el uno al otro encantados. Tan pronto como Mary se aseguró de que verdaderamente John había vuelto a sus aposentos bajo las escaleras, Colin salió de su silla.

—Voy a correr de una punta a otra de la galería —dijo— y después voy a saltar y después haremos los ejercicios de Bob Haworth.

E hicieron estas cosas y muchas otras. Contemplaron los retratos y descubrieron la pequeña niña feúcha vestida con el brocado verde, que sostenía el loro en su dedo.

—Todos estos —dijo Colin— deben de ser mis familiares. Vivieron hace mucho tiempo. Aquella del loro, creo, es una de mis tataratataratías. Se parece mucho a ti, Mary, no con tu apariencia actual, sino con la que tenías cuando llegaste. Ahora estás mucho más gordita y tienes mejor aspecto.

—Y tú también —dijo Mary, y ambos se rieron.

Se fueron a la habitación india y se entretuvieron con los elefantes de marfil. Encontraron el tocador de brocados rosa y el agujero en el cojín que había dejado el ratón, pero los ratones habían crecido y se habían ido corriendo, el agujero estaba vacío. Vieron más habitaciones e hicieron más descubrimientos de los que Mary había hecho en su primer peregrinaje.

Encontraron nuevos corredores y esquinas y escaleras y nuevas pinturas antiguas que les gustaron y extrañas cosas viejas cuyo uso desconocían. Fue una mañana curiosamente entretenida y la sensación de andar merodeando por la misma casa en la que estaba el resto de las personas, pero sintiendo a la vez que estaban a kilómetros de distancia, fue algo fascinante.

—Me alegro de que hayamos venido —dijo Colin—. No sabía que vivía en un lugar tan viejo, raro y antiguo. Me gusta. Pasearemos por aquí cada mañana que llueva. Siempre acabaremos por encontrar nuevos rincones y cosas nuevas.

Aquella mañana encontraron también tales apetitos que cuando volvieron a la habitación de Colin les fue imposible dejar intacto nada del almuerzo.

Cuando la enfermera llevó la bandeja escaleras abajo, la soltó con un golpe en el aparador de la cocina para que la señora Loomis, la cocinera, pudiera ver lo completamente rebañados que estaban los platos y las fuentes.

—¡Mira eso! —dijo—. Esta casa está llena de misterios, y esos dos niños son sus dos misterios más grandes.

—Si hacen eso cada día —dijo John, el joven y fuerte lacayo—, no es de extrañar que pese hoy el doble que el mes pasado. Voy a tener que dimitir por miedo a lesionarme los músculos.

Aquella tarde, Mary se dio cuenta de que algo nuevo había pasado en la habitación de Colin. Ella lo había notado el día anterior, pero no había dicho nada porque pensó que quizá el cambio había sido por accidente. Tampoco había dicho nada hoy, pero se sentó y miró fijamente el retrato que estaba situado sobre la repisa de la chimenea. Podía contemplarlo, pues la cortina estaba descorrida. Ese era el cambio que había notado.

—Sé qué es lo que quieres que te cuente —dijo Colin, después de que ella lo hubiera contemplado unos minutos—. Siempre sé cuándo quieres que te diga algo. Te estás preguntado por qué la cortina está descorrida. La voy a dejar así.

—¿Por qué? —preguntó Mary.

—Porque ya no me hace enfadar verla reírse. Hace dos noches desperté cuando había luna llena y sentí como si la Magia llenase la habitación e hiciera que todo fuese tan espléndido que no pude quedarme tendido. Me levanté

y miré por la ventana. La habitación estaba muy iluminada y había un retazo de luz de luna en la cortina y por algún motivo aquello me hizo tirar del cordón. Ella me miraba fijamente como si se riera porque estaba contenta de que yo estuviera de pie. Eso hizo que yo le devolviera la mirada. Quería verla reír así todo el tiempo. Pienso que tuvo que ser una persona mágica.

—Ahora te pareces tanto a ella —dijo Mary—, que algunas veces pienso que eres su fantasma hecho niño.

Aquella idea pareció impresionar a Colin. Lo pensó y lo pensó y después le respondió lentamente.

—Si yo fuera su fantasma, puede que mi padre me quisiera —dijo.

—¿Quieres que él te quiera? —preguntó Mary.

—Solía odiarlo porque no me quería. Si me quisiera, podría hablarle de la Magia. Tal vez eso le alegrara.

Capítulo 26
¡ES MADRE!

Su fe en la Magia se convirtió en algo permanente. Y, a veces, después de los sortilegios matinales, Colin pronunciaba algunos discursos.

—Me gusta darlos —explicó—, porque cuando crezca y haga descubrimientos científicos me veré obligado a dar conferencias sobre ellos, así que esto me sirve de práctica. Ahora solo puedo dar discursos cortos porque soy muy joven y, de otro modo, Ben Weatherstaff creería que está en la iglesia y se echaría a dormir.

—Lo mejor de dar discursos —dijo Ben— es que un tipo *pué* levantarse y decir lo que le plazca y nadie le llevará la contraria. No me importaría a mí dar alguno de vez en cuando.

Pero cuando Colin disertaba bajo su árbol el viejo Ben le clavaba una mirada fervorosa y allí la mantenía. Lo miraba con serio afecto. No le interesaba tanto el discurso como las piernas, que parecían más rectas y fuertes cada día, la cabeza juvenil, que se mantenía bien alzada, la barbilla anteriormente afilada y las mejillas antes hundidas, que se habían rellenado y redondeado, y los ojos, que habían empezado a albergar la misma luz que él recordaba en otro par. Algunas veces, cuando Colin sentía esas serias miradas que transmitían lo impresionado que estaba Ben, el niño se preguntaba qué andaría reflexionando y una de las veces que el viejo parecía realmente hechizado se lo preguntó.

—¿En qué estás pensando, Ben Weatherstaff? —exclamó.

—Estaba pensando —respondió Ben— *questoy* seguro de *cas ganao* uno o dos kilos esta semana. Miraba tus pantorrillas y tus hombros. Me gustaría subirte a una báscula.

—Es la Magia y... y los panecillos y la leche y las demás cosas de la señora Sowerby —dijo Colin—. Ya ves, el experimento científico ha tenido éxito.

Aquella mañana, Dickon llegó demasiado tarde para escuchar el discurso. Cuando llegó, estaba coloradote de tanto correr y su divertido rostro brillaba más que de costumbre. Como tenían mucho que hacer quitando hierbas después de las lluvias, se pusieron manos a la obra. Siempre tenían mucho que hacer después de la lluvia cálida y penetrante. La humedad que era buena para las flores también era buena para las malas hierbas, y estas lanzaban diminutas briznas y brotes que debían ser arrancados antes de que sus raíces agarraran demasiado fuerte. A esas alturas, Colin era ya tan bueno quitando hierbas como cualquier otro y podía dar discursos mientras lo hacía.

—La Magia funciona mejor cuando trabajas por ti mismo —dijo aquella mañana—. Puedes sentirlo en tus huesos y en tus músculos. Leeré libros de huesos y músculos, pero voy a escribir un libro sobre la Magia. Le estoy dando forma ahora mismo. No dejo de descubrir cosas.

No fue mucho después de haber dicho esto que soltó su desplantador y se puso de pie. Llevaba callado varios minutos y ellos se habían dado cuenta de que estaba pensando en sus discursos, como hacía a menudo. Cuando soltó el desplantador y se quedó muy erguido, a Mary y Dickon les pareció que el responsable había sido un pensamiento fuerte y repentino. Se estiró todo lo alto que era y alzó sus brazos, exultante. El color brillaba en su cara y sus extraños ojos se abrieron al máximo, de alegría. De pronto había comprendido algo en toda su magnitud.

—¡Mary, Dickon! —gritó—. ¡Miradme!

Dejaron de quitar hierbas y lo miraron.

—¿Recordáis la primera mañana que me trajisteis? —preguntó.

Dickon le miraba intensamente. Como era un encantador de animales podía ver más cosas que la gente normal y cosas muchas de ellas de las que nunca se hablaba. Vio algunas de esas en este chico.

—Sí, nos acordamos —respondió.

También Mary lo miraba intensamente, pero no dijo nada.

—Lo he recordado justo en este momento —dijo Colin—, mientras miraba cómo mi mano cavaba con el desplantador... y he tenido que levantarme para ver si era real. ¡Y es real! ¡Estoy bien...! ¡Estoy bien!

—Sí, sí lo estás —dijo Dickon.

—¡Estoy bien, estoy bien! —dijo Colin de nuevo, y su cara se puso muy roja.

En cierta manera ya lo sabía, lo había deseado y lo había sentido y lo había pensado, pero justo en ese preciso instante algo había recorrido su interior, una especie de realización y creencia extasiada, y había sido tan fuerte que no pudo evitar gritarlo.

—¡Viviré para siempre, para siempre jamás! —gritó con solemnidad—. Descubriré miles y miles de cosas. Descubriré cosas sobre las personas y las criaturas y todo lo que crece..., al igual que Dickon..., y nunca dejaré de hacer Magia. ¡Estoy bien! ¡Estoy bien! ¡Me siento como si... como si quisiera gritar algo, algo de agradecimiento, de alegría!

Ben Weatherstaff, que había estado trabajando cerca de un rosal, echó un vistazo al niño.

—Deberías cantar la doxología[41] —le sugirió con uno de sus gruñidos más secos. No es que él tuviera la doxología en alta consideración, por eso no se lo sugirió con particular reverencia.

Pero Colin tenía una mente exploradora y no sabía nada acerca de la doxología.

—¿Qué es eso? —preguntó.

—Estoy seguro de que Dickon *pué* cantártela —replicó Ben Weatherstaff.

Dickon respondió con su sonrisa de perspicaz encantador de animales.

---

41 Una fórmula de alabanza a la divinidad, especialmente a la Trinidad, en la liturgia católica y en la Biblia. El nombre ha dado título a este himno concreto escrito por Thomas Ken en el siglo xvii que se canta en las iglesias protestantes.

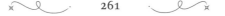

—La cantan en la iglesia —dijo—. Madre dice *quella* cree que las alondras la cantan cuando se levantan por la mañana.

—Si dice eso, debe ser una canción bonita —respondió Colin—. Nunca he estado en una iglesia. Siempre estaba demasiado enfermo. Cántala, Dickon. Quiero escucharla.

Aquello era para Dickon algo sencillo y natural. Comprendió lo que Colin sentía mejor que el mismo Colin. Lo comprendió por una suerte de instinto, tan natural que no sabía que era comprensión. Se quitó la gorra y miró a su alrededor sonriendo.

—Tienes que quitarte la gorra —le dijo a Colin—, y tú también, Ben, y debéis poneros de pie, ya sabes.

Colin se quitó la gorra y el sol relumbró sobre su poblada cabellera y la calentó mientras miraba a Dickon con mucha atención. Ben Weatherstaff, que estaba de rodillas, se incorporó y descubrió su cabeza también con una especie de mirada medio resentida en su vieja cara, como si no supiera exactamente por qué estaba haciendo esta cosa tan rara.

Dickon destacaba entre los árboles y rosales, y empezó a cantar de manera sencilla e impasible y con una voz de niño bonita y fuerte:

> Alabad a Dios, fuente de toda bendición.
> Alabadlo, criaturas terrenales.
> Alabadlo, huestes celestiales.
> Alabad al Padre, al Hijo y al Espíritu Santo,
> Amén.

Cuando hubo terminado, Ben Weatherstaff estaba de pie, muy callado, con las mandíbulas apretadas con obstinación pero con su inquieta mirada fija en Colin. El rostro del niño se mostraba pensativo y agradecido.

—Es una canción muy bonita —dijo—. Me gusta. Quizá quiere decir lo mismo que yo cuando quiero gritar gracias a la Magia. —Se detuvo y pensó con sorpresa—. Quizá las dos cosas son lo mismo. ¿Cómo podemos saber los nombres exactos de las cosas? Cántala de nuevo, Dickon. Probemos nosotros, Mary. Yo también quiero cantarla. Esta es mi canción. ¿Cómo empieza? ¿«Alabad a Dios, fuente de toda bendición»?

Y todos la cantaron de nuevo, y Mary y Colin alzaron sus voces tan melodiosamente como pudieron y la voz de Dickon se hizo más fuerte y hermosa; y, en el segundo verso, Ben Weatherstaff aclaró roncamente su garganta y se unió a ellos al tercer verso con un vigor casi salvaje. Y cuando al fin llegó el «Amén», Mary notó que al hombre le pasaba lo mismo que cuando descubrió que Colin no era un lisiado: su barbilla temblaba y observaba y parpadeaba anonadado, y sus viejas y curtidas mejillas estaban húmedas.

—Nunca le había visto el sentido a la doxología —dijo roncamente—, pero *pué* que cambie *didea* con el tiempo. Sí, creo *can* sido más de dos kilos los *cas ganao* esta semana, señorito Colin, ¡dos kilos!

Colin estaba mirando hacia el otro lado del jardín, algo había atraído su atención y en su rostro había surgido una expresión de desconcierto.

—¿Quién está ahí? —dijo rápidamente—. ¿Quién es?

La puerta del muro de hiedra se había abierto delicadamente y una mujer había entrado. Había hecho su entrada con el último verso de la canción y se había quedado quieta escuchando y mirándolos. Con la hiedra tras ella, los rayos de sol colándose entre los árboles y moteando su manto azul, y su fresca sonrisa al otro lado del follaje, se asemejaba a una de esas ilustraciones suavemente coloreadas de los libros de Colin. Tenía unos ojos cariñosos que parecían comprenderlo todo y a todos, incluso a Ben Weatherstaff y a las «criaturas» y a cada una de las plantas en flor. Pese a lo inesperadamente que había aparecido, ninguno de ellos sintió que fuera una extraña. Los ojos de Dickon se iluminaron como lámparas.

—Es madre, ¡es ella quien está ahí! —gritó Dickon, y cruzó el césped corriendo.

Colin se acercó a ella también, y Mary lo siguió. Ambos sintieron que su pulso se aceleraba.

—¡Es madre! —dijo Dickon de nuevo cuando se encontraron a medio camino—. Sabía que queríais verla, así que le dije dónde estaba *escondía* la puerta.

Colin extendió la mano con una especie de timidez majestuosa y avergonzada, pero sus ojos devoraban el rostro de la mujer.

—Quería conocerte, incluso cuando estaba enfermo —dijo—, a ti y a Dickon y el jardín secreto. Nunca antes había sentido deseos de conocer a nadie.

La visión de la cara alzada del niño mudó el rostro de la mujer. Se ruborizó y las comisuras de su boca temblaron y una neblina atravesó sus ojos.

—¡Ay, muchacho querido! —estalló ella trémulamente—. ¡Ay, mi muchacho querido! —lo dijo como si no lo hubiera pensado. No dijo «señorito Colin», sino «muchacho querido». Podía habérselo dicho igual a Dickon si algo en su rostro la hubiera emocionado. A Colin le gustó.

—¿Te sorprende que me encuentre tan bien? —preguntó.

Ella puso su mano en el hombro del niño y sonrió haciendo desaparecer la niebla de su mirada.

—¡Sí, sí me sorprende! —dijo—. Pero eres tan parecido a tu madre *cas lograo* que mi corazón salte.

—¿Crees que gracias a eso —dijo Colin un poco incómodo— le gustaré a mi padre?

—Por supuesto que sí, muchacho querido —respondió ella y le dio un golpecito en el hombro—. Él *tié* que volver a casa. *Tié* que volver.

—Susan Sowerby —dijo Ben Weatherstaff, acercándose a ella—, mira, mira las piernas del muchacho. Eran como palillos de tambor *metíos* en calcetines hace dos meses, y he *escuchao* decir a gente *questaba estevao* y patizambo al mismo tiempo. ¡Y ahora míralas!

Susan Sowerby soltó una entrañable risotada.

—Dentro de poco serán las piernas *dun* muchacho fuerte —dijo ella—. Que juegue y trabaje *nel* jardín y coma copiosamente y beba buena y dulce leche hasta la saciedad y no habrá mejor par de piernas en *to* Yorkshire, a Dios gracias.

Ella puso las manos en los hombros de Mary y miró maternalmente su pequeño rostro.

—¡Y tú también! —dijo—. *Tas* puesto casi tan fuerte como nuestra Elizabeth Ellen. Seguro que serás también como tu madre. Nuestra Martha me contó que la señora Medlock había *escuchao quera* una mujer *mu* bonita. Serás como una rosa roja cuando crezcas, mi pequeña muchacha, Dios te bendiga.

Ella no mencionó que cuando Martha fue a casa en su «día libre» y describió a la niña feúcha y amarillenta le dijo que no le inspiraba confianza lo que había oído la señora Medlock. «Es que no se entiende que una mujer tan bella sea la madre de una muchachita tan detestable», se obstinó en añadir.

Mary no había tenido mucho tiempo para prestar atención a los cambios en su rostro. Solo sabía que tenía un aspecto «diferente» y que parecía poseer más cantidad de pelo y que estaba creciendo muy rápido. Pero recordó el placer que sentía al mirar a la *Mem Sahib*, así que se alegró de pensar que tal vez un día ella llegase a tener su aspecto.

Susan Sowerby recorrió el jardín con ellos y le contaron la historia completa y le mostraron cada arbusto y cada árbol que había vuelto a la vida. Colin caminaba a un lado y Mary al otro. Ambos miraban su reconfortante cara rosada, disfrutando en secreto de los extraños sentimientos que les provocaba, una especie de sensación cálida, de apoyo. Parecía que los entendía del mismo modo que Dickon entendía a sus «criaturas». Se inclinaba sobre las flores y las miraba como si fuesen niños. Hollín la seguía, y una o dos veces le graznó y voló hasta posarse en su hombro como si fuese el de Dickon. Cuando le hablaron del petirrojo y del primer vuelo de los pequeños, se rio con una risa maternal y dulce que le brotó de la garganta.

—Supongo que enseñarles a volar es como enseñar a andar a los niños, pero me temo que yo estaría en un aprieto si los míos tuviesen alas en lugar de piernas —dijo.

Como parecía una mujer tan maravillosa, con su forma de ser tan agradable de lugareña del páramo, finalmente le hablaron de la Magia.

—¿Crees en la Magia? —preguntó Colin después de haberle explicado lo de los faquires de la India—. Espero que sí.

—Sí, sí creo —respondió—. Nunca *la llamao* por ese nombre, pero ¿es que importa el nombre? Estoy segura de *cusan* un nombre diferente en Francia, y otro diferente en Alemania. Lo mismo que permite que las semillas crezcan y brille el sol *ta convertío nun* muchacho saludable, y es la Bondad. No es como nosotros, pobres tontos, que creemos *quimporta* si nos llaman por nuestro nombre. La Gran Bondad no se detiene con estas preocupaciones, bendita sea. Sigue adelante fabricando mundos a millones, mundos como

el nuestro. Nunca dejes de creer en la Gran Bondad y de saber *quel* mundo está lleno *deso...* y llámalo como quieras. A eso le cantabas cuando he *entrao nel* jardín.

—Me sentía tan alegre... —dijo Colin abriendo para ella sus maravillosos y extraños ojos—. De repente sentí cuán diferente era, lo fuertes que se habían vuelto mis brazos y mis piernas, ¿sabes?, y que podía cavar y permanecer de pie, y entonces me puse a cantar y quería gritarle algo a cualquier cosa que me quisiera escuchar.

—La Magia *tescuchaba* cuando cantaste la doxología. Ella hubiese *escuchao* cualquier cosa que cantaras. La alegría era lo importante. ¡Ah, muchacho, muchacho! Qué son los nombres *pal* Hacedor de la Alegría —y le dio de nuevo unas palmaditas en la espalda.

La cesta que había empaquetado aquella mañana contenía un auténtico banquete, y cuando llegó la hora de sentirse hambrientos y Dickon la sacó de su escondite, la mujer se sentó con ellos bajo el árbol y los miró devorar su comida, riendo y regocijándose con su apetito. Ella era muy divertida y les hacía reírse con todo tipo de cosas raras. Les contó historias en yorkshire cerrado y les enseñó nuevas palabras. Se rio sin poder evitarlo cuando le contaron la creciente dificultad que suponía fingir que Colin era un inválido.

—Ya ves, no podemos evitar reírnos casi todo el tiempo cuando estamos juntos —explicó Colin—. Y eso no es de estar muy enfermo. Tratamos de reprimirlo, pero entonces estallamos y ese sonido es peor que ningún otro.

—Hay algo que me viene a la cabeza muy a menudo —dijo Mary—, y casi no me puedo contener cuando me asalta de repente. Lo que no dejo de pensar es «Mira que si la cara de Colin empezara a parecer una luna llena...». Todavía no es así, pero cada día está un poquito más gordo, imagina que una mañana parece una luna llena, ¿qué haremos?

—Que Dios nos bendiga, ya veo *cabéis* hecho bastante teatro —dijo Susan Sowerby—. Pero no tendréis *cacerlo* mucho más. El señor Craven volverá a casa.

—¿Tú crees? —preguntó Colin—. ¿Por qué?

Susan Sowerby se rio suavemente.

—Supongo que se te rompería el corazón si él lo descubriera enantes de que tú se lo cuentes —dijo—. Habrás *pasao* noches despierto planeándolo.

—No podría soportar que nadie más se lo contase —dijo Colin—. Se me ocurren maneras diferentes cada día. Ahora mismo solo pienso en entrar corriendo en su habitación.

—Sí que se llevaría un buen destiento[42] —dijo Susan Sowerby—. Me gustaría ver su cara, muchacho. *¡Mencantaría!* Debe volver, debe volver.

También hablaron de la visita que iban a hacer a su casa. Lo planearon todo. Iban a conducir hasta el páramo y a almorzar en el exterior, entre el brezo. Verían a los doce niños y el jardín de Dickon, y no regresarían hasta que no estuviesen cansados.

Finalmente, Susan Sowerby se levantó para volver a la casa con la señora Medlock. Era hora de que Colin también fuese llevado de vuelta. Pero antes de meterse en su silla se quedó muy quieto, cerca de Susan y fijó sus ojos en ella con una especie de perpleja adoración, y de repente sujetó el pliegue de su manto azul y lo agarró firmemente.

—Eres justo como... como yo quería —dijo—. ¡Desearía que fueses mi madre además de la de Dickon!

Al instante Susan Sowerby se inclinó y apretó con sus cálidos brazos al niño contra su pecho, bajo el manto azul, como si fuera el hermano de Dickon. Sus ojos se humedecieron.

—¡Ay, muchacho querido! —dijo ella—. Tu auténtica madre está *neste* mismísimo jardín, sí, así es. Ella no podría estar en otra parte. Tu padre debe volver contigo, ¡debe hacerlo!

---

42 *Destiento:* sobresalto (desus.).

Capítulo 27

EN EL JARDÍN

Desde el comienzo del mundo, en cada siglo se han realizado maravillosos descubrimientos. En el siglo pasado[43] se descubrieron más cosas sorprendentes que en cualquier otra centuria. En este nuevo siglo, centenares de cosas todavía más sorprendentes verán la luz. Al principio, la gente rechazará creer que una cosa nueva y extraña pueda hacerse, después empezarán a desear que sea posible, luego verán que sí se puede hacer, más tarde estará hecho y todo el mundo se preguntará por qué no se hizo siglos atrás. Una de las cosas nuevas que la gente empezó a descubrir el pasado siglo fue que los pensamientos, los meros pensamientos, son tan poderosos como las baterías eléctricas, tan buenos para uno como el sol, o tan malos como el veneno. Dejar que un pensamiento triste o uno malo se aloje en tu mente es tan peligroso como dejar que entre en tu cuerpo el microbio de la escarlatina. Si dejas que se quede, una vez que ha entrado en ti, puede que nunca consigas sacarlo en toda tu vida.

Mientras la mente de la señorita Mary estuvo llena de pensamientos desagradables, de antipatías y amargas opiniones acerca de la gente, de su obstinación por no ser complacida por nada y de no interesarse en nada,

---

43 El siglo XIX.

fue una niña de rostro amarillento, enfermiza, aburrida y desdichada. Sin embargo, las circunstancias la favorecieron, aunque ella no fuera nunca consciente. Empezaron a empujarla hacia su propio bien. Cuando su mente se llenó, gradualmente, de petirrojos y de casas del páramo abarrotadas de niños, con extraños y malhumorados jardineros viejos y doncellitas corrientes de Yorkshire, con la primavera y con los jardines secretos que vuelven a la vida día a día, y también con un niño del páramo y sus criaturas, no quedó sitio para los pensamientos desagradables que afectaban a su vida y a su digestión haciendo que estuviese amarillenta y cansada.

Mientras Colin estuvo encerrado en su habitación y pensaba solo en sus miedos y debilidades y en cuánto detestaba a la gente que lo miraba, y reflexionaba hora tras hora sobre jorobas y sobre la muerte temprana, fue un pequeño hipocondriaco medio loco que nada sabía del sol y de la primavera, y que tampoco sabía que si lo intentaba podía ponerse bien y estar de pie por sí mismo. Cuando nuevos y maravillosos pensamientos empezaron a empujar aquellos otros tan horribles, la vida comenzó a volver a él, su sangre corría saludablemente por sus venas y la fuerza fluyó por él como una corriente. Su experimento científico fue bastante práctico y simple, y no había nada de raro en él. Cosas mucho más sorprendentes pueden pasarle a cualquiera que, al engendrar un pensamiento desagradable o desalentador, tiene la sensatez de acordarse a tiempo y echarlo fuera poniendo en su lugar uno agradable y decididamente alentador. Dos cosas no pueden estar en un solo lugar.

> Donde cuidas la rosa, muchacho,
> no puede crecer el cardo.[44]

Mientras el jardín secreto volvía a la vida y dos niños con él, un hombre vagaba por ciertos paisajes lejanos y hermosos de los fiordos noruegos y los valles y montañas de Suiza; y se trataba de un hombre que durante diez años había mantenido su mente llena de pensamientos oscuros y acongojados.

---

44 Según Gretchen Holbrook, estas líneas tan citadas de la novela de Burnett son un conocido tópico anterior al libro.

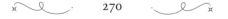

No había sido valiente,[45] nunca había intentado poner otros pensamientos en el lugar de los pensamientos oscuros. Había paseado por lagos azules y solo había albergado estos pensamientos, se había recostado en laderas de montaña cubiertas con capas de florecientes gencianas azules, donde el aliento de las flores llenaba el aire, y solo había pensado en ellos. Una terrible pena le había invadido cuando era feliz y había dejado que su alma se llenase de negrura y había impedido obstinadamente que ningún claro de luz la atravesara. Se había olvidado de su hogar y lo había abandonado, así como sus obligaciones. Cuando viajaba, la oscuridad se cernía sobre él de tal manera que su simple visión era negativa para las personas, pues era como si envenenara de fatalidad el aire que le rodeaba. La mayoría de los extranjeros pensaban que estaba medio loco o que tendría algún crimen oculto en el alma. Era un hombre alto de rostro macilento y hombros encorvados, y el nombre con el que siempre se registraba en los hoteles era: «Archibald Craven, mansión Misselthwaite, Yorkshire, Inglaterra».

Había viajado por todos los sitios, desde aquel día en que vio a la señorita Mary en su estudio y le dijo que podía tener su «trocito de tierra». Había estado en los lugares más maravillosos de Europa, aunque nunca se había quedado en ninguna parte más que unos pocos días. Había elegido los puntos más tranquilos y remotos. Había estado en las cimas de las montañas que metían su cabeza en las nubes y había contemplado desde ellas otras montañas cuando el sol salía y las tocaba con tal luz que parecía que el mundo estuviera justo naciendo.

Pero la luz parecía no haberle tocado a él nunca, hasta el día en que se dio cuenta por primera vez en diez años de que algo extraño le había pasado. Estaba en un hermoso valle en el Tirol austriaco y había estado caminando solo a través de toda esa belleza que habría alzado de las sombras el alma de cualquier hombre. Había caminado un largo camino, y aquel lugar no había conseguido alzar la suya. Pero al fin se sintió cansado y se había echado a descansar en una alfombra de musgo junto a un arroyo. Era un pequeño riachuelo claro que discurría felizmente en su estrecho camino a

---

45 *Craven* significa en inglés «cobarde», y en esta frase se hace explícita la esencia del personaje.

través del delicioso y húmedo verdor. Algunas veces sonaba como risas en voz baja cuando burbujeaba alrededor y sobre los guijarros. Vio pájaros que llegaban y mojaban en él la cabeza para beber y después agitaban las alas y salían volando. Parecía una criatura viva y, aun así, su delgada voz hacía la quietud más profunda. El valle estaba muy silencioso, muy silencioso.

Cuando se sentó para observar el claro fluir del agua, Archibald Craven sintió gradualmente que su mente y su cuerpo se tranquilizaban tanto como el valle en sí. Se preguntó si se quedaría dormido, pero no era eso lo que estaba sucediendo. Sentado, observaba las aguas iluminadas por el sol y sus ojos empezaron a advertir las plantas que crecían en la orilla. Había una adorable mata de nomeolvides tan cerca del arroyo que sus hojas estaban mojadas y se dio cuenta de que las miraba como las miraba años atrás. Pensaba tiernamente en lo adorables que eran y qué maravillosos tonos de azul tenían aquellos centenares de pequeñas flores. No sabía que aquel único pensamiento sencillo estaba llenando su mente lentamente, llenándola y llenándola mientras las otras cosas eran dadas de lado suavemente. Fue como si una dulce y clara primavera hubiera empezado a surgir en un lago estancado y se hubiera alzado y alzado hasta acabar al fin con toda el agua oscura. Pero, por supuesto, él no pensaba en esto. Solo sabía que en el valle la quietud parecía más y más grande mientras él miraba sentado la brillante delicadeza azulada. No supo cuánto tiempo estuvo sentado allí o qué le estaba sucediendo, pero finalmente se movió como despertando y se levantó con suavidad y se puso de pie sobre la alfombra de musgo, respirando profunda, apacible, dulcemente y con gran sorpresa. Algo parecía haberse desatado y soltado dentro de él, muy calladamente.

—¿Qué es esto? —dijo, casi en un susurro, y se pasó la mano por la frente—. Me siento casi como si... ¡estuviera vivo!

No sé lo suficiente de las maravillas de lo desconocido para poder explicar cómo le había sucedido esto a él, ni tampoco hay nadie que lo sepa aún. Él no entendía nada. Pero, meses después, de vuelta en Misselthwaite, le vendría a la mente el recuerdo de este extraño día al descubrir, casi por accidente, que precisamente ese era el día en que Colin había entrado en el jardín secreto y había gritado: «¡Viviré para siempre, para siempre jamás!».

Aquella singular calma le acompañó el resto de la noche y tuvo un sueño reparador, pero la calma no se quedó con él mucho tiempo. No sabía que podía mantenerla. A la noche siguiente ya había abierto sus puertas de par en par a los oscuros pensamientos y estos habían vuelto a toda prisa y en tropel. Dejó el valle y siguió su camino errante de nuevo. Pero, por muy extraño que pudiera parecerle, había minutos, a veces era media hora, en los que sin saber por qué, la negra carga parecía alzarse sola de nuevo, y en esos momentos sabía que era un hombre vivo y no uno muerto. Despacio, despacio, sin ninguna razón aparente de la que él tuviera constancia, estaba «volviendo a la vida» con el jardín.

Cuando el dorado verano se convirtió en el dorado otoño, se dirigió al lago de Como. Allí encontró la belleza de un sueño. Pasó sus días en el cristalino azul del lago o caminando en el suave y espeso follaje de los montes, y caminaba por ellos largamente hasta que se cansaba lo suficiente para poder dormir. Pero para entonces había empezado a dormir mejor, él lo sabía, y sus sueños habían dejado de ser un terror para él.

«Quizá —pensó—, mi cuerpo se está haciendo más fuerte».

Se estaba haciendo más fuerte, pero (a causa de las insólitas horas de paz en las que sus pensamientos mudaban) su alma se estaba haciendo también más fuerte. Empezó a pensar en Misselthwaite y a preguntarse si no debería volver a casa. De vez en cuando se preguntaba vagamente acerca de su hijo y se preguntaba qué sentiría cuando fuera y volviera a quedarse junto a la cama de cuatro postes y mirara el marfileño rostro de duras y afiladas facciones, dormido y con las negras pestañas enmarcando de aquella manera tan desconcertante sus ojos cerrados. Pero esquivaba el pensamiento.

Un día maravilloso había caminado tan lejos que, cuando regresó, la luna estaba alta y llena, y el mundo era de un tono púrpura y plateado. La tranquilidad del lago y la orilla y el bosque eran tan hermosos que no volvió a la villa donde vivía. Se quedó en una pequeña terraza enramada en el filo del agua y se sentó en un banco y respiró todos los aromas celestiales de la noche. Sintió una extraña calma expandiéndose dentro de él, haciéndose más y más profunda hasta que se quedó dormido.

No supo cuándo se había quedado dormido y cuándo empezó su sueño, su sueño fue tan real que no sintió que estuviese soñando. Después recordó lo intensamente despierto y alerta que había creído estar. Mientras estaba sentado, aspirando el aroma de las rosas tardías y escuchando el chapaleteo del agua en sus pies, creyó escuchar una voz que lo llamaba.

Era dulce y clara y feliz y lejana. Parecía muy lejana, pero la escuchaba tan claramente como si hubiese estado justo a su lado.

—¡Archie! ¡Archie! ¡Archie! —decía, y después de nuevo más dulce y más clara que antes—: ¡Archie! ¡Archie!

Creía haberse puesto de pie rápidamente, pero sin sobresalto. Era una voz tan real... y parecía tan natural escucharla.

—¡Lilias! ¡Lilias! —respondió—. ¡Lilias!, ¿dónde estás?

—En el jardín. —La escuchó como si fuese el sonido de una flauta dorada—. ¡En el jardín!

Al fin el sueño terminó. Pero él no se despertó. Durmió profunda y dulcemente toda aquella hermosa noche. Cuando despertó, había una mañana brillante y un sirviente estaba de pie mirándolo. Era un sirviente italiano y estaba acostumbrado, como todos los sirvientes de la villa, a aceptar sin preguntas cualquier cosa extraña que pudiera hacer su señor extranjero. Nadie sabía cuándo saldría o entraría o si elegiría dormir o preferiría vagar por el jardín o tumbarse en el bote sobre el lago toda la noche. El hombre sostenía una bandeja con algunas cartas y esperó tranquilamente hasta que el señor Craven las cogió. Cuando se hubo ido, el señor Craven se sentó unos momentos sosteniéndolas en la mano y mirando al lago. Su extraña calma le acompañaba todavía y había algo más, una luz, como si la cosa cruel que había pasado no hubiera sucedido, como si pensara... como si pensara que algo había cambiado. Y empezó a recordar el sueño, el sueño tan real, tan real.

—¡En el jardín! —dijo asombrado—. ¡En el jardín! Pero la puerta está cerrada y la llave escondida.

Cuando unos minutos más tarde miró las cartas, vio que había una encima de las demás y que era una carta de Inglaterra, venía de Yorkshire. Tenía la escritura sencilla de una mujer, pero no reconocía la caligrafía. La abrió,

sin pensar demasiado en el remitente, pero las primeras palabras atrajeron su atención en seguida.

Querido señor:

Soy Susan Sowerby que tuvo el atrevimiento de hablarle una vez en el páramo. Fue de la señorita Mary de quien le hablé. Voy a tener de nuevo el atrevimiento de hablarle. Por favor, señor, si yo fuese usted volvería a casa. Creo que se alegrará de venir y, con su permiso, señor, creo que si su señora estuviera aquí le pediría que viniera.

Su humilde servidora,

Susan Sowerby

El señor Craven leyó dos veces la carta antes de devolverla a su sobre. Y siguió pensando en el sueño.

—Volveré a Misselthwaite —dijo—. Iré en seguida.

Y atravesó el jardín hasta la villa y ordenó a Pitcher que hiciera los preparativos para su regreso a Inglaterra.

Pocos días después estaba de nuevo en Yorkshire, y durante su largo viaje en ferrocarril se sorprendió pensando en su hijo como no había pensado hasta entonces en los pasados diez años. Durante esos años solo había deseado olvidarse de él. Ahora, aunque su intención no era pensar en el niño, los recuerdos surgían y flotaban en su mente. Recordó los días negros en los que había despotricado como un loco porque su hijo estaba vivo y la madre muerta. Se había negado a verlo, y cuando al fin había ido a verlo, se había encontrado con una cosita tan débil, en un estado tan lamentable que todo el mundo le aseguró que moriría en pocos días. Pero para sorpresa de los que cuidaban de él, los días pasaron y el niño siguió vivo, y entonces fue cuando todos pensaron que se convertiría en una criatura tullida y deforme.

No había querido ser un mal padre, pero tampoco había sentido nunca la paternidad. Lo había proveído de doctores y enfermeras y lujos, pero había apartado de su mente hasta los más pequeños pensamientos en torno al niño y se había enterrado en su propia miseria. La primera vez que volvió a Misselthwaite después de un año de ausencia y la pequeña cosita de aspecto

desdichado alzó sus ojos para mirarlo lánguidamente y con indiferencia, esos grandes ojos grises rodeados de grandes y negras pestañas, tan parecidos y a la vez tan horriblemente diferentes a aquellos otros felices que él había adorado, no pudo soportar su visión y se dio la vuelta, pálido como la muerte. A partir de entonces raramente lo miraba, a excepción de cuando estaba dormido, y todo lo que sabía de él era que se trataba de un inválido confirmado, con un carácter despiadado, histérico, medio loco. Y sus violentos ataques que tanto daño le hacían solo se podían evitar dejando que se saliera con la suya hasta en el más mínimo detalle.

Recordar todo esto no era nada edificante, pero mientras el tren seguía rodando a través de los puertos de montaña, a través de las doradas llanuras, el hombre que estaba «volviendo a la vida» empezó a contemplarlo de una manera diferente, y sobre ello reflexionó larga, firme y profundamente.

«Quizá estos diez años he estado equivocado —se dijo—. Diez años es mucho tiempo. Puede que sea muy tarde para hacer nada. Demasiado, demasiado tarde. ¡En qué he estado pensando!».

Por supuesto, ese tipo de Magia era la equivocada... ¡Empezar diciendo «demasiado tarde»! Hasta Colin podría habérselo explicado. Pero nada sabía él de la Magia, ni de la blanca ni de la negra. Era algo que tenía todavía que aprender. Se preguntó si Susan Sowerby había tenido el coraje de escribirle solo porque la maternal criatura se había dado cuenta de que el niño estaba mucho peor, fatalmente enfermo. Si él no hubiese estado bajo el conjuro de la curiosa calma que lo había poseído, se habría sentido más desdichado que nunca. Pero la calma le había traído una especie de valentía y de esperanza. En realidad descubrió que, en lugar de dar rienda suelta a pensamientos del peor tipo, estaba tratando de pensar cosas mejores.

«¿Y no será que ella ha pensado que yo podría hacerle bien? —se dijo—. Iré a verla de camino a Misselthwaite».

Pero cuando de camino a Misselthwaite, cruzando el páramo, detuvo el carruaje en la casa, siete u ocho niños que estaban jugando se reunieron en grupo y, haciendo siete u ocho simpáticas y educadas reverencias, le dijeron que su madre había ido al otro extremo del páramo temprano por la mañana para ayudar a una mujer que tenía un nuevo bebé. «Nuestro Dickon»

—dijeron solícitamente— estaba en la mansión trabajando en uno de los jardines al que iba varias veces a la semana.

El señor Craven miró la colección de robustos cuerpecitos y caras de redondas mejillas, cada una sonriendo de una manera particular, y se dio cuenta de que formaban un grupo adorable y saludable. Les devolvió una simpática sonrisa y sacó un soberano de oro de su bolsillo y se lo dio a «nuestra Lizabeth Ellen» que era la mayor.

—Si lo dividís en ocho partes, habrá media corona para cada uno —dijo.

Después, rodeado de sonrisas y risitas y reverencias se alejó, dejando éxtasis y codazos y saltos de alegría tras él.

Conducir entre las maravillas del páramo fue tranquilizador. ¿Por qué tenía cierta sensación de regreso al hogar si había asegurado que nunca volvería a sentirla de nuevo, esa sensación de la belleza del paisaje y el cielo y las flores púrpura en la distancia y una calidez en el corazón al acercarse más y más a la gran casa ancestral que había albergado a los de su sangre desde hacía seiscientos años? ¡Cómo se había alejado de ella la última vez, temblando al pensar en sus habitaciones cerradas y en el niño postrado en la cama de cuatro postes con las colgaduras de brocados! ¿Sería posible, quizá, encontrarlo un poquito cambiado, para mejor, y superar el alejamiento? Qué real había sido ese sueño, qué maravillosa y clara la voz que le llamaba: «¡En el jardín, en el jardín!».

—Trataré de encontrar la llave —dijo—. Trataré de abrir la puerta. Debo hacerlo..., aunque no sé por qué.

Cuando llegó a la mansión, los sirvientes que lo recibieron con la habitual ceremonia notaron que tenía mejor aspecto y que no se fue a las remotas habitaciones donde solía vivir atendido por Pitcher. Entró en la biblioteca y mandó llamar a la señora Medlock. Ella entró un tanto excitada, curiosa y aturdida.

—¿Cómo está el señor Colin, Medlock? —preguntó.

—Bien, señor —respondió la señora Medlock—. Está diferente, diferente, por decirlo de algún modo.

—¿Peor? —sugirió.

La señora Medlock se puso realmente colorada.

—Bueno, verá, señor —intentó explicar—. Ni el doctor Craven ni la enfermera ni yo hemos podido averiguarlo exactamente.

—¿Y eso por qué?

—A decir verdad, señor, el señorito Colin puede que esté mejor y podría estar cambiando a peor. Su apetito, señor, es completamente incomprensible, y su forma de comportarse...

—¿Se ha vuelto más... más peculiar? —preguntó el señor, arrugando el entrecejo con nerviosismo.

—Así es, señor. Se está volviendo muy peculiar... si se compara con como solía ser. Antes no comía nada y después, de repente, empezó a comer en enormes cantidades, y después paró de nuevo, y de repente las comidas eran devueltas como antes. Quizá usted nunca supo que... eso de salir al exterior, señor... Nunca dejaba que se le sacase. La de cosas por las que hemos pasado para sacarlo al exterior en su silla... dejarían a cualquiera temblando como una hoja. Se ponía en un estado tal que el doctor Craven decía que no se podía responsabilizar de forzarlo. Pues, bueno, señor, de repente, sin avisar, no mucho después de uno de sus peores berrinches, insistió inesperadamente en salir todos los días con la señorita Mary y con el hijo de Susan Sowerby, Dickon, que empujaría su silla. Les ha tomado cariño a los dos, a la señorita Mary y a Dickon, y Dickon trajo sus animales, y, si puede creérselo, señor, ahí fuera se queda de la mañana a la noche.

—¿Qué aspecto tiene? —fue la siguiente pregunta.

—Si él tomara su comida con regularidad, señor, se podría pensar que está cogiendo peso, pero estamos preocupados de que sea una especie de inflamación. Algunas veces se ríe de forma muy extraña cuando está a solas con la señorita Mary. Antes no se reía nunca. El doctor Craven vendrá a verle en seguida, si usted lo permite. Nunca ha estado tan desconcertado en su vida.

—¿Dónde está el señor Colin ahora? —preguntó el señor Craven.

—En el jardín, señor, está siempre en el jardín, aunque ninguna criatura humana tiene permiso para acercarse porque tiene miedo de que lo miren.

El señor Craven no escuchó casi las últimas palabras.

—En el jardín —dijo y después de despachar a la señora Medlock se detuvo y repitió una y otra vez—: ¡En el jardín!

Tuvo que hacer un esfuerzo para volver al lugar donde estaba y cuando se sintió de nuevo en la tierra, se giró y salió de la habitación. Cogió el camino, como había hecho Mary, que pasaba por la puerta que había junto a la plantación de arbustos y entre los laureles y los parterres de la fuente. La fuente estaba ahora encendida y rodeada de parterres de brillantes flores otoñales. Cruzó el césped y giró hacia el Paseo Largo situado junto a los muros de hiedra. No caminaba rápidamente, sino despacio, y sus ojos estaban fijos en el camino. Sentía que algo lo empujaba a volver al lugar del que había renegado hacía tanto, y no sabía por qué. Conforme se acercaba, su paso se volvía más lento. Sabía dónde estaba la puerta incluso aun cuando la espesa hiedra colgaba sobre ella, pero no sabía exactamente dónde yacía... aquella llave enterrada.

Así que se detuvo y se quedó callado, mirando a su alrededor, y casi en el mismo momento en que se detuvo se sobresaltó y se puso a escuchar, preguntándose si estaba caminando en sueños.

La hiedra colgaba sobre la puerta, la llave estaba enterrada bajo los arbustos, ningún ser humano había traspasado aquel portal en diez solitarios años y, con todo, había sonidos dentro del jardín. Parecían sonidos de pasos que corrían arrastrando los pies y parecía que se perseguían dando vueltas y vueltas alrededor de los árboles, eran extraños sonidos de voces bajas sofocadas, exclamaciones y ahogados gritos de alegría. Parecía verdaderamente la risa de jóvenes criaturas, la incontrolable risa de niños que estuvieran intentando no ser escuchados, pero que en cualquier momento, si aumentaba su emoción, podrían estallar. ¿Qué estaba soñando, por amor de Dios? Por amor de Dios, ¿qué es lo que escuchaba? ¿Estaba perdiendo la razón y pensando que escuchaba cosas que no eran para oídos humanos? ¿Era esto a lo que se refería aquella voz clara?

Y entonces llegó el momento, el incontrolable momento en el que los sonidos se olvidaron de aplacarse. Los pies corrían más y más rápido (se estaban acercando a la puerta del jardín), sonó la fuerte respiración de la juventud y un salvaje estallido de risas que no pudieron ser contenidas, y la puerta del muro se abrió de golpe, la cortina de hiedra se retiró, y un chico apareció de repente a toda velocidad y, sin ver al extraño, se lanzó casi en sus brazos.

El señor Craven había extendido los brazos justo a tiempo para evitar que el chico se cayera como resultado del choque imprevisto, y cuando lo apartó para poder verlo, asombrado de que estuviera allí, tuvo verdaderamente que tomar aliento.

Era un chico alto y guapo. Brillaba de alegría y su carrera le había puesto un color espléndido en el rostro. El chico apartó el espeso pelo de su frente y alzó un par de extraños ojos grises, ojos llenos de alegría juvenil, y enmarcados por negras pestañas como un ribete de flecos. Fueron los ojos los que hicieron que el señor Craven tuviese que tomar aliento.

—¿Quién...? ¿Qué? ¡Quién! —balbuceó.

Esto no era lo que Colin había deseado, no era lo que había planeado. Nunca había pensado en un encuentro tal. Y con todo, salir a toda velocidad, al ganar una carrera, quizá era incluso mejor. Se irguió para mostrar su altura plenamente. Mary, que había estado corriendo con él y también se había lanzado a través de la puerta, pensó que se las estaba arreglando para parecer incluso más alto que nunca, unos centímetros más alto.

—Padre —dijo—. Soy Colin. No puedes creértelo. Apenas puedo creerlo yo. Soy Colin.

Al igual que la señora Medlock, tampoco el niño pudo entender a qué se refería su padre cuando dijo apresuradamente:

—¡En el jardín! ¡En el jardín!

—¡Sí! —siguió diciendo Colin a toda prisa—. Fue el jardín el que lo hizo. Y Mary y Dickon y las criaturas, y la Magia. Nadie lo sabe. Lo ocultamos para contártelo cuando vinieses. Estoy bien, y puedo ganar a Mary en una carrera. Voy a ser un atleta.

Lo dijo exactamente como lo diría un chico saludable, su cara encendida, sus palabras atropellándose unas sobre otras con entusiasmo, de modo que el alma del señor Craven se estremeció con una alegría increíble.

Colin extendió una mano y la posó sobre el brazo de su padre.

—¿No estás contento, padre? —dijo para terminar—. ¿No estás contento? ¡Voy a vivir para siempre, para siempre jamás!

El señor Craven puso sus dos manos en los hombros del chico y lo sostuvo. Sabía que necesitaría unos momentos para atreverse siquiera a hablar.

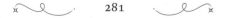

—Llévame al jardín, hijo mío —dijo al fin—. Y cuéntamelo todo.

Y así lo condujeron hasta allí.

El lugar era una tierra salvaje de dorado otoñal y púrpura y azul violáceo y encendido escarlata, y por todos lados había gavillas agrupadas de las últimas azucenas, azucenas que eran blancas o blancas y rubíes. Él recordaba bien cuándo se había plantado la primera de ellas y cómo justo en esta época del año revelaban su último esplendor. Las rosas tardías se veían escalando, colgadas, arracimadas por todos los sitios y el sol acentuaba el tono de los árboles que amarilleaban haciéndole sentir a uno que estaba alojado en un emparrado templo de oro. El recién llegado se quedó en silencio, justo como habían hecho los niños cuando entraron por primera vez en la grisura. Miró y miró a su alrededor.

—Pensaba que estaría muerto —dijo.

—Eso pensó Mary al principio —añadió Colin—. Pero revivió.

Después se sentaron debajo del árbol, todos menos Colin, que quería permanecer de pie mientras contaba la historia.

Era la cosa más extraña que había escuchado nunca, pensó Archibald Craven, y era exhalada por Colin a toda velocidad, como suelen hacerlo los niños. Misterio y Magia y criaturas salvajes, el extraño encuentro de medianoche, la llegada de la primavera, la cólera del orgullo herido que había arrastrado al joven rajá a ponerse de pie para desafiar cara a cara al viejo Ben Weatherstaff. Los extraños acompañantes, el teatro que habían tenido que hacer, el gran secreto tan cuidadosamente guardado. El oyente reía y sus ojos se llenaban de lágrimas, y algunas veces las lágrimas acudían a sus ojos cuando no estaba riéndose. El Atleta, el Conferenciante, el Descubridor Científico era una pequeña criaturita divertida, adorable, sana.

—Ahora —dijo al final de la historia— ya no será nunca más un secreto. Me atrevería a decir que se asustarán hasta el punto de que casi les dará un ataque cuando me vean, pero no voy a volver a esa silla jamás. Volveré caminando contigo, padre, a la casa.

Las ocupaciones de Ben Weatherstaff raramente le apartaban de los jardines, pero en esta ocasión encontró una excusa para llevar algunas hortalizas a la cocina y dejar que lo invitara la señora Medlock en el salón de los criados a un vaso de cerveza, y estaba en el lugar adecuado (como así había esperado que fuera) cuando tuvo lugar el suceso más dramático que la mansión de Misselthwaite había visto durante la presente generación.

Desde una de las ventanas que daba al patio podía atisbarse también parte del césped. La señora Medlock, que sabía que Ben llegaba de los jardines, esperaba que él hubiera visto a su señor y, por casualidad, el encuentro de este con el señor Colin.

—¿Viste a alguno de ellos, Weatherstaff? —preguntó.

Ben se quitó la jarra de cerveza de la boca y se limpió los labios con el dorso de la mano.

—Sí, sí —respondió con un aire elocuente y perspicaz.

—¿A ambos? —sugirió la señora Medlock.

—A ambos —repitió Ben Weatherstaff—. Muchísimas gracias, señora, me bebería otra jarra.

—¿Juntos? —dijo la señora Medlock, rellenando rápidamente su jarra de cerveza con emoción.

—Juntos, señora —y Ben se bebió de un trago la mitad de su nueva jarra.

—¿Dónde estaba el señor Colin? ¿Qué aspecto tenía? ¿Qué se dijeron el uno al otro?

—No lo oí —dijo Ben—, *pos* estaba en la escalera mirando desde el otro *lao* del muro. Pero te diré algo. Ahí fuera han *estao* pasando cosas de las que vosotros, la gente de la casa, no sabéis *na*. Y lo vais a descubrir *mu* pronto.

Y no habían pasado ni dos minutos cuando apuró su último trago de cerveza y señaló con la jarra solemnemente hacia la ventana a través de la que se veía un trocito del césped entre el macizo de arbustos.

—Oja allí —dijo—, si eres curiosa. Oja lo que viene *pacá* por el césped.

Cuando la señora Medlock miró se llevó las manos a la cabeza y lanzó un pequeño grito, y todos y cada uno de los sirvientes, hombres y mujeres, que pudieron escucharlo atravesaron rápidamente el salón y se quedaron mirando por la ventana con los ojos casi fuera de sus órbitas.

Atravesando el césped venía el señor de Misselthwaite y tenía un aspecto como muchos de ellos no habían visto nunca. Y a su lado, con su mano alzada en el aire y sus ojos llenos de alegría, caminaba tan fuerte y erguido como cualquier niño de Yorkshire... ¡el señor Colin!